L'Impératrice aux chimères

À Hortense Dufour, qui campe de si belles héroïnes
et à Maëlle Guillaud, amie et conseillère.

1

Charlotte faisait les cent pas dans sa chambre en attendant le visiteur. Depuis la mort de sa mère, la reine Louise, elle s'ennuyait à mourir à la cour de Belgique. Son père, le roi Léopold Ier, était un homme bon, mais froid. Il n'avait guère être fidèle et son épouse, assez effacée, avait souffert de ses nombreuses incartades. Charlotte, elle, rêvait d'une existence plus brillante que celle de sa mère. À quinze ans, grande, brune, élancée, avec une peau d'ivoire et une bouche généreuse, elle était ravissante. Seul défaut de ce visage presque parfait, une mâchoire un peu lourde, révélant obstination et volonté. De ses trois enfants, c'était la préférée du roi, sans doute parce qu'elle lui ressemblait plus que ses deux frères. Elle avait comme lui le goût de l'étiquette et l'amour du pouvoir. Elle montait fort bien à cheval, dansait à ravir, lisait Plutarque dans le texte et parlait six langues. D'une intelligence vive et précoce, elle avait été élevée dans l'idée qu'elle ferait un beau mariage. L'homme qu'elle avait choisi lui offrirait un merveilleux destin, elle en était certaine ! Il portait un grand nom et son portrait l'avait séduite. Grand et svelte, il était aussi blond qu'elle était brune. Quand le roi Léopold avait proposé à Maximilien la main de sa fille, il avait immédiatement accepté ces fiançailles. Ne passait-elle pas pour l'une des plus jolies princesses à marier ?

Leur première rencontre eut lieu le 22 décembre 1856, au château de Laeken, près de Bruxelles. Cette ennuyeuse construction du XIXe siècle n'avait de charme que son parc, pour l'instant figé par l'hiver, et ses extraordinaires serres en métal, une œuvre de l'architecte Alphonse Balat. Le roi de Belgique eut l'heureuse idée de proposer à sa fille de les faire visiter à son fiancé, une occasion de mieux faire connaissance en fuyant la froideur des salons d'apparat. Tout en l'entraînant vers les serres, Charlotte admira sa haute stature de cavalier bien prise dans le fringant uniforme d'amiral et ses yeux très clairs. Si Maximilien avait l'épaisse bouche trop rouge des Habsbourg et un menton fuyant, une douce moustache et une barbe blonde cachaient ces défauts. Il fut charmé, comme elle l'espérait, par l'étrange charpente métallique en forme de rosace et l'ambiance tropicale.

De retour dans les salons, il parla de chasse et de chevaux avec le frère aîné de Charlotte, le duc de Brabant, qui ne jura bientôt plus que par lui et que l'on vit partout traîner dans son sillage. Après Bruxelles, Maximilien partit pour Londres afin de faire part de ses fiançailles à la reine Victoria, nièce de Léopold, et au prince consort son époux. Il sut plaire aux souverains anglais dont l'avis importait beaucoup à son futur beau-père. L'affaire se présentait bien.

La naissance de son prétendant était liée à une tragédie. Charlotte, romanesque à l'excès, s'en remémorait sans fin les circonstances alors qu'elle ne pouvait trouver le sommeil, agitée par les préparatifs de leur mariage. La mère de Max, Sophie, avait épousé sans amour l'archiduc Franz-Karl et s'était prise d'une vive affection pour un beau jeune homme mélancolique, l'Aiglon. Le fils de Napoléon était aussi triste qu'elle dans cette cour guindée. Il la rejoignait souvent dans son jardin d'hiver et jouait avec son fils, le petit François-Joseph. Puis il se mit à tousser et à cracher du sang. Il était phtisique, mais on cachait à Sophie la gravité de son état. Quelques mois plus tard, tandis que tonnaient les canons et que carillonnaient les beffrois de Vienne en l'honneur de son deuxième fils, son amour de romance agonisait à quelques chambres de ses appartements sans avoir pu la revoir.

Quand Sophie apprit sa mort, elle s'évanouit. Longtemps très malade, elle guérit enfin et lorsqu'elle réapparut à la Cour, nul ne la reconnut. Il n'y avait plus en elle ni joie ni gaieté. En souvenir de l'Aiglon, Maximilien fut toujours son fils préféré…

La révolution de 1848, qui avait chassé du trône Louis-Philippe, le grand-père de Charlotte, eut des répercussions en Europe et surtout à Vienne. Les provinces du trop vaste Empire se soulevèrent, les manifestants descendirent dans les rues. La famille impériale se réfugia à Schönbrunn, aux portes de Vienne, puis plus loin à Innsbruck, au Tyrol. Maximilien avait alors seize ans et ne supporta pas cette fuite, ni l'abdication de son oncle. Presque à la sauvette, son frère François-Joseph fut couronné empereur à Olmütz, en Moravie, dans le palais de l'archevêque. L'Empire était toujours agité par les révolutionnaires et la répression fut sanglante. Il y eut des milliers de morts.

Charlotte connaissait tous les détails de la vie de son fiancé et ne se lassait pas d'entendre son frère Léopold en faire l'éloge. Elle épousait un être d'exception, saurait s'en faire aimer et l'aider à oublier le tragique destin de Maria-Amélia, une belle princesse brésilienne atteinte de tuberculose, qui était morte quelques mois avant leur mariage.

Le roi Léopold était, quant à lui, assez inquiet de l'issue de ce mariage et en venait presque à regretter d'en avoir été l'instigateur. Il avait été désagréablement surpris par le comportement de son futur gendre, qui avait âprement négocié la dot, considérant les trois millions de francs prévus comme insuffisants. Tandis qu'il faisait une cour empressée à Charlotte, qui le prenait pour le plus romantique des princes, les tractations se poursuivirent de façon sordide jusqu'à ce qu'il obtînt cinq cent mille francs de plus. Léopold Ier fut écœuré par sa rapacité. Et s'il trouvait le garçon distingué et intelligent, il lui reprochait ses emportements et la très haute opinion qu'il avait de lui-même. Assez prétentieux, Maximilien n'en finissait pas d'évoquer son futur château de Miramar, près de Trieste, et son importante fonction d'amiral, même si la flotte autrichienne restait bien modeste.

Charlotte, décidée à jouer les amoureuses, ne voulait voir que les côtés flatteurs de son merveilleux fiancé. Ne lui avait-il pas offert de splendides bijoux, dont un bracelet contenant une boucle de ses cheveux ? N'avait-il pas fait peindre pour elle de charmantes aquarelles représentant les intérieurs des palais vénitiens et milanais où ils allaient vivre ? L'empereur François-Joseph confiait enfin à son frère un poste important, celui de gouverneur de la Lombardie-Vénétie, possessions autrichiennes.

Le 27 juillet 1857, date du mariage, arriva enfin. Les serres, le parc et les salons de Laeken étaient emplis de fleurs. Des élèves de l'École militaire montaient la garde de chaque côté des escaliers et à l'entrée de chaque salon. Charlotte se rendit dans ses appartements pour revêtir la robe de ses noces, en soie blanche et argent. Sur ses boucles brunes, un voile de dentelles retenu par une couronne de fleurs d'oranger et des diamants. Dans le salon Bleu, Charlotte, éblouie par l'allure de Maximilien, sanglé dans son grand uniforme d'amiral de la flotte autrichienne, lui sourit tendrement. Une immense table avait été disposée autour de laquelle les mariés, leurs familles et les invités de marque prirent place, tandis que le reste de la Cour et les autorités s'installaient en retrait. Le bourgmestre de Bruxelles célébra rapidement le mariage civil, puis on forma un cortège pour se rendre dans la chapelle du palais royal, Charlotte donnant le bras à son père.

La messe nuptiale fut dite par le cardinal archevêque de Malines mais il n'y eut pas de musique, ce que Charlotte regretta un peu. Une fois la cérémonie terminée, l'assemblée chanta un bref *Te deum* sans chorale. La jeune mariée, très émue, gagna ensuite le balcon du palais au bras de

Maximilien. Les diamants étincelaient dans ses cheveux, à son cou, à ses oreilles. À son poignet, elle portait un bracelet offert par sa grand-mère Marie-Amélie, qu'elle adorait et qui l'avait pratiquement élevée depuis le décès de sa mère. Le bijou était pourvu d'une miniature de la vieille reine.

Sous le balcon, une foule immense couvrait la grand-place. Une folle ovation accueillit le couple. Ce fut la fête dans Bruxelles en liesse. Sous une chaleur accablante, des orchestres s'improvisèrent à chaque coin de rue, tandis qu'un grand bal avait lieu au palais.

Pour Charlotte, cette première nuit n'évoqua guère la passion amoureuse. Elle savait par ses frères ce qui était censé lui arriver et n'en était pas effrayée. Elle l'aimait tant. Pourtant elle trouva Maximilien plus que tiède, très réservé. Ce n'était pas la fougue qu'elle espérait. Sentant que c'était un fiasco, mais refusant de l'admettre, elle se demanda pourtant ce qui, en elle, lui déplaisait.

Le lendemain, le prince Léopold, émoustillé à la pensée de l'accomplissement de la nuit de noces, s'arrangea pour se tenir sur le passage du jeune couple sortant de la chambre nuptiale. Il trouva à sa sœur la mine fatiguée et ne put s'empêcher de demander ses impressions à son beau-frère dont il savait les bonnes fortunes. Maximilien évita le sujet.

Charlotte vit avec terreur arriver le jour de son départ pour Vienne. C'était la première fois qu'elle quittait le cercle familial et n'en finissait plus d'embrasser son père, sa grand-mère et ses deux frères. Maximilien, toujours sensible à l'excès, se mit bientôt à pleurer avec elle, ce qui le réconcilia avec sa belle-famille. On pleurait tant que personne n'eut le cœur d'accompagner les jeunes mariés jusqu'à leur voiture. En pénétrant dans le landau, Charlotte se dit que c'en était fini de sa vie insouciante. Désormais, elle aurait des responsabilités et devrait se surveiller...

À Linz les attendait l'archiduchesse Sophie. Elle se montra bonne et maternelle envers Charlotte qui avait le bon goût de n'être que de passage à Vienne et le mérite de n'être pas impératrice, un titre, des honneurs et une fonction que Sophie n'avait jamais eus et pour lesquels elle jalousait sa seconde belle-fille, Élisabeth d'Autriche, Sissi.

À Vienne, fêtée par François-Joseph et Sissi, fort aimables envers leur nouvelle belle-sœur, Charlotte trouva tout charmant. Toujours aussi aveugle à ce qui la dérangeait, elle ne voulut pas voir que Sissi et Sophie se détestaient, que François-Joseph méprisait ses deux frères, jalousait Maximilien et avait hâte de l'éloigner de Vienne. On restait aimable avec elle, pourvu qu'elle partît au plus vite ! Charlotte ne passa qu'une nuit à Schönbrunn mais ne s'en offusqua pas. N'avait-elle pas découvert le grand amour avec Maximilien ? Certes, les nuits ne lui réservaient pas le plaisir espéré... Charlotte, paralysée par sa peur de déplaire à son époux, n'osait aucune initiative, aucune caresse, et lui montrait toujours aussi peu d'empressement.

De Vienne, on reprit le train pour Trieste. Charlotte, habituée aux mers du Nord, fut charmée par l'Adriatique, le ciel de la même couleur que la mer, ces essences délicieuses embaumant l'air, les palmiers, lauriers-roses, orangers, mandariniers et citronniers, les bougainvillées qui recouvraient les murs en masses colorées violettes, rouges ou jaunes. C'était féerique.

Quelques jours plus tard, Maximilien et Charlotte firent leur entrée officielle dans Milan, capitale de leur futur gouvernement. Le couple partageait son temps entre le palais royal, mélange somptueux de marbres, sculptures dorées, plafonds peints par les plus grands maîtres, cristaux, miroirs immenses reflétant les enfilades des salons, et la charmante *Villa Reale* de Monza, plus intime et confortable, illustrant à merveille l'art de vivre raffiné de la fin du XVIIIe siècle.

À dix-sept ans, être ainsi aimée de son peuple comme de son époux, être traitée comme une reine la comblait d'aise. Tant pis si les trop brèves étreintes de son mari la laissaient insatisfaite. On devait pouvoir s'aimer et réussir son mariage sans tous ces gestes dégradants que Maximilien ne paraissait pas apprécier plus qu'elle.

2

Après plusieurs mois de mariage, Charlotte n'était toujours pas enceinte. En dépit de ses nombreuses affirmations de bonheur fou, sa famille commençait à trouver que Maximilien délaissait trop souvent sa jeune femme. Entraînée dans un tourbillon de réceptions, plus occupée par l'étiquette de sa petite Cour que par les réalités italiennes, elle n'imaginait pas que le poste de gouverneur de son époux pût être précaire.

Le 14 janvier 1858, l'attentat contre Napoléon III à Paris, devant l'Opéra, marqua le début des hostilités des patriotes italiens contre l'occupation autrichienne en Lombardie-Vénétie, dans cette province qui n'était pas encore l'Italie.

Avant de monter sur l'échafaud, l'instigateur, Felice Orsini envoya à l'empereur un manifeste rappelant qu'il offrait sa vie en sacrifice pour l'unité de son pays. La lettre fut tirée à des milliers d'exemplaires et distribuée clandestinement en Italie et dans les provinces autrichiennes dirigées par Maximilien. L'agitation ne se calma pas, loin de là. On siffla le couple dans les rues de Milan. À l'Opéra, les femmes portaient ostensiblement le deuil d'Orsini. À Venise, au théâtre de la Fenice, on hua les drapeaux autrichiens. Les étudiants de l'université de Padoue manifestèrent contre l'occupant.

Officiellement, l'empereur François-Joseph reprocha à son frère ce climat insurrectionnel. En réalité, Maximilien avait trop bien réussi dans sa tâche de gouverneur et son frère en fut agacé. Il avait pacifié le nord de l'Italie sous domination autrichienne, rétabli confiance, commerce et sécurité. Quelques mois plus tard, la sanction tomba : l'empereur le renvoyait à Venise reprendre le commandement de sa maigre flotte. Il n'était même plus amiral.

Ce renvoi de Maximilien arrangea bien Cavour, le Premier ministre du roi du Piémont et l'homme fort de l'unité italienne en construction, qui confia à son secrétaire :

– Savez-vous quel était en Lombardie notre ennemi le plus terrible, celui que nous craignions le plus et dont nous comptions tous les jours les progrès ? L'archiduc Maximilien, jeune, actif, entreprenant, qui se donnait tout entier à la tâche difficile de gagner les Milanais et qui allait réussir.

Pour Charlotte, cette disgrâce fut un effondrement. Tout à coup, ils n'étaient plus rien, ne régnaient plus que sur leur dérisoire domaine de Miramar, où le château dont Maximilien lui avait tant parlé n'était même pas habitable…

La présence de Maximilien n'étant guère nécessaire à Venise, ils préférèrent s'installer à Miramar, dans une villa mauresque plus confortable que le château, encore en travaux, dressée au-dessus de la mer, sur un promontoire d'où la vue sur le golfe était grandiose. Très vite, le jeune couple supporta mal sa morne existence quotidienne dans une demeure qu'aucune réception ne venait égayer. Les rêves de grandeur de Charlotte vacillaient. Son époux n'avait pas encore trente ans et plus aucun rôle politique à jouer.

Son second frère, Philippe, navré pour elle, lui écrivait souvent. Charlotte, qui étouffait dans cette écrasante solitude, lui répondait inlassablement qu'elle était une femme comblée à laquelle rien ne manquait, du moment qu'elle avait l'amour de son mari, affirmant même que son époux était « trop marquant pour ne pas exercer d'influence sur les destinées du monde ».

Un soir, l'oisiveté pesa tant à Maximilien qu'il lui proposa de partir à bord du *Fantaisie* et d'aller visiter le Brésil qu'il avait toujours eu envie de connaître.

Avoir enfin une activité enchanta Charlotte. Elle adorait ce superbe deux-mâts à la proue effilée, dont les spacieuses cabines étaient pourvues de grandes fenêtres donnant sur la mer. On s'embarqua avec suite et serviteurs début novembre 1859, par un temps épouvantable. Maximilien s'obstina à vouloir partir et on leva l'ancre. Le voyage fut une épreuve terrible. Charlotte, durant tout le tour de l'Italie, ne profita guère de la croisière. Maximilien voulut revoir les lieux où il avait passé avec sa première fiancée le dernier hiver de sa courte vie, et exigea sa compagnie. Sans parvenir à maîtriser une jalousie qu'elle jugeait indigne d'elle, Charlotte le suivit dans ce long pèlerinage amoureux, mais Maximilien, rapidement exaspéré par les gémissements de son épouse à la moindre tempête, décida de finir le périple seul et de partir sans elle, sur un autre bâtiment.

Elle savait qu'il ne servait à rien d'insister. Sa décision était prise, il s'en irait sans elle…

Tout étant réglé à sa plus grande satisfaction, Maximilien vint lui faire ses adieux, n'en finissant plus de la serrer contre lui et de l'assurer de son indéfectible amour. Le commandant de l'*Élisabeth*, un navire marchand assurant la liaison avec le Brésil, avait accepté de prendre l'archiduc à son bord. Charlotte, refoulant ses larmes devant ses compagnes, aussi atterrées qu'elle, regarda longuement le navire quitter le port et disparaître en haute mer. Le commandant du *Fantaisie* lui annonça que Maximilien avait recommandé de regagner Madère et Charlotte ne s'y opposa pas. Pour attendre son retour, elle y serait moins isolée qu'aux Canaries. Afin d'épargner la jeune femme, toujours malade, le commandant mouilla l'ancre à Fuchal, sur la côte orientale de l'île, bien abritée. Pour passer le temps, Charlotte écrivait à sa famille. Son père et ses frères s'inquiétèrent de la savoir ainsi délaissée et elle leur répondit pudiquement qu'elle supportait mal la mer.

Pendant ce temps, Maximilien la poursuivait de lettres enflammées qui la rassuraient. Il l'aimait, elle en était certaine. La dernière, reçue fin février, l'avait bouleversée.

« Mon cher et meilleur ange, un hasard veut qu'un navire à vapeur s'en aille bientôt en Europe, et c'est l'occasion pour moi de t'envoyer, mon cher et adoré ange, quelques lignes à toute vitesse. Cela fait déjà une vingtaine de jours que je voyage à travers le Brésil. Cela dit, nous avons bien fait de décider en commun que finalement tu ne viennes pas, même si le voyage était divin sur une mer aussi calme qu'un lac. Le pays n'est absolument pas organisé pour les dames, ce qui t'aurait valu un long périple pour rien. Hormis dans les villes et les villages, sales et ennuyeux, aucune femme du monde ne peut venir ici. Ce pays exclut pour les femmes toute excursion ou promenade. Seul un homme capable de surmonter de grosses difficultés peut se sentir à l'aise au Brésil. Bientôt, je retournerai à Bahia et ensuite je m'envolerai avec les ailes de l'amour en direction de Madère, vers toi, ma vie. »

Charlotte devina qu'il se leurrait lui-même, mais n'en parla pas, et s'empressa de rassurer son frère Philippe. Tout devait sembler parfait. Et ses dames d'honneur comprirent rapidement qu'il ne fallait pas critiquer l'attitude de Max devant elle. Jamais. Dès qu'un mot leur échappait, elle prenait aussitôt sa défense.

Après trois mois de séparation, Maximilien arriva à Madère. Les retrouvailles furent embarrassées. Une fêlure s'était produite dans leur vie et Charlotte se mura dans le silence.

Dès son retour, ils emménagèrent au château de Miramar. Les ouvriers travaillaient encore au premier étage, mais le rez-de-chaussée était habitable. Construit en granit du Tyrol par l'architecte Carlo Junker, il composait une accumulation de tous les styles, de toutes les époques. Il y avait un donjon crénelé, d'immenses terrasses, du style baroque austro-espagnol, de la Renaissance italienne et du médiéval germanique. C'était solide, massif, très ornementé, avec des marbres et de la marqueterie, des dorures, glaces, pilastres et balcons à profusion.

Sa position romantique, perché au-dessus de la mer, les vastes ombrages du parc, le minuscule port creusé au pied de l'édifice et veillé par un sphinx égyptien, au printemps les magnifiques parterres de fleurs et l'odeur des magnolias, tout portait la marque de Maximilien et correspondait à l'idée qu'il se faisait du paradis, un paradis coûteux pour un archiduc vivant comme en exil…

Charlotte passait des heures, solitaire, dans son bureau marqueté du sol au plafond, assise devant un charmant secrétaire baroque en bois de rose, occupée à écrire ou à peindre, ou faisant ses gammes sur son grand piano Biedermeier viennois.

Maximilien, lui, restait des soirées entières avec Bombelles, ses officiers autrichiens et son premier valet de chambre Schertzenlechner dont il ne tarda pas à faire son chancelier, un chancelier d'opérette pour un archiduc sans royaume… On buvait beaucoup – trop – en fumant de gros cigares et en racontant des histoires lestes. Schertzenlechner, grossier soudard ignorant et imbu de ses nouvelles fonctions, mais fort dévoué à son maître, avait en outre le mérite de tenir admirablement l'alcool. Bientôt, Maximilien ne put s'en passer. Réfugiée dans son bureau ou dans la chambre conjugale désertée par son époux, Charlotte entendait les échos de ces beuveries et pleurait en silence.

Noël 1860 approchait et Charlotte, une fois encore, se retrouvait seule. Elle ne supportait plus l'absence de son mari, et encore moins les regards pleins de pitié des dames de sa suite. Aucune n'osait lui en parler, sachant que le sujet déclenchait chez elle des remontrances acides. Elle aurait défendu Maximilien contre la terre entière, pourvu que personne n'eût conscience de l'ampleur de sa détresse. Elle occupa sa solitude en organisant une œuvre de charité, chargeant quatre sapins de multiples présents et invitant une centaine d'enfants pauvres de Trieste à découvrir leurs cadeaux. Les jardins furent ouverts au public et la foule se pressa dans les allées, admirant les essences méditerranéennes auxquelles se mêlaient pins de l'Himalaya, cèdres du Liban et cyprès de Californie.

De retour à Miramar après deux semaines de navigation sans son épouse à bord du *Fantaisie*, Maximilien reçut un étrange courrier du comte Rechberg. Le ministre des Affaires étrangères de l'Empire autrichien sollicitait une audience secrète. Maximilien, intrigué, répondit qu'il serait le bienvenu et le comte arriva huit jours plus tard par le train à la gare de Trieste où l'attendaient trois voitures discrètes pour lui, sa suite et ses bagages.

Maximilien et Charlotte guettaient son arrivée sur les marches du perron. Il avait été convenu que le comte Rechberg, ses secrétaires et ses domestiques logeraient au château et Charlotte avait donné des ordres pour que tout fût parfait. Se pouvait-il que l'empereur se fût enfin souvenu de son frère et eût quelque mission à lui confier ? Elle grillait d'impatience et faisait tout bas mille suppositions, toutes plus folles les unes que les autres.

Le souper, servi avec faste, commença. On évoqua des

sujets convenus, jusqu'au moment où l'envoyé de l'empereur François-Joseph se tourna vers ses hôtes.

– Avez-vous entendu parler du Mexique ? demanda-t-il d'un ton indifférent. Il y a là-bas un Empire à fonder et un trône à occuper. Vos deux noms circulent avec insistance parmi les grandes familles mexicaines exilées en Europe...

Charlotte resta interloquée. Son imagination s'enfiévrait. Empereur et impératrice du Mexique ! Un Empire fabuleux à organiser de toutes pièces, un peuple à gouverner, la civilisation européenne à porter dans ces contrées reculées, la religion catholique à faire adopter à ces sauvages pour sauver leurs âmes. Elle qui se désolait de n'être qu'une petite archiduchesse parmi cinquante autres, perdue sur son bout de rocher, entrevoyait déjà un avenir grandiose. Des images magnifiques dansaient devant ses yeux, celles de longues plages blondes, de ports grouillant de vie, de forêts profondes, d'immenses zones désertiques, de hautes montagnes à escalader. Une nature luxuriante, peuplée de singes, colibris et perroquets, des Indiennes à longue natte noire, vêtues de larges jupes et de ponchos. Des villes à bâtir, des routes et des chemins de fer à construire, des églises à édifier. Le pays regorgeait de mines d'or, et tout serait facile avec un peu de courage et de bonne volonté. Empereur et impératrice du Mexique... Jamais, dans ses rêves les plus fous, Charlotte n'avait imaginé pareille destinée !

– Il y a quarante ans, poursuivit le comte Rechberg qui parlait à présent avec plus de fougue, le Mexique a acquis son indépendance sans trouver de régime stable. Il y a eu plus de deux cent cinquante coups d'État et il a même existé un Empire, mais l'empereur Iturbide a été exécuté.

Depuis qu'il a rompu avec l'Espagne, le pays n'est plus gouverné, l'administration est corrompue et les caisses sont vides. Les impôts ne rentrent plus. Les villes sont laissées à l'abandon et les emprunts contractés à l'étranger n'ont jamais été remboursés !

Ce tableau brossait avec honnêteté une situation plus que difficile.

– L'actuel président s'appelle Benito Juárez. C'est un Indien de cinquante-quatre ans, un fils de paysan issu de la classe la plus pauvre du pays, qui a réussi à faire des études brillantes et à devenir avocat. On ne peut lui dénier des capacités. Le problème est qu'il est profondément athée, alors que le peuple est croyant et catholique. Il a nationalisé les biens du clergé et institué le mariage civil. Il hait les étrangers et refuse de rembourser les dettes. L'Église et le parti conservateur sont contre lui. De grandes et riches familles ont dû s'exiler, leur terre ayant été redistribuée à des Indiens incapables de la cultiver, vous imaginez où cela peut mener…

– Juárez n'a-t-il pas l'appui des États-Unis, du moins des États nordistes ? demanda Maximilien.

– Si, mais les Sudistes ne le portent pas dans leur cœur. Et avec la guerre de Sécession, les États-Unis n'ont guère le temps de se soucier du Mexique.

– Par quel hasard mon nom s'est-il trouvé prononcé dans cette affaire ?

– Celle qui a le mieux œuvré pour vous dans l'ombre est l'une des dames de compagnie de l'archiduchesse, la comtesse Lutzoff.

Maximilien et Charlotte furent ébahis. L'ancienne dame

d'honneur de la Cour milanaise les avait suivis dans leur disgrâce et partageait leur existence solitaire à Miramar, mais ni Maximilien ni Charlotte ne lui savaient tant d'influence.

La comtesse Lutzoff avait un gendre, José Maria Gutierrez d'Estrada, un Mexicain issu d'une grande famille, un ancien ministre des Affaires étrangères ayant fui le régime de Juárez. La comtesse avait pris sa plus belle plume pour lui dépeindre sous les plus brillantes couleurs le caractère et les qualités de Maximilien et de Charlotte, leur désillusion, leur isolement à Miramar. Ils seraient tous deux les grands empereurs que l'on attendait pour sauver le Mexique ! La comtesse Lutzoff avait tant fait que les noms de Maximilien et de Charlotte furent bientôt sur toutes les lèvres de la diaspora mexicaine.

Charlotte se sentit émue en apprenant le rôle joué par cette comtesse à laquelle elle n'avait jamais prêté grande attention. De sa retraite de Miramar, elle leur avait donc bien préparé le terrain.

– Tout de même, il y a les États-Unis et cette doctrine Monroe selon laquelle l'Amérique latine reste sous leur contrôle. Ils ne voudront pas d'un Empire dirigé par un Autrichien, objecta Maximilien.

– Les États-Unis sont trop engagés dans leur guerre pour constituer un problème. Seul le Nord est pour Juárez. Le Sud, au contraire, serait favorable à la création d'un Empire catholique et, selon toutes probabilités, ce sera le Sud qui gagnera. Napoléon III, la reine Victoria, le roi Léopold de Belgique, tous sont Sudistes.

– Mes neveux, le comte de Paris et le duc de Chartres,

se sont engagés dans les rangs des Nordistes, fit remarquer Charlotte.

– Simple enthousiasme juvénile sans conséquence ! répondit Maximilien d'un ton tranchant. Et mon frère ?

– Il y aura des aménagements à définir, mais il n'est pas opposé à ce projet mexicain, bien au contraire.

Maximilien soupira. Il devinait que François-Joseph n'était pas fâché de l'envoyer au bout du monde. Jamais son frère n'avait pu envisager qu'il jouât un rôle aussi important. Ce qu'il ignorait, c'était que François-Joseph, opposé au projet mexicain, ne supportant pas que son frère pût être empereur, s'était heurté à la colère de sa mère. L'archiduchesse Sophie avait menacé de quitter Vienne si son fils persistait dans son refus. François-Joseph avait donc cédé.

Charlotte avait souvent entendu son oncle François d'Orléans conter son expédition mexicaine. C'était en 1838, sous le règne de Louis-Philippe. Le pays était déjà couvert de dettes et en cessation de paiement. François d'Orléans s'était retrouvé à la tête d'une escadre pour faire le blocus des ports. Charlotte l'écoutait, fascinée par les récits de son aventure et les aquarelles qu'il en avait rapportées. Maintenant, ces terres immenses s'offraient à elle.

Même s'il était un rêveur et partait vite sur les ailes de ses chimères, Maximilien se doutait de la véritable cause de l'intérêt soudain de Napoléon III pour le Mexique.

– Où en est la dette contractée par le Mexique auprès de la France ?

– Le gouvernement avait lancé un emprunt privé de soixante-cinq millions à six pour cent auprès d'un certain

Jecker, banquier suisse établi à Mexico. Désespérant de voir jamais remboursée sa créance, celui-ci s'est alors tourné vers Morny. Jecker promit au demi-frère de Napoléon III trente pour cent des bénéfices s'il l'aidait à récupérer son emprunt. Morny lui obtint donc la nationalité française et la créance des bons Jecker devint une affaire nationale. Napoléon III, alléché par les richesses mexicaines, écouta d'autant plus volontiers les conseils de Morny que l'impératrice Eugénie possède une fortune en bons Jecker. Les intérêts se mêlent aux grandes idées, mais qu'importe, si Napoléon III finance une nouvelle expédition mexicaine ?

– Un grand Empire érigé sous la protection de la France, quelles que soient les raisons de Napoléon III, serait envisageable. Ce qui m'inquiète, c'est la réaction de l'Angleterre.

– Je vous le répète, la reine Victoria est Sudiste.

Ce n'était qu'une première entrevue et l'on en resta là. Maximilien avait apprécié la franchise du comte Rechberg et l'avait assuré qu'il n'était pas opposé à l'idée d'occuper le trône. Il lui fallait pourtant en discuter avec les émigrés mexicains et en savoir davantage sur les projets de Napoléon III, dont tout dépendait. On se quitta les meilleurs amis du monde.

Quand le comte Rechberg fut reparti pour Vienne, Miramar fut rendu à son isolement. Charlotte, enfiévrée par ses rêves, ne pensant plus qu'à ces couronnes destinées à leurs fronts, écrivit aussitôt à son « cher papa » pour lui faire part du projet et requérir son avis. Perplexe, mais séduit par la perspective de voir régner la fille qu'il adorait, il lui répondit qu'il fallait « rester libre sans repousser la chose ».

Maximilien fut gagné à son tour par l'ambition dévorante

de sa femme. L'Empire austro-hongrois dont il était si fier était en pleine décadence, les royaumes italiens perdus et la Hongrie s'agitait. Un Empire autrichien au Mexique redonnerait à sa famille le lustre qu'elle commençait à perdre et il pouvait en être l'artisan.

3

Gutierrez de Estrada, le gendre de la bonne comtesse, habitait Rome. Maximilien eut l'idée saugrenue de lui envoyer Schertzenlechner, son ancien valet promu homme de confiance, afin d'en savoir plus sur l'opinion des Mexicains. Que Schertzenlechner fût une brute ignare incapable de se présenter et ne sachant pas où se situait le Mexique était le cadet de ses soucis. L'homme était brutal, mais dévoué et capable de tenir un secret. Il l'avait prouvé en organisant à Vienne les fredaines de son maître. Charlotte, qui le détestait presque autant que Charles de Bombelles, le meilleur ami de Maximilien, tenta en vain de s'opposer à ce choix singulier.

Gutierrez fut interloqué à la vue du curieux émissaire mais, puisqu'il venait de la part de Maximilien, il le reçut avec cordialité. Schertzenlechner ne savait sans doute pas se présenter ni comment se tenir dans un salon, mais ses questions étaient précises et les réponses de Gutierrez rassurantes, tout comme le fut sa rencontre avec le secrétaire d'État du pape qui assura l'ancien valet promu diplomate que le pape répondrait favorablement à la missive de

Maximilien. Pie IX ne pouvait qu'être satisfait de voir un prince catholique devenir empereur du Mexique, pourvu qu'il restituât au clergé mexicain les biens confisqués par Juárez.

François-Joseph avait affirmé rester neutre dans l'affaire mexicaine et n'accorder aucune aide aux Mexicains en exil, mais il ne s'opposait plus à ce que Maximilien montât sur le trône du nouvel Empire. Fort de cette assurance, Gutierrez convainquit Thouvenel, le ministre français des Affaires étrangères, d'avertir l'empereur et l'impératrice Eugénie du projet. Les deux hommes arrivèrent à Compiègne le 19 octobre 1861. Gutierrez sut présenter la neutralité bienveillante de l'Autriche comme une victoire diplomatique et l'acceptation de Maximilien comme une chose acquise.

Il se montra si convaincant que Napoléon III écrivit le soir même au comte de Flahaut, diplomate à Londres, lui exposant en détail les divers avantages que pourrait trouver la France à soutenir la candidature de Maximilien. On bâtirait au Mexique un grand empire catholique capable de contrebalancer l'influence protestante des États-Unis, on relèverait de la ruine un pays livré à l'anarchie, on pourrait se faire rembourser une dette importante, on trouverait de multiples débouchés pour l'industrie et le commerce français... Les États-Unis, plongés en pleine guerre civile, ne pourraient intervenir. C'était une occasion rêvée pour l'Angleterre, l'Espagne et la France d'organiser une grande expédition et d'être remboursées de leurs créances.

Charlotte, qui avait compris qu'il leur fallait rencontrer des Mexicains capables de les renseigner sur les réalités du pays, accepta immédiatement la rencontre avec Gutierrez proposée par la comtesse Lutzoff, sa belle-mère. Il vint passer Noël à Miramar.

Gutierrez fut enchanté de son séjour. Parant aussitôt ses hôtes princiers de toutes les qualités, il les voyait déjà en souverains mexicains. Si ses souvenirs avaient vingt ans, s'il ne savait presque rien des réalités mexicaines, il sut peindre son pays sous un jour idyllique. À l'en croire, c'était la plus belle contrée du monde, qui deviendrait, conduite par une main éclairée, un Empire moderne et florissant. Les mines d'or et d'argent pullulaient, les ports ne demandaient qu'à s'ouvrir au commerce occidental, les grandes villes seraient restaurées. Le peuple attendait des souverains catholiques. Le parti monarchique était puissant et les porterait sans mal au pouvoir. Tout, y compris les difficultés prévisibles d'un pays à pacifier et à relever de ses ruines, exaltait Charlotte.

Une semaine plus tard arriva à Miramar un autre exilé mexicain. Le général Almonte apportait une lettre de Napoléon III à Maximilien. Le général peignit lui aussi l'avenir du Mexique sous les plus riches couleurs. Le pays n'attendait que son empereur pour l'acclamer follement. Les populations n'en pouvaient plus de Juárez, perpétuel opposant aux différents colonisateurs, et de ses opinions anticléricales. Napoléon III, encore plus enthousiaste que François-Joseph et au moins autant que les exilés mexicains, promettait à Maximilien son soutien militaire et financier. Eugénie, qui s'était faite la championne du Mexique et qui voyait déjà Charlotte en future impératrice, entretint dès lors avec elle une correspondance suivie.

Le beau rêve commençait à prendre consistance. Charlotte alla jusqu'à affirmer dans une lettre à son frère Léopold : « Cette année décidera si tu deviendras ou non le beau-frère d'un empereur. »

Même si elle n'était toujours pas enceinte et ne partageait plus la chambre d'un époux qu'elle savait infidèle, fonder « une nouvelle dynastie » était le dernier rêve qui lui restait. Et elle comptait bien le réaliser.

Perchés sur leur rocher italien, dans leur château de Miramar, Charlotte et Maximilien guettaient avec anxiété l'avancée de l'expédition organisée par Napoléon III avec l'appui des Espagnols et des Anglais. L'empereur avait saisi le prétexte des dettes pour intervenir militairement au Mexique et y créer un puissant empire catholique capable de contrebalancer le pouvoir grandissant des États-Unis. À la mi-janvier 1862, les flottes alliées mouillèrent dans la baie de Veracruz et les hommes de Juárez abandonnèrent la ville en proie à la fièvre jaune. Il n'y avait rien à bombarder, puisque la cité avait été en grande partie évacuée. La situation se présentait bien. Juárez leur envoya des émissaires et les discussions eurent lieu dans l'endroit le plus élevé et le moins touché par l'épidémie, la Soledad. La dette du Mexique s'élevait à deux cent cinquante millions de francs or, soit deux années de son revenu. Juárez s'étant empressé de confisquer le trésor, le Mexique ne pouvait s'acquitter d'une telle dette. Pour la seule créance française, les commissaires de Napoléon III demandaient douze millions de piastres, somme qui n'était jamais entrée dans les coffres mexicains et n'était calculée que sur les dires de Dubois de Saligny, un ami de Morny en charge des intérêts français au Mexique. Devant l'ampleur de cette somme, même les Espagnols et les Anglais se déclarèrent choqués.

Mettre le Mexique à genoux provoquerait le retour à l'anarchie et la fin de toute chance d'être jamais remboursé. On en convint et, le 19 février 1862, on signa la convention de Soledad par laquelle les représentants des puissances alliées s'engageaient à ne porter aucune atteinte à l'indépendance, à la souveraineté et à l'intégrité du territoire de la République mexicaine, cependant qu'on continuait à faire les comptes et à chercher des solutions. Cette convention constituait une reconnaissance implicite du régime de Benito Juárez…

En l'apprenant, Napoléon III fut aussi furieux que catastrophé. Il nomma un nouveau commandant de l'escadre qui, à son arrivée à Veracruz, découvrit avec stupéfaction les alliés en train de discuter de la paix et du remboursement avec les émissaires de Juárez. Rompant les négociations, il voulut entraîner Anglais et Espagnols dans les hostilités, mais ils refusèrent de le suivre et quittèrent le pays.

Sans mesurer l'isolement de la France, l'impératrice Eugénie, qui se croyait fine politique, écrivit à Charlotte sur le ton de la victoire :

« Nous voilà grâce à Dieu sans alliés. »

Au même moment, les États-Unis firent savoir à Napoléon qu'ils considéreraient la création d'un Empire mexicain comme une offense.

Miramar devint alors le siège d'une correspondance intense venue des quatre coins de l'Europe, faisant alterner auprès de Maximilien et Charlotte les espoirs les plus fous et les désillusions les plus cruelles. François-Joseph et Napoléon III multipliaient les conseils de prudence et recommandaient de ne rien presser, l'armée française étant loin d'avoir pacifié le pays malgré l'entrée victorieuse des troupes, le 10 juin 1863, à Mexico.

Seules les lettres exaltées du général Almonte mirent un peu de baume sur les cœurs inquiets du jeune couple, conseillant à Maximilien de lever un emprunt mexicain en Europe, envoyer un nonce à Mexico, obtenir de Londres, Paris, Vienne et Madrid la garantie de l'indépendance et de l'intégrité du Mexique. Enfin, il lui recommandait d'emmener avec lui une armée de volontaires autrichiens.

Quant à Richard Hildreth, consul américain à Trieste, il adressa à Maximilien une lettre alarmiste :

« Vous devez savoir que les Mexicains ont une antipathie pour les monarques et les aristocrates. Si Napoléon ne retire pas ses troupes de lui-même, une armée américaine de vétérans, habitués à la guerre, sera envoyée au Mexique, assez forte pour permettre aux Mexicains de chasser les intrus. Si quelqu'un aspire au trône du Mexique, s'il y parvient vraiment, il devra être heureux d'en sortir sain et sauf. »

La menace était à peine voilée. Maximilien, découragé, ne savait plus qui croire. L'irréductible foi que Charlotte mettait dans le jugement de son père l'avait déstabilisé. Le roi Léopold n'avait-il pas approuvé l'aventure de la manière la plus formelle ?

Après un court séjour en Belgique pour prendre congé du père et des frères de Charlotte, Maximilien et son épouse passèrent quelques jours à Paris. Napoléon III et l'impératrice Eugénie les accueillirent avec chaleur. Pendant une semaine, ce ne fut que succession de spectacles, visites de musées, chasses à Versailles, concerts et bals donnés aux Tuileries.

Puis ils gagnèrent Vienne où ils furent merveilleusement reçus par la famille impériale. On donna un dîner de gala en leur honneur, mais ni l'un ni l'autre ne s'attendait à la catastrophe qui s'abattit sur eux le lendemain.

L'empereur François-Joseph les convoqua de bonne heure dans son bureau. Le comte Rechberg tendit à Maximilien un étrange document. Au fur et à mesure de sa lecture, son visage passa de la surprise à la colère.

– Renoncer à jamais à tous mes droits de succession en Autriche, même au droit d'héritage ! dit-il d'une voix étouffée. Ni moi ni aucun de mes héritiers ne pourra jamais exercer la régence. Et encore moins revendiquer le droit de tutelle si jamais un prince mineur devait arriver au trône, c'est inacceptable ! Et on veut que j'abandonne même « la fortune privée actuelle et à venir, mobilière et immobilière de l'illustrissime Maison d'Autriche ». On ne peut me demander de signer un tel *pacte de famille*...

– Si tu refuses, Max, en tant que chef de la Maison d'Autriche, je ne donnerai pas mon assentiment à ton acceptation de la couronne du Mexique, asséna l'empereur avec son air froid et buté que Maximilien et Charlotte connaissaient bien.

Rien ne le ferait changer d'avis. Tout avait été prévu dans les moindres détails. Maximilien se trouvait au pied du mur.

Ils repartirent pour Miramar le soir même, l'archiduc n'ayant rien signé.

Sept jours plus tard, après bien des hésitations et contre l'avis de Charlotte, Maximilien écrivit à son frère. Il renonçait définitivement à la couronne mexicaine. Napoléon III et Eugénie furent anéantis par la nouvelle. Leur beau projet s'effondrait brutalement à cause d'une stupide affaire de famille ! Sans Maximilien, la coûteuse expédition française n'avait plus de raison d'être. Pour qui se battrait-on désormais ? Comment serait-on remboursé ? Et la créance Jecker ne serait pas honorée… Qu'allait dire Morny ? Napoléon III devinait qu'il y aurait de houleuses séances à l'Assemblée pour fustiger le principe de l'expédition et Morny, tout président du Corps législatif qu'il était, n'y pourrait rien. La presse allait se déchaîner ! C'était une catastrophe.

L'impératrice envoya une lettre cinglante à l'ambassadeur de la Maison d'Autriche. Richard de Metternich, éperdu, accourut le lendemain matin aux Tuileries. Napoléon III, qui l'aimait beaucoup et le traitait d'habitude en ami, le reçut vertement.

Le 9 avril, effrayé par les dimensions internationales que prenait l'affaire, François-Joseph rejoignit avec sa suite la petite station de Miramar surplombant le parc et l'éperon rocheux où se trouvait bâti le château. Ils furent introduits dans la salle de la Rose des vents, tandis que les deux frères s'enfermaient dans la bibliothèque dominant la mer. Maximilien tenta encore de fléchir l'empereur et, face à l'impassibilité de François-Joseph, il capitula finalement sans condition. Maximilien et Charlotte étaient dépossédés de leurs biens autrichiens, mais l'empereur s'engageait à leur verser une pension si jamais ils devaient quitter le Mexique et revenir dans leur patrie. L'empereur, Maximilien, les archiducs et les témoins signèrent. François-Joseph ne laissa rien paraître. Maximilien, livide, avait les larmes aux yeux. Charlotte, confiante dans leur avenir, rayonnait au contraire de bonheur, puisque l'aventure mexicaine continuait.

En quittant Miramar, François-Joseph salua son frère de façon militaire, en claquant des talons. Mais au moment de monter dans le train, il se retourna brusquement et l'étreignit. C'était la dernière fois qu'ils se voyaient.

Le 14 avril, une foule immense se tenait sur l'embarcadère pour dire adieu à Maximilien et Charlotte, tous deux très populaires à Trieste. Les orchestres militaires jouèrent l'hymne impérial autrichien, puis celui du Mexique. Au mât de la frégate autrichienne, la *Novara*, flottait le drapeau rouge, blanc et vert, orné en son centre d'une couronne impériale. La foule agitait ses mouchoirs.

On doubla le sphinx en pierre veillant sur le port. Le quai s'éloigna, le château devint plus petit. Le vent agitait le voile du chapeau de voyage de Charlotte qui, folle de bonheur et de fierté, regardait son château se fondre dans le lointain. Les discussions avec François-Joseph avaient épuisé Maximilien. Que lui réservait l'avenir dans ce pays inconnu, où il régnerait avec l'appui des troupes françaises d'occupation ? Combien de temps Napoléon III lui conserverait-il son aide ? Serait-il à la hauteur de la situation et qu'allait-il trouver là-bas ? Il n'était pas sûr de savoir mener cette folle aventure.

En mer, Charlotte passa le plus clair de son temps dans sa cabine à écrire, perfectionner son espagnol, lire des livres sur l'histoire, la faune et la flore du Mexique. Dès qu'elle se trouvait seule avec Maximilien, elle élaborait avec lui l'étiquette de leur future Cour, savourant cette nouvelle et studieuse intimité. Ils discutaient de décorations à distribuer, de chambellans à nommer, d'une garde palatine à créer, d'uniformes tout rehaussés d'or à faire tailler. Tant et si bien qu'ils rédigèrent ensemble un volume de six cents pages concernant le cérémonial de la future Cour qu'ils se promirent de faire éditer sitôt arrivés à Mexico.

4

Le soleil se leva sur Veracruz. Charlotte et Maximilien furent surpris par le spectacle. Le fort de San Juan de Ulua barrait l'horizon. Cette sévère forteresse semblait défendue par de sinistres récifs noirs et déchiquetés. Çà et là émergeait de l'eau un mât de navire éventré. La côte était désespérément plate et jaune, sans un arbre, sans la moindre végétation. De loin, la ville ressemblait à une masse sombre surmontée par les pointes de nombreux clochers. Il faisait une chaleur étouffante, mais il fallut attendre toute la journée la délégation chargée de les accueillir. Elle n'arriva qu'à six heures du soir.

En tête venait Juan Népomucène Almonte, qui monta le premier à bord. Au lieu de s'incliner devant son souverain, il lui serra la main de façon peu protocolaire. Quant à Mme Almonte, en guise de révérence, elle se précipita sur Charlotte pour l'étreindre tout en lui donnant de vigoureuses tapes dans le dos. C'était l'*abrazo* mexicain, manifestation de tendresse et d'estime. Puis elle prit un paquet de cigarettes dans sa poche et le tendit à Charlotte en lui demandant :

– Est-ce que vous aimez fumer ?

Et dire que Maximilien et elle avaient passé tant de temps à rédiger les six cents pages des codes de la future Cour ! L'apprentissage des bonnes manières à l'aristocratie mexicaine promettait d'être rude…

Croyant lui faire un grand honneur, Maximilien nomma Almonte maréchal et ministre de la Maison impériale. C'était oublier qu'il avait été lieutenant général de l'Empire, puis colonel quand il n'était encore qu'un enfant, ministre de la Guerre, plusieurs fois ambassadeur en Europe. Alors qu'il espérait être au moins ministre, Almonte n'était qu'un maréchal d'antichambre.

Il était trop tard pour aller à terre et l'on décida de passer la nuit sur le bateau. Pourtant, la ville s'était lourdement endettée pour recevoir son empereur. On avait construit un pavillon sur le quai, acheté un service de table de soixante couverts, prévu un bal au théâtre, fait dresser des galeries ornées de tapisseries et des arcs de triomphe, et tout cela pour rien…

Le lendemain, on débarqua les bagages des voyageurs, soit quinze cents colis, ainsi qu'un lourd carrosse rococo, tout doré sur tranches. Et pas la moindre escorte militaire ou dames d'honneur pour recevoir l'empereur et l'impératrice. Sur les murs, on pouvait lire une proclamation du nouvel empereur :

« Mexicains, vous m'avez désiré, je vous promets de respecter vos lois et de les faire respecter. Ma devise, vous la connaissez déjà : équité dans la justice. Je tiendrai le sceptre avec confiance et l'épée de l'honneur avec fermeté. À l'impératrice appartient la tâche enviable de consacrer au pays tous les nobles sentiments d'une âme chrétienne et toute la douceur d'une tendre mère. Unissons-nous pour atteindre le but commun, oublions les ombres du passé, ensevelissons les haines partisanes et l'aurore de la paix et d'un bonheur mérité se lèvera, radieuse, sur le nouvel Empire. »

À l'évidence, le peuple de Veracruz n'avait que faire d'un empereur autrichien et d'une impératrice belge mis en place par des troupes françaises. Charlotte avait les larmes aux yeux en contemplant les rues vides, les rares passants indifférents, les arcs de triomphe détruits pendant la nuit. Les rues étaient sales et pleines d'immondices, les terrasses des maisons envahies de vautours gras comme des dindons, des zopilotes aux ignobles cous dénudés. Le lamentable cortège se dirigea vers la gare et l'on s'entassa comme on put dans les inconfortables wagons américains aux sièges de paille tressée. Le train partit, tournant le dos à la mer pour s'engager dans les malsaines Terres chaudes ornées de quelques rares arbustes rabougris. À perte de vue, ce n'était qu'une immense plaine de sable ponctuée de hauts cactus hérissés de piquants. On parcourut ainsi quarante kilomètres dans une chaleur accablante avant d'arriver à la Soledad de Doblada.

Almonte y avait fait dresser une tente sous laquelle fut servi un copieux repas. On joua le nouvel hymne mexicain et des Indiens curieux vinrent saluer cet empereur dont ils ne savaient rien. À la fin du repas, un messager de Juárez remit à Maximilien ce pli : « Il est donné à un homme, monsieur, d'attaquer le droit des autres, de saisir leurs biens, d'assaillir ceux qui défendent leur nationalité, de faire de leurs vertus des crimes, mais il est une chose qu'une perversité telle ne peut pas empêcher, c'est le terrible jugement de l'Histoire. »

Plus impressionné par ce billet qu'il ne voulut le laisser paraître, Maximilien ne cessait de le tourner et retourner avec nervosité entre ses doigts.

Après un interminable trajet en train, ils s'engouffrèrent dans les diligences inconfortables et les voitures se lancèrent à l'assaut des montagnes. On rebondissait d'un rocher à une ornière, on passait par des défilés sinistres où l'on s'attendait sans cesse à être attaqué par les troupes de Juárez. Peu avant d'arriver dans la bourgade de Palmar, la voiture de Velásquez de León versa et l'on eut du mal à la redresser et à en extraire le malheureux ministre. Le carrosse rococo était de l'expédition. Juché sur un chariot, il cahotait au hasard du chemin. Des Indiens dépenaillés regardaient avec stupéfaction passer l'étrange convoi qui n'avait rien de bien impérial. Charlotte, décidée à tout trouver parfait, riait de l'aventure avec ses dames de compagnie qui n'osaient pas se plaindre, mais n'en pensaient pas moins.

Au désert succédèrent de luxuriantes forêts peuplées de singes et de perroquets multicolores qui ravirent Charlotte. Des cahutes primitives tenues par des Indiens servaient de buvettes, mais c'était si sale qu'on préféra ne pas s'y arrêter. À nouveau ce fut la montagne, l'abrupt Chiquihuite aux flancs couverts d'une épaisse végétation. Vers sept heures du soir, une roue de la voiture de Charlotte cassa. On ne put réparer et l'on fit venir d'un des relais français une *diligencia de la Republica*, véhicule inconfortable dans lequel s'acheva le voyage. L'incident avait retardé le convoi et la petite troupe arriva, harassée, à deux heures du matin à Córdoba.

On ne voyait pas grand-chose, jusqu'à ce que des Indiens munis de torches surgissent de toutes parts en hurlant :

– *Viva Maximiliani primero ! Viva el Emperador ! Viva Carlota !*

C'était la première fois qu'on les acclamait avec un tel enthousiasme depuis qu'ils avaient touché le sol mexicain. Et ces cris étaient si doux à entendre que la petite escorte en oublia sa fatigue. Charlotte, très digne, salua de la main les pauvres Indiens vêtus de misérables ponchos comme s'il s'était agi de magnifiques troupes en grand uniforme. Un souper fut servi dans la mairie du village et, malgré l'heure tardive, les Mexicains ne voulurent pas renoncer à leurs discours de bienvenue que la suite impériale dut subir en refoulant ses bâillements, avant de passer la nuit dans un hôtel miteux. Rien n'était prévu pour faire un brin de toilette, alors que tous étaient couverts de poussière.

Il n'y avait pas assez de chambres pour loger tout ce monde et l'on dut improviser des dortoirs en jetant par terre des paillasses. Les chambres étaient vides pour éviter les vols, maladie endémique au Mexique, et il fallut encore payer les domestiques pour disposer de lits, de vagues cuvettes emplies d'une eau douteuse et de chandeliers. Tout le monde était exténué et on se contenta de la literie fatiguée.

Au réveil, ils apprirent que la diligence apportant une partie du trésor impérial avait été attaquée par les bandits de Juárez. Trois millions de piastres, bien utiles pour les premiers frais de l'installation à Mexico, venaient ainsi de disparaître. Mieux valait ne pas s'attarder.

La route montait toujours. La végétation devint encore plus dense, avec des figuiers de Barbarie et des *magueys* géants. Un torrent dévalait la montagne avec un bruit joyeux. Dans une cuvette verdoyante, la petite ville d'Orizaba se serrait autour de sa cathédrale, veillée par un ancien volcan de mille deux cent vingt mètres de haut, le Citaltépelt ou montagne de l'Étoile. Charlotte, enthousiaste, trouva que le paysage rappelait le Tyrol.

Aux abords de la ville les attendait une foule de dix mille Indiens en délire qui s'accrochaient aux roues des voitures en acclamant leur nouvel empereur. L'accueil était si chaleureux que Maximilien décida de rester deux jours à Orizaba. Ils y reçurent de nombreuses délégations d'Indiens, des Naranjals, des Cuicatèques et des Mazatèques à la fois chrétiens et animistes. Ils visitèrent des écoles soigneusement choisies et se récrièrent devant ce qu'ils voyaient, si bien que Charlotte écrivit avec naïveté à sa grand-mère :

« Presque tous les Indiens savent lire et écrire. Le peuple est souverainement intelligent et, si le clergé l'instruisait comme il faut, ce serait un peuple éclairé. Nous avons vu des écoles fort avancées où les enfants savaient des choses qu'ils ne savent certainement pas en Autriche, d'autres où on leur demandait si Dieu avait des mains ou des oreilles, ou bien quelle était la différence entre la Sainte Vierge véritable et celle qui est à l'église. Tout est à refaire dans ce pays-ci ; on ne trouve que ce qui est nature au physique et au moral. C'est une éducation à entreprendre jusque dans les plus petites choses ; heureusement qu'il y a la grande docilité, cette docilité qui a fait supporter tous les pouvoirs les plus écrasants, toutes les exactions, tous les crimes. »

Après Orizaba, la route mal tracée ne permettait plus de rouler en voitures. Charlotte et Maximilien, tous deux excellents cavaliers, se réjouirent de partir au petit galop sur les chemins mal empierrés, mais il n'en fut pas de même des autres membres de la suite impériale, dont certains avaient le vertige. La plupart se plaignaient de leurs reins moulus. Il fallait pourtant continuer d'avancer. Après avoir parcouru cent quarante kilomètres de mauvaises pistes et avoir changé plus de dix fois les chevaux, on arriva enfin à Puebla, qui se relevait à peine de ses ruines.

La population d'origine espagnole, reconnaissable au vaste sombrero pour les hommes, courte veste et large pantalon retenu par une ceinture d'argent, grandes bottes montantes, jupe courte, boléro brodé et mantille pour les dames, saluait à l'européenne, les hommes d'une inclination de tête, les femmes en plongeant dans de profondes révérences. Les Indiens, la tête passée dans une couverture percée d'un trou, le *sarapo*, souriaient en acclamant le couple impérial, tandis que les femmes en blouses et jupes blanches, drapées dans un châle à fleurs, le *rebozo*, lançaient à Charlotte des fleurs des champs.

Les cloches sonnaient à la volée. Le général français Henri Brincourt conduisait la délégation venue saluer l'empereur. À ses côtés, le maire de la ville portait sur un coussin de velours les clefs de sa cité qu'il remit avec solennité à Maximilien. Ce dernier les lui rendit en prononçant la formule consacrée :

– Sûr de votre fidélité, je vous rends ces clefs, n'ayant qu'une seule aspiration, celle de posséder vos cœurs.

Ces paroles dites en espagnol valurent à Maximilien un tonnerre d'applaudissements.

La garnison française fit au couple impérial les honneurs de la ville, les recevant au son des canons et des hymnes militaires, puis on leur offrit un dîner, qui se termina par un feu d'artifice dont le bouquet final reproduisait le château de Miramar. Dans son discours de remerciement, Maximilien ne manqua pas de faire l'éloge de Napoléon III et des troupes françaises d'occupation sans lesquelles il ne se serait pas trouvé là, heurtant les représentants mexicains. Charlotte, Maximilien et leur suite logèrent ensuite dans la maison de l'évêque, dans un faubourg de Puebla nommé Zonaca. Charlotte continuait à tout trouver magnifique tandis que sa suite pestait contre les mets trop épicés, les lits étroits et souvent remplis de punaises, les conditions de voyage difficiles.

Le lendemain fut occupé à visiter la petite cité et les dignitaires mexicains offrirent à Charlotte de splendides gerbes de fleurs pour son anniversaire. Cette attention la toucha aux larmes. Plus que jamais, elle se sentait chez elle dans ce pays où on les accueillait si bien en leur lançant des fleurs et des couronnes de papier doré, en criant avec un bel enthousiasme et à tout propos : « *Viva el emperador* »,

« *Viva la emperatriz* » ! Puis la marche triomphale reprit en direction de Mexico.

Enfin, se dessina la haute plaine de Mexico, située à deux mille deux cent quarante mètres d'altitude. Avant d'entrer dans la capitale, on s'arrêta pour se recueillir dans la basilique de Nuestra Señora de Guadalupe, patronne du Mexique, le lieu d'apparition, au XVIe siècle, de la Vierge à un jeune Indien. Charlotte, qui était très pieuse, n'avait jamais vu autant de monde se traîner à genoux sur les dallages de pierre et embrasser les statues avec un tel emportement. La ferveur de la foule la bouleversa.

La réception officielle eut lieu dans la maison du chapitre de Mexico. Le grand maître des cérémonies était le comte Zichy qui nomma à l'empereur les principaux officiels français venus l'accueillir, le général Bazaine, le ministre comte de Montholon et Mgr Labastida, nouvel archevêque de Mexico. Le préfet, tout doré sur tranche, s'inclina devant son nouvel empereur qui lui déclara d'une voix rendue tremblante par l'émotion :

– Je vous salue avec l'effusion d'un cœur qui vous aime et qui a identifié son sort au vôtre.

Sur le parvis les attendait une foule en délire. Les cavaliers trottaient fièrement sur leurs montures, tandis que les femmes s'abîmaient dans de profondes révérences et jetaient des fleurs. Les cloches sonnaient à la volée, les canons tonnaient. Le cortège se mit en route, passant sous des successions d'arcs de triomphe. Les lanciers de l'impératrice, commandés par le colonel Lopez, flanquaient le cortège. Les régiments français des chasseurs d'Afrique et des hussards précédaient le carrosse rococo que l'on avait ressorti pour l'occasion et qui brillait de tous ses ors, tiré par six chevaux caparaçonnés de rouge. Les généraux Bazaine et Neigre caracolaient aux portières, sabre au clair. Suivaient deux cents calèches où avaient pris place les dames d'honneur de Charlotte et le reste de la Cour. Un escadron de cavaliers mexicains aux grandes culottes boutonnées d'argent et aux hautes bottes vernies fermait le défilé. La rue était jonchée de pétales de fleurs. Les drapeaux français se mêlaient aux bannières mexicaines et autrichiennes. L'enthousiasme semblait partout unanime, sans nulle note discordante, et Maximilien commençait à croire qu'il était bien l'empereur de ce peuple dont il ne savait rien, mais qui paraissait tout attendre de lui.

Après avoir suivi un chemin bordé de peupliers, le cortège s'arrêta sur la grand-place, le Zócalo, autrefois centre de la capitale aztèque.

Fasciné, le couple contemplait l'immense palais aux onze cents fenêtres, construit en pierres volcaniques, qui avait été la résidence de Cortés avant de devenir celle des vices-rois et des présidents de la République.

Dès ce premier soir, Maximilien voulut remplacer la garde d'honneur du 3e zouaves par une garde mexicaine. Après le dîner, alors qu'ils se retiraient dans leurs appartements, il entendit une forte rumeur sous leurs fenêtres. Il souleva le rideau pour voir ce qu'il se passait et aperçut une foule agglutinée sous leurs fenêtres, qui cherchait à entrer chez eux. L'officier commandant la garde mexicaine avait en effet vendu un *real* par tête le droit d'assister au coucher de l'empereur ! On renvoya la garde et on rappela le 3e zouaves…

La nuit fut infernale, les lits étaient infestés de punaises. Maximilien dut dormir sur le billard et Charlotte dans un fauteuil…

Dès le lendemain matin, Charlotte et Maximilien décidaient de toute urgence de meubler le palais presque désertique, de le moderniser et le rendre apte à recevoir avec faste. Mais ils refusèrent de l'habiter, le jugeant trop inconfortable. La suite des salons donnant sur la façade fut réunie en une seule vaste salle de bal ou de réception des ambassadeurs. On mit en place les nombreux lustres et candélabres qu'on avait apportés d'Europe, les belles tapisseries sur lesquelles avait été brodée la devise de Maximilien, *Equidad en la Justicia*. On fit repeindre les pièces, on jeta sur les sols de beaux tapis.

En un mois à peine, ce ne fut plus que superbes miroirs de Venise, statues et vases de marbre, porcelaines chinoises et japonaises. Mme de Miramon fut frappée par la beauté de Charlotte, lorsqu'elle la reçut dans une robe de soie grise ornée de passementerie, une aigrette de diamants dans ses cheveux sombres. Les réceptions impériales avaient grand air et Charlotte mettait tous ses efforts à organiser autour d'eux une véritable Cour régie par un protocole exigeant. On redonna ses titres de noblesse à une société d'origine espagnole où pullulaient les comtes, marquis et Grands d'Espagne.

Une semaine à peine après l'arrivée à Mexico, tandis que les travaux continuaient au palais, Charlotte et Maximilien installaient leur résidence au château de Chapultepec, donnant sur les montagnes bleutées entourant Mexico.

Cette ancienne résidence secondaire des vice-rois de la Nouvelle-Espagne, bâtie sur une colline rocheuse, dominait une forêt de conifères et de cyprès et servait désormais d'hôpital à l'armée française. On renvoya les malades pour commencer les travaux, même si le trésor était déjà à peu près vide. Des fenêtres, on voyait les flèches de la cathédrale et Maximilien décida de percer un grand boulevard bordé de pelouses et d'eucalyptus pour relier le château à l'édifice religieux. On l'appela indifféremment la promenade de Carlota ou la *calzada del emperador*.

Maximilien ajouta à Chapultepec colonnade, terrasse couverte, arcades et vérandas, aménagea de nouvelles pièces. Maximilien et Charlotte étaient enfin installés de façon confortable au château où chacun avait ses appartements. Maximilien se levait en général très tôt, vers quatre heures du matin, pour monter à cheval dans la campagne environnante. À neuf heures, il était à son bureau et étudiait les divers dossiers s'accumulant sur sa table. Au milieu de la matinée, il s'interrompait pour nager dans un bassin naturel découvert parmi les bois voisins, là où se baignait, disait la légende, Malinche, la célèbre maîtresse indienne de Cortés.

On eut bientôt fini le salon chinois et la salle à manger hérissée de massifs surtouts et de la laide et fausse argenterie en Christophe. Au premier étage, on achevait les appartements privés de Maximilien et Charlotte. L'empereur dormait dans un lit de cuivre portant l'inévitable inscription *Equidad en la Justicia* et Charlotte dans une autre chambre, sur une couche rococo surchargée d'or. On aménagea aussi une galerie ornée de vitraux représentant Pomone, Cérès, Diane, Hébé et Flore, un salon de musique aux fauteuils Louis XV ornés de tapisseries illustrant les fables de La Fontaine et un piano au chiffre de Maximilien, un salon des ambassadeurs et une belle terrasse dans le style grec ornée d'un bassin et d'un observatoire, bordée de colonnades formant un passage couvert où Maximilien prit l'habitude de se faire lire son courrier par son secrétaire.

Charlotte se levait plus tard, prenait son petit-déjeuner seule chez elle, partait elle aussi galoper dans les allées du parc entourant Chapultepec. Après le déjeuner, pris en petit comité ou en tête à tête, ils se rendaient ensemble en voiture au palais impérial de Mexico, lui pour recevoir en audience ses ministres ou ambassadeurs, elle pour présider ses comités de bienfaisance. Vers quatre heures, ils reprenaient le chemin de Chapultepec pour y dîner avec leur suite. Puis Maximilien se retirait avec les messieurs dans le fumoir, les dames accompagnant Charlotte dans son boudoir.

Toujours aussi enthousiaste, Charlotte, écrivait à sa grand-mère le 26 juin :

« Quand on représente ce pays-ci comme violenté dans ses sentiments, on se trompe, car il y a dans toutes ses manifestations un caractère non équivoque. Il a une profonde confiance en Max et il attend tout de lui. Ce sont des gens dociles, sans les révolutions militaires, qui sont devenues impossibles aujourd'hui, il n'y en aurait jamais eu car, de fait, personne ne les aime. En outre, il y a de l'intelligence et le désir du progrès, du patriotisme, joint à un pressentiment vague d'une grandeur future. Les éléments ne manquent pas. L'œuvre est difficile certainement, mais faisable avec de la persévérance et du courage ; ni l'un ni l'autre ne feront défaut de notre côté. Ainsi, chère grand-maman, soyez tranquille sur notre compte : nous ne courons aucun danger, on commence à nous aimer et nous avons de bonnes chances de réussir. »

De son côté, le 26 juillet, Max décrivait leur austère existence à son frère Charles-Louis :

« À Chapultepec, nous ne donnons que très rarement des dîners. Nous prenons nos repas presque toujours seuls et ne voyons jamais personne le soir. Cela cadre, Dieu merci, avec le caractère sérieux des Mexicains, qualité qui me convient très bien et qui me permet de consacrer beaucoup de temps à un travail important. On ne connaît pas du tout ici ces prétendus amusements européens, tels que soirées, thés et leurs bavardages, etc., dont le souvenir m'est odieux. Nous nous garderons bien de les introduire. La seule distraction des Mexicains consiste à parcourir avec leurs excellents chevaux leur beau pays et visiter de temps à autre les théâtres. Pour ces derniers, j'en fais autant. Dans le Grand Théâtre, un des plus beaux du monde, il y a maintenant un excellent opéra italien. Les bals sont rares, mais s'il y en a, ils sont très beaux et très animés. »

Heureusement pour l'impératrice, il restait les parades militaires sur le Paseo. Et les représentations théâtrales que Maximilien ne boudait pas non plus. L'air de la *Paloma* chantée par la célèbre Concha Mendez était sur toutes les lèvres et Charlotte le fredonnait à longueur de journée.

Le général Bazaine donna un bal au palais de San Cosme, non loin de la digue d'où Cortés avait jadis pris la fuite. La voiture impériale s'y rendit, escortée d'un escadron de chasseurs d'Afrique. Chaque homme portait une torchère à la main, ce que Charlotte jugea fort pittoresque. D'ailleurs, elle fut enthousiasmée par le bal, mais ne remarqua pas que bien des invités mexicains faisaient main basse sur les couverts en argent ou les crépines d'or des rideaux, prenant tout ce qui tenait dans une poche ou un réticule…

Charlotte écrivait fréquemment à Eugénie. Après la revue des potins mondains, elle passait à des sujets plus sérieux :

« Les choses iront ici si Vos Majestés nous secondent, parce qu'elles doivent aller et que nous voulons qu'elles aillent, mais c'est un labeur prodigieux, car quand un pays s'est amusé pendant quarante ans de son existence à défaire tout ce qu'il avait en fait de ressources et de gouvernement, on ne rectifie pas cela en un jour. Cela du reste ne nous effraie nullement, ce n'est que comme fait que je le constate. Nous nous sommes voués à cette œuvre en parfaite connaissance de cause, pour ma part, je le répète, je n'ai été surprise que par les routes. Tout le reste, je l'ai trouvé plutôt mieux que plus mal. Il faut des chemins de fer avant tout et l'émigration. Les plateaux qui environnent Mexico sont magnifiques et si l'on savait cela davantage, il n'y aurait pas de pauvres dans les grands pays de l'Europe. Il y a la richesse des mines qui est prodigieuse, mais les voies manquent pour charrier tout cela. À Mexico, on a de la peine à se procurer du fer à côté des filons les plus productifs. Dans les filatures de coton, on brûle du charbon de bois, parce qu'on ne sait comment amener la houille qui se trouve aussi dans le pays. »

À Napoléon III, Maximilien adressait des lignes tout aussi optimistes le 26 juillet :

« Chaque jour, de nouvelles adhésions à l'Empire m'arrivent de l'intérieur : les troupes franco-mexicaines se mettent successivement en mouvement et obtiennent partout des marques de sympathie de la part des populations, ou de succès plus ou moins grands sur les récalcitrants. »

Si l'armée française avait en effet obtenu de surprenants résultats, elle n'était pas très regardante quant au choix des moyens. Était considéré comme rebelle et fusillé sur-le-champ tout Mexicain pris armé, comme le stipulaient les décrets signés du gouverneur Charles du Pin, le colonel à qui Bazaine avait confié le soin de juguler la guérilla. Or aucun Mexicain ne se déplaçait jamais sans armes…

À Mexico, la sécurité ne posait aucun problème et Charlotte sillonnait la ville dans sa voiture découverte, entourée d'un simple peloton de cavalerie. La cité avait grand air, avec ses larges avenues et ses superbes monuments espagnols, ne manquant pas de beaux palais privés et d'élégantes demeures construites de plain-pied autour de leurs patios. Des grilles de fer forgé aux belles volutes protégeaient fenêtres et balcons. Ce n'étaient que le long des faubourgs que l'on apercevait les pauvres maisons de pisé des Indiens et des métis. Charlotte adorait le spectacle toujours renouvelé de la rue. Les cavaliers juchés sur leurs selles cloutées d'argent passaient au grand galop, les jambes droites dans les étriers également d'argent. D'autres portaient l'habit andalou. Les Indiens venaient à pied ou juchés sur leurs petits ânes, la tête couverte de leurs *sarapos*. Les descendants des Espagnols portaient redingotes et chapeaux européens et allaient à cheval ou en voiture. Leurs femmes ne se promenaient jamais à pied, sauf pour se rendre à la messe, et se cachaient sous leurs mantilles. Parfois passaient des zouaves au fez rouge rejeté en arrière.

Juárez, réfugié à Monterrey, loin dans le Nord, n'était plus une menace. L'Empire existait bel et bien, Maximilien et Charlotte en étant les souverains bien-aimés.

Chaque lundi, Charlotte donnait un bal intime au palais où étaient conviés le corps diplomatique, les membres du gouvernement, les militaires, les dames d'honneur et l'aristocratie mexicaine. Le comte del Valle, le maître de cérémonie, ouvrait à deux battants la porte menant vers les salons en annonçant d'un ton solennel :

– Messieurs, mesdames, Leurs Majestés.

Dans les salons se pressaient la comtesse del Valle, la señora de Sanchez Navarro ressemblant à une Vierge de Murillo, la señora de Arrigunaya, une beauté célèbre, la ravissante Eirqueta Servantes et son amie Antonia Barandiaran, les Almonte, les Miramon, le général Bazaine et le cercle des officiers français, autrichiens et mexicains. Pepa de la Pena, une jeune beauté d'à peine dix-sept ans, dansa le quadrille au bras du général.

Puis ce fut l'heure du souper. Sur le buffet, les nouveaux serviteurs mexicains, parfaitement éduqués par les majordomes autrichiens de la suite de Maximilien, servirent des coupes de champagne rosé, la nouvelle boisson à la mode. Tout le monde remarqua que le général Bazaine ne quittait pas Pepa de la Pena d'une semelle et qu'il demanda la permission à l'empereur de déserter sa table pour souper avec sa belle.

L'empereur plaisait beaucoup aux dames, avec ses cheveux très blonds, sa longue barbe séparée en deux pointes, ses yeux bleus si pétillants, son rire gai. Il s'intéressait à tout, aux beaux-arts, littérature, théâtre, poésie et botanique.

Charlotte nota sans amertume que ses dames d'honneur étaient sous le charme.

Quant à Charlotte, elle était très belle aussi, avec sa petite tête aux joues rondes, sa haute taille mince. Sa chevelure était du plus beau noir et ses yeux brillaient d'intelligence. Elle avait fait des progrès considérables en espagnol, s'intéressait à tout, voulait tout connaître de son nouveau pays. Mais toujours, elle maintenait une distance entre elle et ses dames et aucun officier français n'aurait osé l'inviter à danser.

Que Bazaine fût amoureux ne le dispensait pas, aux yeux de Charlotte, de continuer sa guérilla contre les rebelles et elle ne cessait de le tarabuster, afin qu'il agît.

– Ce n'est pas en restant à Mexico, lui dit-elle, que la situation militaire s'améliorera. Il faut aller de l'avant, montrer aux rebelles la supériorité de vos armes et la valeur des troupes françaises !

Elle sut si bien alterner flatteries et harcèlement qu'il se laissa convaincre et envoya au Sud de la capitale une expédition qui eut finalement raison du général Uraga. Ne restaient que Benito Juárez et Porfirio Díaz pour s'opposer à Maximilien. L'allié de Juárez était lui aussi un métis d'origine modeste, un remarquable chef de bande aux manières de grand seigneur qui tenait la poche d'Oaxaca. Négligeant Porfirio Díaz, Bazaine préféra poursuivre Juárez à Monterrey, au nord du pays. Bousculant tout sur son passage, il fonça vers le Nord et Juárez dut expédier femme et enfants aux États-Unis, tandis que lui-même, ses forces réduites à une poignée de fidèles, à bout de vivres et de munitions, se repliait près de la frontière, à Chihuahua. Bazaine réduisit le reste du pays par la brutalité, faisant fusiller les rebelles. Quand il connut ces exactions, Maximilien fit appeler son chef de cabinet, le fidèle Éloin, pour lui dicter un courrier destiné au général français.

– Qu'est-ce que j'apprends ? lui dit-il. La ville de Zacultipan a été incendiée de fond en comble, Huatchinango a été pillée avec une rare barbarie et l'on ne compte plus les rebelles fusillés à Tertancingo. Ce n'est pas ainsi que j'ai l'intention de régner et de me faire accepter de mes sujets. Écrivez, je vous prie, à Bazaine que j'aime à croire que ces nouvelles sont fausses, bien que je sache hélas qu'il n'en est rien. Je veux, j'ordonne que ces atrocités cessent immédiatement. Elles ne peuvent se commettre ni en mon nom ni en celui de la France.

La lettre partit et Bazaine adoucit son œuvre pacificatrice.

Maximilien passait ses journées rivé à son bureau, à donner des audiences, étudier les multiples dossiers, promulguer des décrets qui n'étaient la plupart du temps pas appliqués. Il avait souvent l'impression d'une profonde impuissance et de la plus complète inefficacité.

– Que faire, demanda-t-il d'un ton las à Charlotte, avec ce peuple composé d'une multitudes de races ne parlant pas la même langue, ne sachant souvent ni lire ni écrire, réparti sur des territoires immenses où l'action du gouvernement reste sans effet ? Même si le nombre de rebelles semble se réduire de jour en jour, que peut dans ces conditions un gouvernement ? Pas grand-chose, j'en ai peur…

Charlotte tentait de lutter contre son découragement. À

vingt-quatre ans, elle débordait d'énergie et rien ne la rendait plus heureuse que lorsqu'elle devait recevoir en tant qu'impératrice du Mexique et remplacer Maximilien dans sa tâche. Elle espérait de toutes ses forces profiter de cette nouvelle vie pour se rendre indispensable aux yeux de son époux et le séduire.

Au début de l'été, lorsqu'il lui annonça son intention de partir en tournée d'inspection dans le Nord de la province, elle le supplia de la laisser l'accompagner. Maximilien savait combien la jeunesse, la beauté et la bonne humeur de son épouse la rendaient populaire. Aussi commença-t-il par accepter le principe d'un grand voyage à deux, puis il refusa en prétextant que l'état infect des routes rendrait le voyage bien difficile pour elle et le ralentirait trop, et surtout que sa présence était nécessaire à Mexico. Il ne fallait pas laisser les deux palais trop longtemps déserts et Charlotte devait présider le Conseil des ministres.

Feignant de se rendre à ses bonnes raisons, Charlotte serra les dents, aida son mari à préparer son départ et s'efforça à la gaieté. Pourtant, le cœur n'y était pas. À peine Maximilien était-il parti qu'elle fut prise de fièvre et dut s'aliter, lui écrivant assez crûment :

« Hier et aujourd'hui, j'ai passé quelques heures au lit, j'ai des coliques et probablement la diarrhée. Comme je le disais avant ton départ, mais en plus fort, si bien que je ne mange que de la soupe. J'espère que dans quelques jours ce sera passé. Je distingue mal si ma souffrance est physique ou morale. Tu vois que le temps ne s'écoule pas très agréablement pour moi. Après avoir mené une vie inintéressante, je me sens comme paralysée par ton départ. Je veux cesser ces jérémiades qui te montrent que je ne suis pas dans mon état normal, car je me sens triste, oisive, inutile. »

Maximilien absent, ce début de l'été 1864 lui semblait fort morne et elle n'avait goût à rien. Même cette couronne qu'elle avait tant voulue ne lui semblait plus si brillante. Éloin en qui elle avait toute confiance était resté pour l'assister de ses conseils. C'était le seul à qui elle se confiait parfois, mais, lorsqu'il tenta un geste un peu familier, en posant sa main sur son bras tandis qu'ils prenaient le thé ensemble, elle se raidit et parut si offusquée qu'il ne le réitéra jamais.

5

Maximilien était parti le 10 août sur les mauvaises routes mexicaines dans un convoi de six voitures, escorté de pelotons de cavalerie français et mexicains. L'accompagnaient un homme discret et loyal pour qui il s'était pris d'amitié, Joseph Loysel, un Breton de trente-neuf ans, ancien officier de Saint-Cyr détaché par Bazaine, ainsi que l'ancien valet Schertzenlechner qui voulait profiter du voyage pour recouvrer auprès de Maximilien une influence compromise par l'arrivée d'Éloin.

Chaque jour, Maximilien adressait des lettres brûlantes à Charlotte, la nommant en espagnol « ange de mon cœur », « étoile de ma vie » ou « dame de mes désirs », l'aimant toujours beaucoup mieux quand il était séparé d'elle.

Charlotte, craignant que l'écho du bon accueil que Maximilien recevait dans chaque ville traversée ne fît croire à Napoléon III qu'il pouvait retirer ses troupes, écrivait pendant ce temps à Eugénie :

« Si l'effectif de l'armée française venait à être soudainement diminué, cela donnerait lieu au plus grave découragement de la part de ceux qui désirent l'avenir du pays et à une insécurité très grande pour les habitants. Les Indiens des villages viennent encore de jour en jour demander, ne fût-ce qu'une compagnie française. »

Même chassé de Monterrey, Juárez tenait encore les trois plus riches territoires du Nord.

Le voyage de Maximilien vers le Nord continua par Celaya, puis Irapuato, au cœur de la haute plaine de Bajio. L'empereur y invita à dîner le général Iraga qui venait de se rallier à lui, en fit son aide de camp et un ministre d'État. Le climat, tantôt humide et froid, tantôt torride, fut éprouvant et l'empereur écrivait avec découragement à son épouse :

« Pendant trois jours, je n'ai pas pu parler du tout, mais le pire était d'être loin de toi, ma chérie, si complètement perdu et seul. La maison me manquait terriblement, je souhaitais le moment de revenir avec toi à Chapultepec. Les nuits étaient horribles parce que je toussais et frissonnais tout le temps, pouvant difficilement respirer et ne parvenant pas à dormir. »

De son côté, Charlotte présidait le Conseil des ministres avec constance, donnait des audiences, visitait dispensaires et écoles, gouvernant à la place de Maximilien et s'apercevant qu'elle adorait cela. Elle se sentait utile et croyait en leur popularité sans comprendre que Mexico restait peu représentatif du reste du pays. Puis, sans attendre le retour de son époux, elle quitta Mexico pour se rendre à Tlaxcala, à cent trente kilomètres de là, afin de visiter des fabriques de papier et de coton, dirigées par des Espagnols.

Chaque dimanche, elle donnait au nom de Maximilien une audience publique et, chaque jour, elle lui envoyait des messages vibrants d'amour :

« Quand j'entends le récit de ton voyage et tout ce que tu endures, je suis si éperdue d'admiration que je te considère plus comme un ange que comme un humain. Je suis jalouse de tout le bien que tu fais sans moi, je suis jalouse de tes pensées mêmes, ces idées nobles, géniales et en même temps si pratiques. Bazaine a envoyé un récit de ton voyage à Napoléon III et je suis sûre qu'il sera aussi plein d'admiration que moi. »

En réalité, Maximilien se contentait de se faire acclamer dans les territoires pacifiés par les Français. Les impôts ne rentraient toujours pas, l'épineuse question du remboursement des biens confisqués au clergé n'avait pas été évoquée, les mines n'étaient pas exploitées. Maximilien n'avait pas encore remboursé un centime de ses dettes.

Au début du mois d'octobre, il arriva à León, où il trouva les femmes fort belles et eut quelques aventures peu discrètes, n'étant toujours guère fidèle à Charlotte. De là, il piqua vers Morelia, faisant péniblement route sous la pluie, comme il le raconta à son frère Charles-Louis :

« Mon voyage touche à sa fin. Après une journée longue et pénible à travers les montagnes, sous une pluie affreuse, je suis enfin arrivé sain et sauf de León à Morelia. Nous étions obligés d'escalader des rochers et de traverser des courants rapides et de vrais lacs de boue. Nos excellents chevaux mexicains nous ont victorieusement portés à travers tout. Je choisis ces chemins difficiles pour raccourcir mon voyage et pour visiter quelques villes importantes à l'intérieur du pays. À Morelia, la ville la plus dangereuse au point de vue politique, je fus reçu avec un enthousiasme comme je n'avais encore jamais vu de ma vie. Je ne pouvais presque pas avancer avec mon cheval et, lorsque j'allai à pied, la foule faillit m'étouffer. C'est une population très excitable et, partant, incontrôlable. La ville est très belle. Elle possède de riches palais, construits en pierre de taille, une cathédrale superbe, également en pierre de taille, avec deux tours élancées. Les environs sont riants et riches. À Toluca, je rejoindrai Charlotte. De là, nous ferons ensemble une excursion sur le Nevada, un volcan dont le pied est couvert d'une forêt vierge, tandis qu'on arrive, dans les régions supérieures, à des champs de neige et enfin à deux lacs complètement gelés. De là, directement à Mexico. »

À la fin du mois, Charlotte se mit en route à six heures du matin par un soleil radieux, impatiente de rejoindre son mari. Elle tint au jour le jour un récit de son voyage qu'elle fit ensuite imprimer en vingt-cinq exemplaires et remit en souvenir à ses proches. Deux heures plus tard, à Santa Fe, au-dessus de Mexico, elle troqua sa voiture pour un cheval et galopa entre Bazaine et Almonte. À quatre kilomètres de la ville de Lerma où l'on devait passer la nuit, une troupe de cavaliers arriva à vive allure en hurlant : « *Viva la emperatriz, viva el mariscal Bazaine !* » Charlotte était aux anges, croyant plus que jamais à sa popularité. Un orage éclata brutalement et ce fut au grand galop que l'on rejoignit, trempés, la petite ville où l'on s'abrita comme on put.

Le lendemain, à peine fut-on entré dans la ville de Toluca qu'un émissaire de Maximilien arriva, annonçant que l'empereur ne se trouvait qu'à deux heures de là. On remonta vite en voiture. Quand on distingua enfin l'avant-garde du convoi de Maximilien, Bazaine laissa passer devant la voiture de Charlotte. Quelques instants plus tard, les deux époux se rejoignirent et, sans souci du protocole, tombèrent en pleurant dans les bras l'un de l'autre. Jamais ils n'avaient paru plus impatients de se revoir, plus épris. Charlotte fit dans ses *Carnets* un récit enthousiaste de la suite de son voyage :

« Le soleil commençait à chasser, de la cime des montagnes dans les vallées, le brouillard amoncelé en nuages blancs, lorsque, à Santa Fe, hameau qui domine Mexico, nous échangeâmes la voiture contre le cheval. Le maréchal Bazaine, qui avait désiré nous accompagner, nous attendait là avec son état-major, revêtu de burnous et de coiffes flottantes. Nous cheminâmes toujours en gravissant le monte de las Cruces, célèbre par une grande victoire remportée par le curé Hidalgo sur les Espagnols, le 30 octobre 1810. Au village de Cuajimalpa, il y eut des discours avec accompagnement d'Indiens portant des mouchoirs de couleur arborés à l'extrémité de longs bambous et poussant des hourras enthousiastes.

» Vers une heure, nous arrivâmes au llano de San Lazaro, admirable vallée bordée, comme celles des Alpes, de tapis fleuris et de grands sapins verdoyants ; un ruisseau d'eau vive la traverse. Un chasseur alpin, en vigie, était immobile sur son cheval, comme une statue, sur l'une des hauteurs. Il y avait là, en effet, les tentes blanches d'un camp français improvisé. Au milieu s'en dressait une un peu plus grande, ornée de drapeaux tricolores de la France et du Mexique, où le maréchal avait voulu nous offrir à déjeuner avec son quartier général. Nous nous mîmes à table par un air et un calme délicieux. Chevaux et mulets reposaient sur l'herbe ; les soldats et les officiers, les uns couchés, les autres debout, avec le bleu et le rouge éclatants de leurs uniformes, le blanc éblouissant de leurs couvre-nuques, faisaient un effet souverainement pittoresque. Le silence de la nature n'était troublé que par le pas des sentinelles que l'on relevait, celui des chevaux qu'on abreuvait à la rivière, et ce murmure confus de paroles et d'ordres donnés à haute voix qui anime toujours un camp.

» Le pays que nous traversâmes ensuite ressemblait un peu au Tyrol méridional : mêmes forêts verdoyantes, mêmes gros bouquets d'arbres entrecoupés de champs de maïs ; toutes les plus rares espèces de pins mexicains y étaient représentées ; et ce qu'il y a de plus caractéristique, c'est que dans ce pays, la végétation change constamment d'aspect. Jamais les mêmes arbustes ne se succèdent sur un espace étendu. Les fleurs sont jaunes, roses, de toutes couleurs, entremêlées de sauges rouges, telles qu'on les cultive en Europe. »

Maximilien s'arracha aux bras de Charlotte pour serrer la main du nouveau maréchal. Charlotte trouva grand air à son mari, arborant la tenue mexicaine, large sombrero, frac noir, pantalon à boutons d'argent le faisant paraître encore plus grand et mince. Les deux états-majors, celui de Maximilien et celui de Bazaine, se saluèrent avec amitié, heureux de se retrouver. Charlotte fut contente de revoir le commandant Loysel qu'elle appréciait, mais salua froidement Schertzenlechner. Ses dames d'honneur lui avaient fait comprendre à mi-mot qu'il était le confident des frasques de son mari et lui servait de messager auprès des belles qu'il avait distinguées.

Le lendemain matin, ils aperçurent une bande de guérilleros à l'allure louche. Une compagnie de soldats français leur donna la chasse sans pouvoir les rattraper. Charlotte fut stupéfaite qu'il y eût encore des rebelles dans cette région qu'elle croyait pacifiée. Maximilien s'en étonna moins, sachant que la pacification restait superficielle et qu'il existait partout des poches de résistance armée. Et c'était ce qui l'inquiétait tant dans la décision de Napoléon III de faire rentrer ses troupes. Sans l'aide de l'armée française, il ne pouvait rien sur cet immense pays où pillards et Républicains pullulaient et se distinguaient mal. Furieux, il annonça à Bazaine :

– Aucune condamnation prononcée par les cours martiales françaises ne sera plus révisée. Je n'accorderai aucun recours en grâce et l'exécution des jugements sera immédiate !

Bazaine fut enchanté des nouvelles dispositions de l'empereur. Enfin, il pourrait nettoyer plus efficacement ces rebelles qui lui pourrissaient la vie depuis trop longtemps et que Maximilien s'était obstiné à gracier en critiquant ses méthodes.

Les paysans, soulagés de voir l'armée française faire la chasse à ceux qui pillaient leurs récoltes et leurs pauvres maisons, acclamèrent de plus belle le couple impérial.

De Toluca, on partit vers Mexico. Le soir, on atteignit Carajamalpa, où Bazaine avait établi son camp face à une forêt, des lacs et une barrière de montagnes. On devinait les contours de Mexico. Les hommes coupèrent des branches pour allumer des feux. On dîna, puis l'on tira un feu d'artifice. Charlotte et Maximilien dormirent sous la tente et elle savoura cette douce intimité. Ils furent éveillés par la musique de la Légion étrangère qui jouait l'hymne national autrichien. En face de la tente impériale, on dressa un autel de branchages surmonté d'une grande croix de verdure. Et l'aumônier dit la messe. Cette cérémonie en plein air à laquelle assistaient des centaines de soldats têtes nues, visages bronzés par leurs campagnes, exalta Charlotte.

Le couple impérial monta en voiture et l'on roula vers Mexico. À peine lui eut-elle fait un fidèle compte rendu de sa « régence » qu'elle le vit tirailler les pointes de sa longue barbe en un geste qui lui était familier, ses yeux de myope errant dans le vague. Elle se demanda s'il ne regrettait pas que quelque fâcheux incident n'eût marqué la « régence » dont elle était si fière. Maximilien n'aimait pas partager le pouvoir, surtout pas avec elle. Comme d'habitude, Charlotte serra les dents et ne dit rien.

Fin novembre, le bataillon de volontaires belges promis par Léopold arriva enfin à Veracruz, commandé par un certain Alfred Van der Smissen. Le couple impérial se rendit en voiture au port de Mexico pour saluer ces très jeunes gens aux beaux uniformes et aux chapeaux blancs. C'était un peu de son pays qu'elle retrouvait à travers eux et elle ne put retenir ses larmes.

Au début du mois de décembre 1864, le nonce Meglia vint discuter avec Maximilien de la fameuse affaire des biens du clergé mexicain confisqués par Juárez au bénéfice de la République. Pendant tout le dîner de gala, Charlotte discuta aimablement avec cet homme qui lui parut tolérant et d'un esprit ouvert. Maximilien avait rédigé avec ses conseillers un concordat qu'il lui remit, insistant sur les libertés religieuses du peuple, ce que le nonce n'admit pas.

– Il n'est pas question de tolérance des cultes, annonça l'homme au visage rond et à l'expression têtue. Le pape exige que seul le culte catholique soit reconnu au Mexique. Et il souhaite la restitution immédiate des biens du clergé.

– Ces biens ont été vendus et revendus tant et plus, tenta d'argumenter Maximilien, on ne sait plus qui devrait payer qui. Quant à moi, je ne peux rien faire, les caisses du Trésor sont vides. Juárez a tout emporté.

– Je n'ai pas pour instruction de négocier, trancha Mgr Meglia, mais de faire en tous points respecter la volonté du Saint-Père Pie IX.

On était dans l'impasse. Maximilien, découragé, ne savait que faire, mais Charlotte, ne s'avouant pas facilement battue, invita le nonce à revenir le lendemain. Cette fois, elle le reçut seule dans son boudoir, où elle avait accroché partout des portraits de ses proches, son père, sa mère et ses frères, sa grand-mère Marie-Amélie et bon nombre de ses cousins Orléans. Il y avait un grand bouquet des fleurs qu'elle aimait et un brasero réchauffait la pièce. Des piles de livres encombraient les tables. Elle fit apporter du thé et le servit elle-même, mais le nonce ne se dérida pas et continua d'arborer le même air revêche.

Charlotte tenta d'exposer ses arguments. On ne pouvait, pour le moment, disposer d'aucune somme. Il fallait prendre patience. Bientôt l'impôt rentrerait, les mines commenceraient à fructifier. Pour l'instant, tout l'argent disponible allait à l'effort de guerre. Le nonce examinait avec insistance la pièce élégante, le service d'argenterie et la toilette de Charlotte. Si on avait assez d'argent pour ces babioles, on devait pouvoir en trouver aussi pour rembourser les prêtres spoliés.

– Il faut restituer les biens du clergé, répéta-t-il, borné, et le Saint-Père ne souffrira nulle tolérance religieuse.

N'oubliez pas, Majesté, que c'est le clergé qui a fabriqué l'Empire, c'est lui qui vous a portés tous deux au pouvoir !

Charlotte se leva, piquée.

– Ce n'est pas le clergé, c'est l'empereur qui a fait l'Empire le jour où il est arrivé ici.

– Je crois que tout est dit, et qu'il serait vain de prolonger cette discussion.

Il se leva à son tour, salua d'un simple signe de tête, gagna la porte et la claqua derrière lui. Outrée, Charlotte courut rejoindre Maximilien.

– Je n'ai jamais vu pareille obstination et pareille étroitesse d'esprit ! s'écria-t-elle dès qu'ils furent seuls. La seule solution serait de jeter ce nonce par la fenêtre ! J'avais l'impression de me trouver en face de l'enfer, puisque l'enfer n'est rien d'autre qu'une impasse sans issue.

– C'est toujours ainsi avec le Vatican, qui ne peut s'empêcher de mettre des bâtons dans les roues des monarchies qui lui sont le plus attachées. Je vais dicter un décret à Éloin confirmant la nationalisation des biens du clergé. C'est impossible d'y voir clair dans cet embrouillamini financier et je ne dispose pas des sommes nécessaires pour indemniser les prêtres spoliés.

En prenant le clergé mexicain de front, Maximilien dressait contre lui le parti conservateur, qui l'avait mené au pouvoir.

Maximilien et Charlotte durent dès lors éviter de se rendre à la cathédrale, de peur d'être hués.

Sur les instances de Charlotte qui prônait toujours l'action, Bazaine se décida à assiéger Oaxaca. Il fit construire quatre cents kilomètres de route pour permettre le passage de cinq mille hommes et de leur armement. Commandée par le lieutenant de Juárez, Porfirio Díaz, la ville résistait encore aux Français. Díaz et ses troupes s'étaient retranchés dans le couvent fortifié de Santo Domingo et les charges se brisaient contre ses murs épais.

Le parti conservateur, continuant d'épouser la cause du clergé mexicain, vit dans cette résistance inopinée une aide du ciel et Charlotte confia avec désabusement à Eugénie : « Pendant les six premiers mois, tout le monde trouve le gouvernement charmant, touchez à quelque chose, mettez la main à l'œuvre, on vous maudit. C'est le néant qui ne veut pas être détrôné. Les pyramides d'Égypte ont été moins difficiles à élever que le néant mexicain ne serait à vaincre. »

Le 20 mars, Oaxaca tomba enfin, mais la campagne avait coûté un million de francs et, les caisses mexicaines étant toujours aussi vides, ce fut encore la France qui paya…

S'il était une chose que Maximilien détestait plus que tout, c'était de manquer d'argent. Depuis son arrivée au Mexique, on lui avait fait miroiter quantité de recettes dont il n'avait jamais vu le premier sou. On avait prétendu que les impôts, douanes, mines, tabac, chemins de fer et produits agricoles rapportaient gros, mais les fonctionnaires en place semblaient incapables de collecter le moindre centime. Les Indiens étaient trop pauvres pour payer. Les prêtres, eux, se plaignaient d'avoir été spoliés et ne voulaient rien débourser non plus. Quant aux grandes familles d'origine espagnole, elles se prévalaient de leur noblesse et de leurs privilèges pour s'en abstenir. Sur les cent vingt-six millions rapportés par le premier emprunt émis en France, vingt-quatre avaient été dépensés pour garantir les intérêts des deux premières années. Il fallait aussi entretenir les légions belge et autrichienne, soutenir le train de la Cour, payer les travaux de Chapultepec et du palais impérial de Mexico, des dépenses somptuaires. Restait le délicat problème des troupes d'occupation française, rémunérées sur les deniers français, qu'il faudrait un jour rembourser...

Le premier emprunt n'étant plus qu'un lointain souvenir, Maximilien chargea l'habile Corta, conseiller financier envoyé par Napoléon III, de rentrer plaider leur cause auprès du Corps législatif pour souscrire un nouvel emprunt.

Les 10 et 11 avril 1865, Corta prit en effet la parole devant le Corps législatif pour vanter la belle œuvre entreprise au Mexique. Les députés de la gauche s'insurgèrent contre les sommes déjà dépensées et réclamèrent le rappel pur et simple de l'armée. Corta répondit avec véhémence :

– Quoi, à la place de notre drapeau trop hâtivement replié, la France y laisserait son honneur ? On peut demander à la France un sacrifice d'argent, mais celui de son honneur, jamais !

Il semblait si confiant en l'avenir du Mexique que les spéculateurs reprirent espoir et que l'aventure ne sembla plus si hasardeuse. Elle devenait même à leurs yeux un fructueux investissement. Maximilien avait besoin d'argent, quoi de plus légitime ? Il fallait un second emprunt, on le lancerait donc ! Et Corta de conclure :

– Le but doit être atteint, la pacification doit être complète. La dignité de la France, celle de l'empereur le veulent également. L'armée française ne doit revenir sur nos rivages que son œuvre accomplie, et ayant triomphé des résistances qu'elle aura rencontrées.

Jules Favre tenta de s'interposer en faisant remarquer avec ironie :

– L'expédition du Mexique figure à la fois aux dépenses et aux recettes. Et pour recouvrer les vingt-cinq millions portés aux recettes, il faut d'abord voter les trente millions portés aux dépenses.

Pourtant, Corta l'emporta. L'amendement proposant le retrait des troupes au Mexique fut repoussé, un second emprunt de deux cents millions de francs accordé. Sur cette somme, la moitié seulement serait disponible pour Maximilien : il fallait payer les frais de l'opération, rembourser partiellement le gouvernement français et garantir les premiers versements aux souscripteurs. Au soir du 11 avril 1865, Corta écrivit à Maximilien pour l'informer du succès de son intervention et lui recommander la plus grande prudence quant à l'utilisation de cette somme. On ne pourrait de sitôt renouveler les négociations… Corta savait que la principale dépense mexicaine restait l'entretien des troupes d'occupation et Bazaine dépensait sans compter, ne se déplaçant jamais sans un bataillon de chasseurs d'Afrique payés chacun dix-sept cent soixante-quinze francs par mois…

Le couple impérial appréciait Bazaine pour son intelligence, sa loyauté, sa façon d'avoir réponse à tout et son courage. Mais, fou amoureux à cinquante-sept ans de Pepa de la Pena qu'il comptait épouser, il répugnait à s'éloigner de Mexico et ne sut empêcher la prise de Toluca par les Juaristes.

Charlotte reprocha ce désastre au nouveau maréchal. Elle qui se sentait si peu aimée éprouvait une féroce jalousie envers cette Pepa, adulée par son vieux maréchal. En dépit de ses lettres enflammées, Maximilien ne partageait plus jamais son lit, se gardant de tout contact, de tout effleurement. Ce n'était qu'en public et après une longue absence qu'il se risquait à la prendre dans ses bras. Elle ne savait rien de ces émois de la chair bouleversant certaines de ses amies, son corps n'avait jamais vibré sous les caresses de son mari et elle se demandait avec épouvante si elle était normale, se sentant responsable de la froideur de Max envers elle.

Charlotte chassa ces douloureuses pensées et reporta son regard sur Bazaine, si sûr de lui, si arrogant. Elle se rassura en pensant que l'amour physique est sale et qu'il est bon de vivre avec un époux comme frère et sœur. Bazaine perdait son temps dans ces fredaines et méritait une bonne semonce.

– On ne peut laisser les rebelles parader aux portes de Mexico, lui dit-elle vivement. Quelles mesures comptez-vous prendre ?

– Les rebelles ont été chassés de Toluca, répliqua Bazaine en souriant. Cet incident a été très exagéré et l'on qualifie un peu vite de Juariste tout bandit entreprenant. Je vous assure que j'ai la situation bien en main.

La confiance de Charlotte avait été ébranlée et elle le suspectait de négligence.

Il lui fallait oublier ses tristesses pour se concentrer sur l'entourage immédiat de Maximilien. Bombelles, son ami d'enfance, et le trésorier autrichien Kuhacsevich exécraient Éloin et se défiaient du Français Loysel. Seul l'ancien valet de chambre Schertzenlechner, surnommé « la grande vache », faisait l'unanimité contre lui. Ce confident privilégié de Maximilien déplaisait à tous par son arrogance et ses manières de rustre. Ne se contentant pas de son rôle d'entremetteur, il se mêlait de tout et surtout de politique. Il ne cessait d'aviver la dispute entre Maximilien et le nonce, entraînant ainsi le mécontentement du parti conservateur. Éloin s'en ouvrit à l'empereur, qui décida de réagir.

L'explication entre les deux hommes fut orageuse, Schertzenlechner ne supportant pas la critique, même de la part de Maximilien. Ivre de rage, il quitta Mexico et prit le premier bateau en partance pour la France. Nul ne le regretta et Maximilien se débrouilla seul pour fixer désormais ses rendez-vous galants.

Lassé du pouvoir, fatigué de prendre des décrets que nul n'écoutait, découragé par les problèmes d'argent, plus critiques que jamais, Maximilien se retira à Orizaba, à quelque trois cents kilomètres de là, laissant la régence à Charlotte, qui était heureuse d'exercer à nouveau le pouvoir.

Il s'installa à l'hacienda de Jalapilla, où ne régnait aucune étiquette. Seuls deux valets s'occupaient de leur maître, l'éveillant chaque jour à quatre heures du matin, l'aidant à se vêtir de blanc, lui apportant son chocolat, des biscuits viennois et ses cigares. Entrait son secrétaire qui lui lisait son courrier et notait ses réponses, lui soumettait les documents urgents. Après deux heures de travail, Maximilien revêtait son costume de cavalier mexicain : vêtement de drap bleu aux boutons d'argent, grand sombrero et foulard blanc. Puis il enfourchait son cheval préféré, Anteburro, et partait galoper dans la campagne. Parfois, il s'en allait à pied pour herboriser ou s'adonner à sa nouvelle passion, une collection d'insectes.

Le temps chaud incitait à boire et l'on servait à déjeuner bordeaux, xérès et vin de Hongrie, les vins du Rhin et le champagne étant réservés au dîner, qui se prenait à seize heures. Parfois, on remplaçait le vin par de la bière venue d'Autriche. Dans la journée, Maximilien buvait encore une vingtaine de verres de vin d'Espagne et fumait énormément.

Son rôle de régente consolait Charlotte de l'échec de son couple. Elle épluchait les dossiers, les connaissant dans les moindres détails, souvent mieux que les ministres qui ne les avaient pas toujours lus, et profitait de leur ignorance pour faire approuver certains décrets qu'elle faisait ensuite publier au *Journal officiel.*

Pendant ce temps, les événements se précipitaient aux États-Unis. Le 9 avril 1865, le général sudiste Lee, en grand uniforme, l'épée au côté, se rendit au général nordiste Grant, vêtu en simple soldat. La guerre de Sécession s'achevait par la victoire du Nord. Ayant désormais les mains libres pour peser sur les décisions au Mexique de Napoléon III, Washington exigea le retrait des troupes françaises, refusant de reconnaître le régime impérial de Maximilien. Mais le président Lincoln, connu pour son esprit conciliant et qui voulait à tout prix éviter une nouvelle guerre, refusa de s'engager militairement contre Maximilien, toujours à Orizaba. Charlotte convoqua le Conseil des ministres.

– Nous sommes, dit-elle en guise de préambule, sur ce continent mobile où s'agite le colosse qui défriche les forêts vierges, recueille les déshérités de la civilisation et abrite toutes les expressions de la pensée humaine sous le vaste manteau de ses libertés. Le colosse est à nos portes. Il sort victorieux d'une lutte de géants. Il ne songe pas à une annexion matérielle, mais à une conquête morale.

Par familles, par villages entiers, les Sudistes vaincus et leurs esclaves noirs arrivaient au Mexique. On leur attribua les terres en friche autrefois annexées par Juárez au détriment du clergé et l'on donna aux anciens esclaves le statut d'hommes libres à la charge de leurs employeurs. Cette arrivée massive d'une main-d'œuvre plus qualifiée que la population mexicaine utilisant un outillage rudimentaire et incapable d'irriguer les terres des régions sèches fut utile au pays. Charlotte envisagea même de faire venir des Noirs d'Égypte et d'Abyssinie pour servir de cultivateurs ou de soldats. Eux aussi seraient des hommes libres, pour surtout ne pas heurter les convictions des Nordistes.

On en était là de ces mirifiques projets lorsqu'on apprit que, le 14 avril, Lincoln avait été abattu dans sa loge par le comédien sudiste John Wilkes Booth. Maximilien envoya Éloin à Paris, porteur d'une lettre suppliant Napoléon III de renforcer l'aide française au Mexique.

« Les événements qui se passent aux frontières du Nord, écrivait-il, et ceux qui surgissent aux États-Unis acquièrent une gravité telle que je pense qu'il devient indispensable que mon peuple soit officiellement instruit de l'appui sur lequel je compte de la part des puissances européennes ; c'est à cette condition seulement que je crois pouvoir mener à bonne fin l'œuvre si belle, mais si difficile, entreprise sous l'inspiration de Votre Majesté. »

De son côté, Charlotte rédigea une chaleureuse lettre de condoléances au nouveau président américain et l'envoya à Orizaba pour que Maximilien pût la signer, puis elle chargea l'un de ses conseillers, Mariano Degollado, de la porter lui-même à Washington. Il revint à Mexico avec de bien mauvaises nouvelles.

– Le nouveau président Johnson a refusé de me donner audience, avoua-t-il, tout déconfit, à Charlotte. J'ai demandé qu'on lui fît porter la lettre de Votre Majesté, mais elle me fut remise non décachetée, avec ces mots : « Le président Johnson ne reconnaît que la République mexicaine. »

Pourtant, cette République mexicaine n'existait pratiquement plus. Les dernières provinces rebelles venaient de se rallier à l'Empire. Juárez, désespéré et partout battu, envoya à Washington l'un de ses seconds, Romero, pour demander l'aide de l'armée américaine. Ce dernier fut reçu par Seward, enfin remis de ses blessures.

– Il n'est pas question d'assistance militaire, monsieur Romero, rétorqua Seward.

Il n'offrit qu'un soutien moral. Son rêve était de faire du Mexique un protectorat des États-Unis. Il fallait au pouvoir des Mexicains plus dociles que Juárez qui, aussitôt réinstallé à la présidence, s'empresserait de fermer son pays à la tutelle américaine.

L'ancien valet Schertzenlechner ayant quitté la Mexique, Éloin envoyé en France, la place de conseiller privilégié restait libre pour le Breton Loysel. Charlotte le vit chaque jour en l'absence de Maximilien et ne prit plus une décision sans lui. Grand et maigre, avec un visage anguleux, une courte petite barbiche et des yeux souvent mélancoliques, cet ancien officier taciturne et consciencieux avait l'entière confiance de Charlotte. Elle le décrivit ainsi à son père :

« C'est du reste une race fort spéciale que les Bretons. Loysel ne ressemble à aucun autre Français. Il est très calme, très sérieux et très travailleur, fort capable dans tous les sujets, avec infiniment de jugement, un abord agréable, je crois un entier dévouement pour nous. Il le prouve du reste car il s'est fait mettre hors cadre pour servir. Il aurait cependant eu devant lui une carrière certainement rapide dans l'armée française, car c'est un des meilleurs officiers d'état-major. Il entend même bien des affaires civiles et je suis charmée d'avoir son avis pour tout. »

Pour Charlotte, d'ordinaire si réservée dans ses jugements, cette description constituait un éloge sans précédent. Elle et Loysel passaient de longues heures ensemble et sa présence douce et rassurante rendait l'absence de Maximilien plus supportable. Parfois, il lui semblait qu'il la regardait avec insistance. Elle se mettait alors à rougir, se reprochait un excès d'imagination et s'éloignait de lui. Le soir, seule dans son lit, ne parvenant pas à dormir dans la chaleur suffocante, elle repensait à son sourire, à ses longues mains fines, se demandant si elle aimerait les voir se poser sur elle, puis elle s'en voulait de ces pensées impures et prenait son chapelet.

Charlotte se rendit à Puebla pour y fêter son anniversaire avec Maximilien. Elle était heureuse de le revoir et l'admirait toujours autant. Elle souffrait, plus dans sa fierté que dans son cœur, de ses nombreuses incartades. Ses premières infidélités, à Vienne, l'avaient beaucoup blessée. Maintenant, elle se souciait davantage de l'exercice du pouvoir, qui allait lui manquer…

Lorsqu'elle arriva aux portes de Puebla, les troupes lui présentèrent les armes. Elle descendit de voiture et marcha jusqu'à Maximilien. Ils se saluèrent avec tendresse, puis il lui donna la main pour l'aider à remonter en calèche. Toute la ville était là pour regarder passer le couple impérial. Les femmes lançaient des bouquets qui retombaient dans la calèche et on les acclama longtemps.

Le lendemain, éclatèrent dès l'aube les salves d'artillerie et les cloches sonnèrent à la volée. Charlotte, en robe de soie blanche brodée de perles, entendit la messe avec Maximilien à la cathédrale puis, en son honneur, l'empereur libéra deux cent trente-cinq prisonniers politiques et quinze détenus de droit commun. Charlotte offrit des dons à la Maison des enfants trouvés tenue par les sœurs de Saint-Vincent-de-Paul.

Pour le dîner, l'empereur, en tenue de général mexicain, tunique et pantalon vert foncé sans galon ni broderie, hautes bottes molles vernies et épaulettes de général, prit place à la droite de l'impératrice. Si le repas fut copieux, le menu resta banal et le service déficient. En revanche, le vieux vin du Rhin fut jugé délicieux et la musique émouvante. Les bobèches étant inconnues au Mexique, de la cire fondue avait coulé jusque sur les tapis et de nombreux invités en avaient des plaques entières sur leurs vêtements. Peu de couples dansèrent et l'on s'ennuya vite.

Deux jours plus tard, Charlotte découvrit la corrida. Les drapeaux français et belge flottaient à côté des bannières mexicaines. À l'ambiance animée des arènes, elle préféra les cérémonies religieuses. Celle de la Fête-Dieu, célébrée le 15 juin, fut splendide. Au son de la musique militaire, la procession serpenta par les rues jonchées de fleurs. Les troupes autrichiennes furent suivies par une foule immense brandissant lanternes ou statues de saints. Cheminant sous un dais, l'évêque de Puebla et deux prélats élevaient un superbe encensoir dans lequel se trouvait le Saint-Sacrement. Derrière venaient l'empereur, toujours en grand uniforme de général mexicain, la Toison d'or et l'aigle mexicain au cou, et l'impératrice, en robe blanche décolletée, un diadème de perles dans ses cheveux. Flottait sur ses épaules son grand manteau de velours écarlate soutenu par deux dames d'honneur. Derrière eux défilait la garde palatine au casque d'argent orné de plumes blanches.

Après une semaine de festivités, Maximilien et Charlotte prirent place dans des voitures séparées qui empruntèrent la route de Mexico. On fit halte pour la nuit à l'hacienda de Zoquicepán. Maximilien fit dresser son éternel lit de sangle dans une pièce éloignée de celle de sa femme.

Seule dans son lit, Charlotte se tournait et se retournait sans parvenir à trouver le sommeil. Elle avait espéré que ce voyage les rapprocherait, or il n'en était rien. Pourquoi son mari, qui collectionnait les aventures, refusait-il de la toucher ? Charlotte se leva tout à coup et se contempla longuement dans le miroir surplombant sa table de toilette. Elle était jeune encore et l'aventure mexicaine n'avait pas altéré son teint frais et rose. Ses cheveux épais et soyeux encadraient un visage que tout le monde s'accordait à trouver beau. Longue et mince, musclée par la pratique constante du cheval, elle savait que les hommes la regardaient, mais pas Max. Le dégoûtait-elle ? Une fois de plus, elle refoula ses larmes. Ils devaient rentrer le lendemain à Mexico et elle se devait de se comporter en impératrice. Elle avala une pilule d'opium et se recoucha.

À leur entrée triomphale dans Mexico au son des cloches, fanfares militaires et salves d'artillerie, nul ne pouvait deviner sa solitude et l'angoisse que lui inspirait la froideur de son mari. Il y eut beaucoup d'applaudissements et de discours et Charlotte souhaitait que ces ovations ne cessent jamais. C'était son unique raison d'exister.

Le 27 juin, le maréchal Bazaine épousa en grande pompe la délicieuse Pepa de la Pena. Maximilien lui offrit le somptueux palais de Buenavista. Quant à Charlotte, elle donna à la jeune épousée une splendide parure de diamants, songeant avec amertume aux plaisirs charnels qu'elle devait connaître. Elle chassa ces pensées pour se concentrer sur la nouvelle mésentente entre l'empereur et son maréchal. Maximilien lui reprochait d'avoir laissé la situation militaire se détériorer. Acapulco avait été perdu, Guanajuato, Guadalajara et San Luis Potosí se trouvaient menacés par les rebelles, Morelia était assiégée. Un temps précieux avait été gaspillé pendant que Bazaine contait fleurette à sa belle, le Trésor avait été dilapidé et les Mexicains n'avaient plus confiance en l'armée française ni en l'Empire. À Paris, on prétendait pourtant la guerre glorieusement terminée…

Maximilien rejetait la faute sur Bazaine, oubliant ses trente-six jours d'absence pour faire du tourisme, contrant en tout l'influence française, préférant s'appuyer sur les avis des Mexicains, Belges ou Autrichiens. La plupart du temps, réfugié dans son château de Chapultepec, il ne gouvernait plus, mais buvait de plus en plus.

Pour la quatrième fois, le préfet de la ville de Morelia, don Antonio del Moral, remit sa démission à l'empereur le 30 juin 1865, en l'accompagnant d'un véritable réquisitoire condamnant la faiblesse du gouvernement. Il n'y avait aucune unité d'action, aucune vue d'ensemble, ce qu'il expliquait dans sa lettre sans prendre beaucoup de gants :

« En un mot, Sire, on cherche en vain l'intelligence suprême qui dirige, la volonté ferme qui décide, la main vigoureuse qui exécute ; le chaos en est la conséquence forcée. »

Sans s'émouvoir, Maximilien refusa pour la quatrième fois sa démission, continuant à gouverner au jour le jour, de plus en plus indécis et amorphe, toujours terré dans son château de Chapultepec.

Le jour de son trente-troisième anniversaire, il laissa Charlotte le représenter. Le cortège s'ébranla. À la place de l'empereur, qui aurait dû être à cheval, marchait le grand maréchal de la cour, suivi des généraux de division et de six voitures où avaient pris place secrétaires des cérémonies, chambellans de service, dames d'honneur et dames du palais. La septième voiture était le carrosse impérial tiré par six chevaux empanachés. Charlotte y était assise, seule. À la portière de droite trottaient le grand chambellan et à celle de gauche le comte de Bombelles. Des valets tenaient les chevaux par la bride. Bazaine et ses officiers attendaient Charlotte et ses dames d'honneur à l'entrée de la cathédrale.

Au *Te deum* succéda le service religieux, puis Charlotte et sa suite s'en retournèrent au palais. Drapée comme d'habitude dans son vaste manteau cramoisi brodé d'or, souriante et digne, elle répondait aux ovations de la foule. Même si l'absence de Maximilien l'inquiétait, elle savourait de n'être pas éclipsée par lui face aux acclamations.

Sa grand-mère, la reine Marie-Amélie, qui lisait la presse mexicaine et tout ce qui concernait sa petite-fille, lui reprocha dans une de ses nombreuses lettres de prendre trop de plaisir à ces manifestations publiques. Charlotte répondit vivement à ces critiques :

« Je puis vous assurer qu'avec mon quart de siècle actuel, ces cérémonies ne font nullement mes délices et que, comme le soleil m'a assez brûlée, je suis loin de m'admirer. Lorsqu'en Italie j'avais dix-huit ans et que j'entendais des exclamations dans la foule qui me voyait passer, j'avoue que j'éprouvais une de ces satisfactions qu'on a sur le seuil de la vie. Mais aujourd'hui, je vieillis, sinon aux yeux des autres, du moins aux miens, et mes pensées et mes sentiments sont bien loin de mon extérieur. »

Charlotte avait beau dire, elle ne résistait pas à la joie d'un bain de foule, sans comprendre que les acclamations masquaient mal le profond malaise mexicain.

Après avoir assisté au défilé des troupes, reçu au nom de son mari les congratulations des officiels, Charlotte quitta le palais de Mexico pour gagner Chapultepec en voiture et y dîner avec Maximilien à huit heures du soir. Après quoi, il alla se coucher et elle demeura seule au balcon pour admirer la retraite aux flambeaux et le feu d'artifice tiré par les artificiers français et représentant encore une fois le château de Miramar. Toujours seule, elle se rendit dans la salle des Maréchaux pour recevoir de nouvelles congratulations destinées à l'empereur.

Même s'il fuyait de plus en plus les mondanités, Maximilien ne put éviter d'assister au bal que lui offrit le 10 juillet la ville de Mexico. Il entra au bras de Charlotte dans le palais brillamment illuminé et tous deux reçurent leurs invités sous un dais de velours rouge. Les Mexicains avaient la fâcheuse habitude d'arriver en retard, mais cette fois, les retardataires trouvèrent les portes closes, nul ne devant pénétrer dans les salles du palais après les souverains. Nombre d'invités, arrivés après huit heures du soir, durent s'en retourner piteusement chez eux. Maximilien fit savoir à la haute société mexicaine qu'il n'assisterait plus aux soirées hebdomadaires que Charlotte donnait tous les lundis.

Six jours plus tard, le 16 juillet, la légion belge reprit la ville de Tacámharo, s'emparant de six pièces de canon et faisant soixante-cinq prisonniers. Connaissant la cruauté de leur chef, Van der Smissen, Maximilien ordonna qu'aucun prisonnier ne fût fusillé.

Décidé à imiter en tout la façon de gouverner du roi Léopold, qui avait la manie des relations épistolaires, Maximilien, s'isolant de plus en plus dangereusement à

Chapultepec, ne participant plus au Conseil des ministres, correspondait avec eux par télégrammes. Les postes mexicaines n'étant pas comparables à celles de Belgique, il s'ensuivit un désordre indescriptible.

Et ce fut à Chapultepec qu'il reçut à la fin du mois de juillet le général Douay, juste arrivé de Paris. L'empereur et l'impératrice le virent en audience privée.

– La situation financière est plus que désastreuse, s'écria l'empereur, malgré les restrictions que nous imposons aux différents ministères. C'est la guerre, la guerre civile qui absorbe toutes les finances de l'Empire et, pourtant, nous continuons à payer avec exactitude les échéances dues à la France et faisons vivre la Cour sur notre liste civile.

– Logiquement, répondit Douay, l'exploitation commerciale du pays aurait dû se faire en même temps que la reconquête.

– Par malheur, il n'en est rien, dit sombrement Maximilien. Et contrairement à ce que prétendent les lettres de Bazaine à Napoléon III, la situation financière s'est encore dégradée en comparaison de l'année dernière. Le Mexique n'est pas pacifié et toutes les ressources partent dans l'effort de guerre, alors que de nombreuses troupes sont déjà rentrées en France. Le maréchal Bazaine est paresseux et manque d'ordre. La pacification se fait n'importe comment, sans plan d'ensemble.

– On fait parcourir aux troupes des distances inouïes, qui épuisent les hommes, renchérit le général qui n'aimait pas le général Bazaine. Pour vous donner un exemple, ma propre division a marché dix-neuf mille lieues en dix-sept mois, n'est-ce pas de la folie ? On s'étonne ensuite que les hommes se battent mal...

– Les troupes sont insuffisantes, renchérit Maximilien, et certaines sont déjà reparties. On compte trop sur les Autrichiens et les Belges, qui forment des unités trop jeunes et mal aguerries, il faut du temps pour les éduquer.

– Il faudrait former un ministère de la Guerre.

– Impossible, dit Maximilien. Bazaine veut garder la mainmise sur toutes les armées présentes au Mexique.

– Il s'est pourtant trompé dans ses prévisions quand il affirmait que tout serait achevé à la fin de 1864 et que l'armée française pourrait quitter le Mexique dès le mois de décembre. Comme il ne veut pas avouer son erreur dans les rapports qu'il envoie en France, il présente la situation à son avantage. Tout vient de là, il a trompé l'empereur et la France entière. Napoléon III ne mesure en rien la gravité de votre situation ici. De plus, rien ne fonctionne comme il aurait fallu. C'était au général en chef français d'être à la disposition de l'empereur, mais c'est le contraire qui s'est produit.

– C'est exact, murmura Maximilien d'une voix découragée. Chaque fois que je propose un nom pour organiser l'armée mexicaine, Bazaine le récuse, en m'expliquant que le ministre de la Guerre ne lui permet pas de me donner qui que ce soit. J'ai songé à Loysel, que le maréchal a également refusé et que j'ai eu toutes les peines du monde à me le faire céder comme chef du cabinet militaire.

Le général Douay savait que le maréchal trompait délibérément Napoléon III en lui envoyant des rapports trop optimistes. Maximilien s'exaspérait du double jeu que jouait le maréchal et Charlotte partageait son indignation. Maximilien écrivit à ce sujet à Napoléon III le 18 juillet :

« Si je ne me plains pas ouvertement, si je ne montre pas mon mépris, c'est par respect pour mon meilleur ami, pour l'empereur Napoléon, par respect pour cette grande nation à laquelle nous devons tant. J'avale bien des injustices auxquelles je n'étais accoutumé de ma vie, par amour pour ma nouvelle patrie, par amitié pour la France. Je fais comme si j'étais dupé, pour sauver l'avenir, et vous savez bien que je ne suis la dupe de personne et que ma mémoire, malheureusement trop bonne, me fait rappeler toutes les promesses et tous les mensonges qu'on m'a faits et dits depuis quatorze mois. Aucune des promesses n'a été tenue et, je le répète, la situation militaire est plus mauvaise que l'année dernière, chose que je peux vous prouver sur la carte et par les rapports que je reçois, qui, c'est vrai, ne me parviennent malheureusement pas du quartier général comme cela devrait être, mais qui n'en sont pas moins authentiques. Du reste, je me console de ne pas recevoir des rapports exacts du quartier général, puisque le même malheur arrive, comme je viens de le savoir, à l'empereur des Français.

» On se joue des deux empereurs, voilà la situation ; mais elle ne durera pas longtemps ; les deux empereurs commencent à voir clair et le Mexique et la force de l'armée française seront sauvés et triompheront de toutes les intrigues méprisables. »

6

Malgré les mises en garde répétées de Maximilien à Napoléon III, les journaux français continuèrent d'afficher un optimisme imperturbable alors que son misérable Empire s'effondrait. Ils parlaient de victoires militaires françaises quand Bazaine accumulait les défaites, prétendaient les routes sûres et le commerce florissant quand des bandes armées ne cessaient d'attaquer les diligences et les convois de marchandises, quand les magasins restaient vides et que les prix ne cessaient de croître. Le peuple souffrait de famine, les récoltes ayant été saccagées par la guerre. Aucun argent ne rentrait dans les caisses et Maximilien ne savait comment payer ses dépenses personnelles et celles de la Cour. Incapable de faire face à une situation qui se dégradait chaque jour davantage, exaspéré par Bazaine, son incompétence et sa morgue, Maximilien laissa la régence à Charlotte.

Cette fois, il limita le pouvoir de son épouse. Si les rapports des cabinets civils et militaires continuaient d'être soumis à Charlotte, il gardait pour lui la signature des documents officiels. Il lui enleva également nominations et promotions, notes diplomatiques, dépenses hors budget, les affaires judiciaires et celles concernant les troupes, bornant son rôle à présider en son nom le Conseil des ministres, donner des audiences, ouvrir le courrier en provenance d'Europe à l'exception des lettres adressées personnellement à lui. Charlotte fut mortifiée par ces nouvelles dispositions. Depuis longtemps, elle avait appris à dissimuler ses tristesses et ne lui fit aucune remarque.

Elle le regarda sans beaucoup d'émotion quitter Chapultepec le 24 août, Maximilien n'ayant même pas cherché l'excuse d'une visite de propagande. Il allait s'adonner pendant dix jours à son passe-temps favori, le tourisme, fuyant la chaleur étouffante de Mexico, canotant sur le lac de Texcoco, aux portes de la ville, visitant les ruines aztèques de Teotihuacán, puis les mines d'argent de Pachuchia, où une compagnie anglaise tenait les Indiens en esclavage, ce qui le scandalisa.

Charlotte aussi se préoccupait du sort des Indiens, traités comme du bétail par les Mexicains, mal nourris, quasiment pas payés, réduits en esclavage par les propriétaires des haciendas qui les forçaient à s'approvisionner en vivres et en hardes dans leurs propres magasins, où la marchandise était vendue dix fois son prix. L'Église participait également à ce pillage en distribuant à prix d'or le secours de la religion. Charlotte et Maximilien, soucieux d'améliorer leur sort, tentèrent de créer une commission destinée à les protéger, mais ils se heurtaient toujours à la mauvaise volonté des Mexicains. La veille de son départ, Maximilien remit à Charlotte un volumineux rapport exposant le sort de sept millions d'Indiens honteusement exploités par un million de Blancs. Il lui ordonna de le porter à la connaissance du

Conseil des ministres pour lui faire approuver une loi visant à donner aux Indiens un statut d'êtres humains.

Soulagée d'avoir une mission à accomplir, Charlotte étudia le dossier et réunit les ministres. À sa stupeur, elle dut faire face à la protestation d'un certain Silicio qui redoutait qu'en donnant aux Indiens les moyens de contrer les Blancs, apparaissent insurrections et vengeances visant les Mexicains.

– Je ne veux pas, répondit Charlotte, être la souveraine de deux peuples différents. Il n'y a qu'un seul peuple mexicain et les Indiens en font partie.

Elle se montra si persuasive que fut enfin votée une loi préconisant pour les Indiens de meilleurs salaires, des conditions de vie améliorées, un temps de repos hebdomadaire, la suppression de tout châtiment corporel, un Indien devant être traité comme n'importe quel travailleur et cesser d'être considéré comme une bête de somme.

Au sortir du Conseil des ministres, Charlotte, fière de sa réussite, écrivit une longue lettre à Maximilien où elle lui décrivit en détail les diverses délibérations qui avaient eu lieu et le plein succès de son entreprise. Le décret fut publié mais, comme tous ceux qu'adopta Maximilien, il resta lettre morte. Les pauvres Indiens qui tentèrent de faire respecter leurs nouveaux droits se virent chassés des haciendas. Sans travail, leur sort devint plus misérable encore.

Maximilien regagna Mexico le 3 septembre. Charlotte voulut continuer à trier les dossiers et assister aux Conseils des ministres, espérant lui être utile, mais dès le premier jour, en plein Conseil, il la pria d'un sec petit signe de tête de quitter la salle des délibérations. Charlotte en fut ulcérée, mais ne dit rien. À sa grand-mère qui l'accusait de trop vouloir se mêler de politique, elle répondait :

« J'aide Max en ce que je puis ; je remplis en ce moment l'office d'un chef de cabinet en service extraordinaire, et je ne fais que lui faciliter le travail ou lui épargner du temps. Je le fais parce qu'il l'a désiré. Je le fais par goût de l'occupation utile dont je suis avide, je ne le fais pas par deux grains d'ambition. Chez les laboureurs, la femme contribue quelquefois à la culture du champ ; ici, c'est un grand champ bien en friche, il n'y a pas trop de deux, n'ayant ni enfants ni rien de mieux à faire. »

Maximilien lui retirait peu à peu tous les pouvoirs, limitant son rôle aux Affaires sociales et à l'Éducation nationale. Même pour entrer dans le bureau de son mari, elle devait désormais se faire annoncer. C'était tout juste s'il ne lui fallait pas demander audience pour le voir. Maximilien jalousait les quelques succès qu'elle avait remportés.

Le départ des dames autrichiennes qui devaient regagner leur pays laissa un grand vide dans le quotidien de Charlotte. Délaissée par son mari, elle occupait ses journées en montant à cheval chaque matin, s'enfermait de longues heures dans son bureau pour lire tous les rapports et dossiers lui tombant sous la main et dévorait quantité d'ouvrages sur la politique, l'économie ou l'histoire du Mexique, même si ces connaissances ne lui servaient à rien. Elle continuait aussi à visiter les écoles et institutions charitables.

Depuis le retour à Mexico de Maximilien, le fidèle Loysel avait repris son rôle de conseiller de l'empereur et il ne passait plus, comme auparavant, de longues heures en tête à tête avec elle. Déçue et blessée par le comportement de son mari, Charlotte se drapait dans sa fierté, accordant désormais une importance démesurée à l'étiquette, allant un jour jusqu'à descendre de voiture et apostropher un groupe de *caballeros* qui ne s'étaient pas découverts à son approche, interdisant que l'on servît un repas aux dames d'honneur qui arrivaient en retard à table, ne supportant plus le plus petit manquement aux égards, depuis que Maximilien lui en témoignait si peu. Elle devint dure et glaciale. Si elle se couvrait toujours de soie, plumes, diamants et dentelles, elle ne cherchait plus à séduire.

Un pamphlet rédigé par les républicains circula sous le manteau à Mexico, accusant Maximilien d'avoir une maladie vénérienne et de l'avoir transmise à sa femme qui en était devenue stérile. Charlotte ne s'était-elle pas rendue en pèlerinage à Santa Maria de Guadalupe, sanctuaire où venaient prier les femmes désireuses d'avoir un enfant ? La dynastie chancelante avait besoin de la venue d'un enfant pour consolider le trône. Maximilien n'avait que trente-trois ans, Charlotte vingt-cinq. Tous deux étaient jeunes et en parfaite santé. Rien, semblait-il, ne les empêchait d'avoir un héritier, mais tout le monde savait, au palais, que Maximilien ne visitait jamais la couche de sa femme...

Maximilien crut arranger les choses en annonçant à ses familiers sa décision d'adopter un enfant, tous deux ayant renoncé à la possibilité d'en avoir, ce qui équivalait à affirmer que Charlotte était stérile. Elle s'enferma dans un silence hautain que nul ne tenta de briser. Maximilien voulait rendre cette décision publique et il vint l'en prévenir dans son boudoir aux premiers jours de septembre. Pour dissimuler sa gêne, il parla d'une voix brève et dure.

– J'ai décidé, lui dit-il, d'adopter un petit-fils du général Iturbide, qui fut couronné empereur du Mexique le 18 mai 1822 sous le nom d'Augustin Ier, puis détrôné et exilé avant d'être exécuté pour avoir tenté de s'introduire clandestinement dans son Empire, et finit devant un peloton d'exécution le 19 juillet 1824. L'enfant, qui se prénomme Augustin aussi, a deux ans. Il sera notre fils adoptif.

– Enfin, Max, rien ne dit que nous n'aurons pas d'enfant, si seulement tu voulais…

– Il suffit, Charlotte, ma décision est prise. Tu iras chercher l'enfant chez sa famille.

– Il a une famille…

– Le père et les oncles iront aux États-Unis, ils ont accepté mes conditions. Il reste la mère. Il te faudra convaincre la mère, Charlotte.

– Tu ne peux me demander pareil sacrifice.

– Elle s'appelle doña Alicia, c'est une Américaine qui prétend refuser d'abandonner son enfant. Je compte sur toi pour la convaincre.

– Je n'irai pas.

– Tu iras. Il le faut, pour l'Empire.

Pendant deux jours, Charlotte tint bon et refusa d'aller trouver doña Alicia, puis elle céda, incapable de s'opposer plus longtemps à la volonté inflexible de Maximilien. Honteuse et humiliée, elle se rendit chez la mère éplorée et fit la connaissance de l'enfant, qu'elle trouva beau, mais mal élevé. Elle fit ensuite envoyer des fleurs à doña Alicia et l'invita plusieurs fois à dîner, évoquant l'avenir princier de son fils. Un jour, il régnerait sur le Mexique. Ces bonnes paroles et un don de cent quarante mille piastres finirent par persuader la malheureuse de rejoindre son mari en Amérique.

Le petit Augustin fut installé au palais avec son jeune cousin, Salvatore, sous la garde de leur tante, doña Josephina. Tous trois reçurent les titres de princes et de princesse et ce fut à Charlotte de résoudre le difficile problème de protocole que posait leur présence au palais.

Cette singulière adoption n'améliora pas l'opinion américaine, qui se montra encore moins favorable qu'avant à l'Empire mexicain. Maximilien tenta d'envoyer un ambassadeur aux États-Unis pour intéresser financiers et industriels à faire des placements mexicains, mais ces derniers préféraient traiter avec la République et l'on en resta là.

Les Républicains perdaient du terrain devant les troupes françaises, mais continuaient à se considérer en République et allèrent jusqu'à organiser de nouvelles élections présidentielles à l'issue desquelles Gonzalez Ortega succéda à Juárez. Ortega s'empressa de rendre une visite officielle aux États-Unis et Juárez en profita pour proroger ses pouvoirs présidentiels et ordonner l'arrestation d'Ortega lorsqu'il reviendrait au Mexique. Le secrétaire d'État Seward reconnut alors Juárez comme seul président et lui envoya vingt millions de pesos.

Pourtant, le sort de Juárez n'était guère brillant. Réfugié à Paso del Norte, à la frontière des États-Unis, il ne jouissait que d'un illusoire pouvoir, malgré ses nombreux partisans dans le reste du pays.

Dans l'entourage de Maximilien, l'étoile de Loysel pâlissait. Un nouveau venu, le père Fischer, était devenu l'interlocuteur privilégié de l'empereur, heureux de s'exprimer avec lui dans sa langue natale. Cet Allemand de modeste origine avait émigré au Texas, où il avait été ouvrier agricole. La ruée vers l'or l'avait mené en Californie où il ne s'était guère enrichi, puis des pères jésuites l'avaient converti au catholicisme et ordonné prêtre. Passé au Mexique, devenu secrétaire d'un évêque, il avait rédigé de nombreux rapports sur la situation politique du pays qu'il avait adressés à Maximilien. Celui-ci l'avait alors chargé dans les provinces de diverses missions dont il s'était bien acquitté. Cet homme charmant et cultivé savait plaire. Maximilien ne put bientôt plus s'en passer. Charlotte, qui le soupçonnait d'avoir influencé son mari dans l'affaire de l'adoption du petit Iturbide, l'appréciait beaucoup moins. Pour lui, il ne servait à rien de se montrer conciliant avec les Républicains, il fallait au contraire en éliminer le plus possible. Bazaine était également de cet avis et Napoléon III, de son côté, ne cessait de recommander à Maximilien plus de fermeté. Les rebelles, qui demeuraient insaisissables et réapparaissaient comme par magie, méritaient le peloton d'exécution. Maximilien finit par signer le décret du 3 octobre 1865 préconisant que tout rebelle pris les armes à la main serait fusillé sur-le-champ, sans jugement.

Les Mexicains ayant l'habitude de se promener armés, il devint difficile de différencier un rebelle d'un simple citoyen désireux de se protéger. Pourtant, le décret fut appliqué à la lettre et on fusilla à tout-va. Partout s'improvisèrent des pelotons d'exécution. En représailles, les soldats français capturés par les Républicains furent aussitôt passés par les armes. Un vent de sanglante folie souffla sur le Mexique. On entra dans un tourbillon meurtrier et chacun se terra chez soi. Loysel tenta plus d'une fois de fléchir l'entêtement de Maximilien, en vain.

Même si elle n'avait pris aucune part à la rédaction de ce décret, Charlotte, par solidarité envers son mari, abondait dans son sens. On lui adressait des suppliques, qu'elle repoussait sans les lire.

Ce fut une véritable escalade dans l'horreur. De part et d'autre, on ne fit plus aucun quartier. Ce fut une surenchère dans la violence. Les bains de sang succédèrent aux bains de sang. À Mexico, après un combat de deux heures, la place Chilchotla fut libérée de ses rebelles qui parvinrent à s'enfuir vers les montagnes. Ceux qui avaient été faits prisonniers furent fusillés sur place. Les chefs républicains Arteaga et Salazar tombèrent entre les mains du colonel mexicain Mendez et furent fusillés avec trois de leurs hommes. Mendez devint général de brigade…

Maximilien se croyait dans son bon droit, mais il ne parvenait qu'à se faire détester.

La nouvelle de tant de violences traversa les mers et la famille française de Charlotte s'en émut. Son oncle Joinville, son préféré, lui écrivit pour la supplier de mettre fin aux massacres. N'avait-il pas entendu parler de quatre cent cinquante fusillés dans la seule ville de Sacatenas, de pendus par erreur à Tampico, de soi-disant brigands qu'on exécutait tant et plus ? Charlotte ne lui répondit pas. Il était hors de question de critiquer une décision de son mari. À son frère aîné, elle assura, quinze jours après la publication du funeste décret, que tout marchait bien dans le pays. Selon elle, les tensions avec les États-Unis et le pape s'étaient apaisées, le calme était revenu, la confiance régnait à nouveau.

« La machine fonctionne, disait-elle. Cette Nation sur laquelle pesaient à la fois l'apathie, la démagogie et le désordre renaît peu à peu à quelque chose comme l'espérance et l'enthousiasme, reprend confiance dans ses forces, dans son incontestable intelligence et a foi en sa destinée. »

Alors que tout sombrait autour de lui, Maximilien songea à visiter avec Charlotte la lointaine province du Yucatán. Pour y aller, il fallait descendre jusqu'à Veracruz et s'y embarquer pour Mérida. Les préparatifs du voyage s'ébruitèrent. De nombreux journaux s'affolèrent en imaginant que le couple impérial voulait fuir le Mexique et s'embarquer pour l'Europe. Maximilien, découragé par ces articles, renonça à son projet, mais décida que Charlotte irait à sa place. Insensible aux dures réalités mexicaines, emporté par son rêve, il voulait agrandir un Empire qu'il était pourtant incapable de gouverner.

– Un jour ou l'autre, les États américains voudront annexer les provinces du Nord du Mexique, comme ils l'ont déjà fait du Nouveau-Mexique et du Texas en 1846. Il faudra déplacer le centre de l'Empire mexicain vers le Yucatán, c'est pourquoi je tiens à ce que tu ailles là-bas. On agrandira le Mexique du Guatemala et du Honduras. Si mon frère Louis-Victor peut épouser la fille unique de l'empereur du Brésil, il saura à son tour absorber le Venezuela et la Colombie et nous régnerons ensemble sur la majeure partie de l'Amérique latine.

Charlotte s'enflammait pour cette idée, oubliant que l'inconsistant Louis-Victor était homosexuel et avait plus d'une fois refusé de se marier.

Le 2 novembre, sur le Zócalo, la place s'étendant devant le palais de Mexico et la cathédrale, se déroula la Fête des morts. On y planta une grande tente où prit place un orchestre qui joua toute la nuit. Une multitude de petites baraques furent dressées et Charlotte s'amusa des multiples représentations de la mort qu'on y vendait, proposant aux passants des cadavres et des cercueils en sucre, des squelettes déguisés en évêques ou en prêtres, des défunts occupés à faire bombance.

Deux jours plus tard, on célébra avec faste la Saint-Charles, le saint patron de Charlotte, puis les souverains assistèrent à la représentation de *Don Juan Tenorio*.

Le surlendemain, Charlotte se mit en route avec Maximilien et une suite imposante. Ce dernier la quitta à Ayotla pour s'en retourner à Mexico. Le 6 au soir, elle coucha à Puebla. La route jusqu'à Veracruz fut pénible. La pluie ne cessait pas. On plantait les tentes dans des mares de boue. Les chemins, dans un état pitoyable, empêchaient que l'on pût rouler la nuit. Il fallait sans cesse se méfier des brigands et des rebelles qui infestaient le pays. À Puebla puis à Orizaba, les populations locales, lassées par la guerre civile et les incessantes représailles, réservèrent un accueil des plus froid à Charlotte. Les nouvelles que lui adressait Maximilien n'étaient pas bonnes non plus.

« Le plus loin tu avances, le plus tu me manques et le plus je me sens mélancolique. J'erre comme une âme perdue à travers des salles vides, et pour ajouter à ma dépression, le temps est glacial. »

Maximilien, qui ne la supportait pas lorsqu'elle se trouvait à ses côtés et ne cessait de la fuir, la regrettait et l'aimait à nouveau sitôt qu'elle était partie. C'était toujours ainsi avec lui, mais son état dépressif inquiétait de plus en plus Charlotte.

Le 20 novembre, elle approchait de Veracruz et s'interrogeait avec anxiété sur l'accueil que lui réserverait ce fief républicain. Les derniers kilomètres devaient être parcourus en train. En arrivant dans la gare, Charlotte fut agréablement surprise par la foule immense massée sur les quais et l'acclamant. C'était à n'y rien comprendre. Les femmes portaient des crinolines à la dernière mode européenne en dépit de la chaleur suffocante. Elle dut prendre place dans un char de triomphe que la municipalité avait fait construire pour elle, d'où elle put répondre aux acclamations de la foule. Le char la conduisit au palais où elle allait résider.

Rassérénée par cet accueil enthousiaste qui lui fit oublier celui de Puebla et d'Orizaba, Charlotte se sentait enfin heureuse, ne se laissant abattre ni par les rafales de vent qui souffla bientôt en tempête, empêchant tout embarquement pour Mérida, ni par les nuées de moustiques s'abattant sur la ville entre les averses tropicales. Une rutilante corvette autrichienne attendait qu'elle embarquât, mais Charlotte refusa avec hauteur d'utiliser un bâtiment qui ne serait pas mexicain et prit place à bord d'un vieux steamer poussif, le *Tabasco*, tandis que sa suite voyageait à bord du *Dandolo*, plus confortable. On gagna la haute mer.

Après une traversée sans histoire durant laquelle Charlotte fut malade comme d'habitude, l'on arriva enfin à Mérida, capitale de Yucatán. Elle fut d'emblée séduite par cette jolie ville blanche aux grandes avenues bien tracées, pleines de charme. Elle y fut reçue par une profusion habituelle de réceptions, bals, feux d'artifice et banquets. Comme d'habitude aussi, elle visita les écoles, hôpitaux et prisons. Le Yucatán n'avait pas connu la lutte fratricide ensanglantant le reste du Mexique et elle était accueillie triomphalement. Du haut du balcon du palais où elle résidait à Mérida, ancienne cité maya de Tiho, elle salua la foule qui lui lançait des fleurs et qui hurlait :

– Vive l'impératrice, vive la protectrice du Yucatán !

Charlotte, flattée de ces hommages, en oublia le mal de gorge qu'elle venait d'attraper et la fatigue du voyage. La foule était surtout composée d'Indiens, car la société mexicaine continuait à la bouder. Les hommes, coiffés d'un chapeau en fibres de palme, étaient vêtus d'un pantalon de toile blanche sur lequel flottait la *guyabera*, la chemise plissée aux grandes manches. Quant aux femmes, elles portaient de longues jupes brodées, le *huipil*. Le spectacle était ravissant. Ensuite, Charlotte visita la nouvelle fabrique de textile qui venait de s'ouvrir et constata avec satisfaction que les conditions de travail n'étaient pas trop dures pour les Indiens qui l'accueillirent avec enthousiasme.

De Mérida, elle partit pour Campeche et s'arrêta le 9 décembre à Uxmal, ancienne capitale Xiúes, d'où elle partit visiter les temples-pyramides. Le site était envahi par une épaisse végétation et d'une approche difficile, mais Charlotte, vêtue légèrement d'une jupe longue, d'une chemise et d'un court boléro, un grand chapeau de paille l'abritant du soleil, escalada les pyramides, visita la maison du devin, celle des nonnes et du gouverneur, puis le palais dit des Colombes. Elle avait emporté avec elle un carnet de croquis et dessina un plan du site pour Maximilien, son pauvre mari toujours en proie à la même mélancolie, qui venait de lui écrire :

« Mon très cher ange, mille mercis de tes nombreuses et bonnes dépêches télégraphiques qui m'ont énormément rassuré. En effet, j'ai passé quelques jours plongé dans une affreuse angoisse et une sombre mélancolie. Dans ma mélancolie, je me suis complètement retiré à Chapultepec, sur ce haut rocher isolé que j'aime, et là, dans le calme, j'ai retrouvé un peu de mon équilibre. »

Il allait mal aussitôt qu'elle le quittait mais, dès qu'elle serait de retour, il n'aurait de cesse de la fuir et de l'écarter du pouvoir... Elle le savait, c'était inéluctable.

Le lendemain, elle se leva à quatre heures du matin pour gagner à cheval le village de Bekal où elle fut reçue avec empressement par le vieux curé. Celui-ci avait accroché à sa maison une banderole portant cette inscription : « *Viva el rey Leopoldo ! y gloria al gran monarca* », « Vive le roi Léopold et gloire au grand monarque ». Charlotte y fut d'autant plus sensible qu'elle savait son père gravement malade et s'inquiétait de sa mauvaise santé. Ce qu'elle ignorait et n'apprendrait qu'à son retour à Mexico, c'était que, ce même 9 décembre, son père était entré en agonie et allait mourir le lendemain.

À l'étape de Calqiri, elle eut la joie de retrouver la fille de Gutierrez d'Estrada, Maria Arrigunaga, l'une de ses meilleures amies mexicaines qui voyageait aussi au Yucatán, où son mari possédait des terres. Gutierrez d'Estrada avait été l'un des premiers Mexicains à soutenir la candidature de Maximilien au trône du Mexique et il comptait parmi ses plus ardents partisans. Maria était une très belle femme à la chevelure d'un noir ardent et au teint de neige. Elle avait eu vent de la curieuse adoption du petit Augustin et devina la mortification qu'elle représentait pour son amie. Après avoir soupé ensemble, Maria entraîna Charlotte dans le patio du seul hôtel de la ville où elles étaient toutes deux descendues. L'air embaumait les fleurs de frangipanier, senteur lourde et sucrée faisant un peu tourner la tête. Les deux femmes s'assirent côte à côte sur un banc de pierre, Maria lui prit les mains et lui demanda sans la quitter des yeux :

– Êtes-vous heureuse, Charlotte ?

– Pourquoi ne le serais-je pas ? J'ai un époux qui m'adore, un peuple confiant qui attend tout de nous. Il y a tant à faire… Je me dois à ma nouvelle patrie.

– Mais cet enfant, ce petit Augustin que vous avez adopté ?

– C'est une idée de Max, qui croit cette solution nécessaire à l'avenir de la dynastie, puisque nous n'avons hélas pas d'enfant.

– Vous êtes tous deux encore fort jeunes et avez tout le temps d'en avoir. Pourquoi cette hâte singulière qui a étonné tout le monde ?

Un bref instant, Charlotte éprouva la tentation de se confier à cette femme sensible et intelligente qui prenait la peine de se soucier d'elle et osait formuler une question qui était sans doute sur les lèvres de toutes ses dames d'honneur, mais elle repoussa la tentation. Elle était l'impératrice et devait affronter seule ses problèmes. Se levant un peu vite, elle prétexta un mal de tête dû au parfum des fleurs pour écourter la promenade et retourner seule dans sa chambre.

Dès le lendemain, préférant ne pas s'attarder auprès de cette amie trop clairvoyante, Charlotte repartit avec sa suite pour Campeche, le grand port commercial si souvent pillé par les pirates, où elle avait décidé de rester jusqu'à la mi-décembre. Une foule énorme l'y attendait, empêchant sa voiture d'avancer. Des hommes dételèrent les chevaux, s'attelèrent aux brancards et, malgré ses protestations, la tirèrent jusqu'à la belle demeure où elle allait résider durant son séjour.

Le lendemain, en présence des autorités de la ville, elle assista à une grand-messe solennelle célébrée dans la cathédrale, puis elle visita écoles, institutions charitables, hôpitaux et prisons. Il lui restait à s'acquitter de la mission dont l'avait chargée Maximilien : enrayer le trafic d'antiquités qui ne cessait d'appauvrir le Yucatán, et elle signa des décrets interdisant toute exportation d'objets antiques hors de la province. Maximilien désirait aussi que cette région maya si différente du reste du Mexique pût conserver son autonomie.

Charlotte adora ce paradis à la végétation très dense, jouissant d'un climat privilégié, un éternel printemps, même si elle revint épuisée de sa tournée, ayant passé trop d'heures à traverser à cheval une jungle difficile, ayant mal mangé et dormi difficilement dans la moiteur ambiante. Elle avait voulu en faire trop, tenant à tout voir, tout visiter, ne refusant pas un bal ni une réception.

Il fallut s'embarquer et, le 20 décembre, elle arriva à Veracruz où l'attendaient plusieurs lettres de sa grand-mère à laquelle elle répondit aussitôt :

« Nous sommes du reste, Max et moi, tellement unis en politique comme en toute autre chose qu'il n'y a pas à craindre qu'on cherche à nous séparer en rien, et si j'obtiens des succès isolés, je les rapporte toujours à lui et il en est souverainement fier et satisfait comme de ce qui vient de se passer au Yucatán. »

Charlotte n'était guère pressée de retrouver Mexico, ne sachant que trop qu'elle serait encore séparée de Maximilien. Aussi fut-elle heureuse de recevoir une dépêche de lui.

« Si tu ne te sens pas trop fatiguée du voyage, lui télégraphiait-il, j'ai eu l'idée d'aller avec toi à Cuernavaca, ville pleine de tendresse pour nous et à laquelle j'ai promis une prochaine visite. Nous pourrions y passer quelques jours. »

Charlotte accepta l'offre avec enthousiasme. La veille du jour de l'an 1866, ils se rejoignirent dans la bourgade de San Martin Texmelucán. Maximilien, heureux de la retrouver, la pressa de questions et voulut tout savoir de son voyage et de ses impressions. Pourtant, il n'était pas serein et ne voyait pas l'avenir en rose. L'état des finances demeurait catastrophique et le reste du Mexique n'était pas aussi calme que le Yucatán, il s'en fallait de beaucoup.

Nous ne bâtissons que sur du sable, gémit Maximilien. Dès que nous nous retirons, les anciens errements reprennent le dessus.

Il n'avait pas tort. La sécurité laissait toujours autant à désirer et l'on dut renforcer leur escorte pour aller de San Martin Texmelucán à Cuernavaca. Le train venant de Veracruz fut arrêté par des rebelles, les voyageurs détroussés puis relâchés en pleine campagne, mais les douze Français qui s'y trouvaient, deux officiers et dix soldats, furent abominablement torturés avant d'être assassinés.

Maximilien nomma un nouvel expert, un certain Langlais, pour assainir des finances au plus bas et chercher les moyens de faire entrer de l'argent dans les caisses de l'État, tâche insurmontable…

Il montra à Charlotte des copies de sa correspondance avec Napoléon III en date du 27 décembre dernier.

« J'établirai également de nouveaux impôts, écrivait-il. Des règlements seront faits pour que les fonds versés par les contribuables entrent plus sûrement au Trésor. Si Votre Majesté consent à aider le Mexique pendant le temps assez court qui sera nécessaire pour que ces réformes produisent leur effet, je ne doute pas que mon gouvernement, au bout de quelques mois, ne soit en état de satisfaire à toutes ses obligations. Telle est d'ailleurs l'opinion de M. Langlais et j'ai la plus grande confiance dans la sagesse de ses appréciations. »

Maximilien s'inquiétait surtout du désir constant de l'empereur des Français de retirer peu à peu ses troupes du Mexique. On ne pouvait augmenter les légions austro-belges, constituées pour la plupart de volontaires très jeunes et toujours aussi peu aguerris. Quant à se reposer sur une vraie armée mexicaine, Maximilien se heurtait à la mauvaise volonté persistante de Bazaine.

Il voyageait avec Charlotte dans une voiture durement cahotée par le mauvais état des routes. On franchit une profonde forêt de sapins, puis l'escorte fut doublée et l'on continua de monter jusqu'à la Cruz del Marques. De là, on admira la cime neigeuse du majestueux Popocatépetl, l'un des points les plus élevés du Mexique, à plus de neuf mille pieds au-dessus du niveau de la mer. Après quoi la route redescendait jusqu'à Cuernavaca. Dans une cuvette verdoyante fleurissaient les orangers, bougainvillées et belles fleurs rouges du *nocabuena*. On devinait les restes de l'ancien palais-forteresse édifié jadis par Cortés.

À leur arrivée, Charlotte et Maximilien résidèrent dans ce palais, presque en ruines. Ils trouvèrent pourtant l'endroit enchanteur et décidèrent de s'y faire aménager une résidence secondaire où ils pourraient fuir la canicule de Mexico. On leur indiqua une jolie maison, plantée au bord d'un lac entouré de manguiers et alimenté en eau vive par un aqueduc long de six kilomètres. La maison était pourvue de plusieurs patios plantés de fleurs. Tous deux la jugèrent ravissante et décidèrent de la remettre aussitôt en état.

Le soir, Charlotte souffrit de violentes migraines et de vertiges. Incapable de dormir, elle grelottait dans son lit. Alerté par ses femmes, Maximilien vint prendre de ses nouvelles.

– J'ai été empoisonnée, lui dit-elle d'un ton angoissé.

– Empoisonnée ! Mais par qui, pourquoi, avec quel poison ? demanda-t-il sans y croire.

– Je l'ignore, je sais seulement que j'ai été empoisonnée, s'obstina-t-elle.

Le lendemain, elle allait mieux et semblait avoir oublié ses peurs de la veille. Le 4 janvier, après une tempête et un tremblement de terre qui mit à mal plusieurs clochers, Charlotte et Maximilien assistèrent à un feu d'artifice suivi d'une procession aux flambeaux. Le lendemain soir, il y eut bal chez le colonel Lamadrid et Charlotte vit que son époux n'avait d'yeux que pour une belle métisse du nom de Guadalupe Martinez. Ainsi, même en sa présence, il ne pouvait s'empêcher de courtiser les jolies femmes… Elle devinait que Guadalupe ne lui résisterait pas longtemps. Si elle ne devenait pas sa maîtresse cette nuit, ce serait la suivante. Elles étaient toutes comme des mouches attirées par la lumière du pouvoir. Si elles avaient su comme ce pouvoir pouvait être chancelant… Quels gestes Max aurait-il pour aimer cette femme voluptueuse à la peau d'ambre ? Quelles caresses inventerait-il pour elle, quels baisers, quelle fougue le porterait vers ce beau corps si peu caché par la robe trop décolletée, alors qu'il n'en avait aucune pour elle ? Il lui semblait que le désir de Max était si flagrant que bien des danseurs la regardaient avec pitié, elle, l'impératrice du Mexique. Charlotte n'eut plus qu'une hâte, fuir ce bal, laisser la place à l'intruse pour que cessât le supplice…

Le lendemain, Maximilien vint la rejoindre dans sa chambre alors qu'elle avait mal dormi et se trouvait encore dans son lit, ce qu'il ne faisait jamais. Elle le jugea très beau dans son rutilant costume mexicain et se demanda avec douleur s'il avait ou non passé la nuit dans les bras de Guadalupe. Il lui tendit un télégramme en lui disant avec tendresse :

– Je crains de n'être le porteur de bien mauvaises nouvelles, ma chérie. Sois courageuse, elles concernent ton père.

Charlotte prit le télégramme. Elle eut du mal à lire les petits caractères mal retranscrits qui tremblaient devant ses yeux, puis elle comprit. Son père était mort et elle n'avait pas assisté à ses derniers instants ! Ainsi, il n'était plus, ce grand roi qui l'avait tellement aimée, même s'il avait toujours gardé la pudeur de ses sentiments. Son père mort, c'était toute son enfance heureuse qui disparaissait avec lui, c'était son plus ferme appui qui s'en était allé. Tout lui semblait vain, inutile, puisque son père n'était plus. À quoi bon se battre encore pour un pays ingouvernable ? À quoi bon être toujours courageuse, refouler ses larmes face à un époux qui la ridiculisait en public ? Sa peine était trop lourde et Charlotte retomba en larmes sur son oreiller. De gros sanglots enfantins soulevaient sa poitrine et elle ne parvenait pas à reprendre sa respiration.

Maximilien s'assit au bord du lit et l'attira à lui avec douceur. Il lui caressa les cheveux, et ce geste si peu habituel fit redoubler ses pleurs. Elle vit qu'il pleurait aussi. Ses larmes étaient sincères, elle savait qu'il avait toujours apprécié son beau-père. Cette tristesse commune les rapprochait mieux qu'une étreinte et ce fut lui qui proposa :

– Nous n'avons plus rien à faire ici, Charlotte. Rentrons à Mexico. Tu y seras mieux pour écrire à ta famille et tu recevras plus vite des nouvelles.

Oubliée la belle Guadalupe ! Elle s'inquiétait à tort…

Dans l'entourage de Charlotte, on parlait bas, on évitait de rire pour ne pas la blesser, chacun connaissant son attachement à son père. Ses dames d'honneur s'étaient vêtues de noir et les préparatifs de départ allaient bon train. Partout dans la ville, les Indiens avaient enlevé les arcs de triomphe ou y avaient attaché des voiles de crêpe. Lampions et estrades de fête disparurent comme par enchantement et Charlotte leur en sut gré.

On se remit en route, comme d'habitude durement cahoté par les ornières des mauvais chemins. Dans la berline, Maximilien essuyait ses larmes d'un geste tendre.

À Mexico, des tentures sombres pendaient des balcons, ce qui toucha Charlotte. Un peuple silencieux, en deuil, les saluait en silence à leur passage. Comme elle avait besoin de solitude, ils avaient décidé d'un commun accord de fuir ensemble la capitale et de s'enfermer à Chapultepec. Charlotte avait d'innombrables lettres et télégrammes de condoléances à dépouiller et il lui fallait répondre à tout ce courrier reçu des quatre coins de l'Europe. Réfugiée dans son petit bureau sur lequel trônait une photographie de son père, elle ouvrait toutes ces lettres en s'étonnant de leur nombre et en trouvant réconfortant de lire ces nombreux éloges de son père. Le message qui la surprit le plus provenait de la loge du Grand Orient de Mexico.

« L'auguste père de Votre Majesté, lut-elle, voulut un jour déposer la couronne royale pour revêtir l'humble manteau maçonnique. Six millions de maçons dispersés sur toute la superficie du globe s'unissent dans un ultime hommage à l'illustre frère perdu. Les maçons mexicains prient le Grand Architecte de l'Univers de jeter un baume sur le cœur endolori de Votre Majesté. »

Deux lettres de ses frères lui apprirent des détails navrants sur les derniers instants du père qu'elle aimait tant. Plus seul que jamais, il avait refusé de voir ses familiers ou ses fils, ne recevant que sa maîtresse, Arcadie, qui venait chaque jour, du château de Stuyvenberg qu'il lui avait offert, et sa belle-fille, Marie-Henriette, femme de l'aîné de ses fils. Sur les instances du reste de la famille, elle lui avait demandé de se convertir au catholicisme, mais le vieux roi protestant avait refusé avant d'entrer dans un semi-coma, prononçant encore le nom de Charlotte et celui du Mexique.

Ses fils, serviteurs et ministres avait défilé devant son lit. Il était mort en appelant de nouveau Charlotte.

Arcadie s'était alors empressée de disparaître d'un pays où elle n'était guère populaire. Le nouveau roi, Léopold II, lui racheta le château de Stuyvenberg et elle s'installa dans une jolie villa de Düsseldorf sous le nom de baronne Eppinghoven avec les deux fils qu'elle avait eus du vieux monarque, des enfants que Charlotte ne connaîtrait jamais…

Ces nouvelles firent redoubler ses pleurs et elle s'en voulut plus que jamais de ne pas avoir été au chevet de son père. Maximilien s'inquiéta de sa pâleur. Elle ne dormait plus, ne mangeait presque rien.

– Tu as besoin de vacances, lui dit-il. Maintenant que tu as rempli tes obligations et répondu à toutes ces marques d'estime concernant ton père, nous pouvons retourner à Cuernavaca. Tu y seras plus tranquille qu'ici.

Elle se demanda un bref instant si c'était pour retrouver la belle Guadalupe, puis décida de chasser ces pensées indignes d'elle. Max s'était montré bon envers elle et il ne fallait pas gâcher leur nouvelle entente, ni qu'il négligeât pour elle les affaires de l'État.

– Tu es bien sûr que tu peux partir en ce moment ?

– Je viens d'avoir un entretien avec Bazaine qui m'a rendu plus optimiste. Il m'a affirmé être décidé à entreprendre une action d'envergure qui briserait la rébellion. Le père Fischer est revenu hier de Rome porteur de bonnes nouvelles. Le pape comprend mes difficultés. Les dissensions avec les États-Unis paraissent aussi s'apaiser. Je t'assure, ma chérie, rien ne nous retient plus à Mexico.

Charlotte ne demandait qu'à le croire et ils partirent avec une suite restreinte, la maison n'étant pas vaste et le palais Cortés trop inconfortable pour y séjourner. Seule ombre au tableau, Maximilien avait insisté pour emmener avec eux le petit Iturbide, sa duègne et son cousin. Charlotte n'avait pas voulu s'y opposer, de peur de détruire leur fragile entente.

La nature était ravissante et le jardin enchanteur. Charlotte s'y réfugiait souvent, seule ou avec ses dames d'honneur.

Un matin, elle entendit des rires d'enfants. Le petit Augustin et son cousin jouaient au ballon sous la surveillance de leur duègne. Un élan la porta vers eux. Elle aurait voulu serrer dans ses bras ces deux petits, les couvrir de baisers et s'en faire aimer, mais la vue de la femme en noir occupée à sa broderie, la mine sévère et rébarbative, l'arrêta. Mieux valait ne pas s'attacher à eux pour éviter de souffrir encore. On ne lui demandait pas de montrer des sentiments maternels, mais de tolérer ces enfants près d'elle. Charlotte n'était pas mère et ne le serait sans doute jamais.

Le vulgaire bonheur n'était pas fait pour elle, l'impératrice du Mexique. Pourtant, Maximilien et elle s'entendaient de mieux en mieux. Ils montaient souvent à cheval ensemble, se retrouvaient pour surveiller les travaux. Il l'associait plus étroitement qu'à Mexico aux affaires politiques, la passionnant toujours autant. Il lui demandait son avis et l'avait même priée de ne pas interrompre sa correspondance avec Eugénie, signe qu'il comptait sur elle.

En se promenant à cheval aux environs de Cuernavaca, Maximilien découvrit dans le hameau d'Acapantzingo une jolie bâtisse et son patio, construits au bord d'une agréable pièce d'eau. Il décida d'en faire son Trianon et de l'aménager. Il nomma la maison El Olvido, L'Oubli. Il avait revu la belle Guadalupe Martinez, qui était devenue sa maîtresse presque officielle et l'y reçut sans beaucoup se cacher. La fille du jardinier, Concepción Sedano y Leguizano, jouissait également de ses faveurs, ainsi que d'autres beautés de Cuernavaca, telles que Lola Hermosillo et Emilia Blanco.

Chaque soir, dès que Charlotte se retirait dans ses appartements, Maximilien enfourchait son cheval pour galoper jusqu'à Acapantzingo et retrouver ses maîtresses. Charlotte n'ignorait rien de ses infidélités, mais s'interdisait de s'en attrister. Comme pour le petit Augustin, elle réfrénait ses sentiments et ses élans, s'attachant à les maîtriser, exigeant d'elle des efforts surhumains qui la minaient sans qu'elle en eût conscience. À Maximilien, elle n'adressa aucune remontrance. Parfois, elle le contemplait à la dérobée avec un étonnement douloureux. Il avait beaucoup changé. Sa grande barbe lui descendait à présent jusqu'à la poitrine, ses moustaches étaient devenues énormes, tandis que ses cheveux se clairsemaient. Toujours vêtu à la mexicaine, il semblait heureux et épanoui dès qu'il s'éloignait de Mexico. Elle au contraire se trouvait de plus en plus mélancolique et commençait à s'ennuyer dans cette petite ville trop calme et trop éloignée du pouvoir. Elle lisait beaucoup, chassait les papillons avec ses dames de compagnie pour enrichir les collections du professeur Bilimeck, un bon savant érudit, qui les avait suivis à Cuernavaca.

Quelques jours plus tard, ils reçurent une lettre de Napoléon III, datée du 15 janvier 1866.

« Monsieur mon frère,

» Ce n'est pas sans un sentiment pénible que j'écris à Votre Majesté, car je suis obligé de lui faire connaître la détermination que j'ai dû prendre en présence de toutes les difficultés que me suscite la question mexicaine. L'impossibilité de demander de nouveaux subsides au Corps législatif pour l'entretien du corps d'armée du Mexique et celle où se trouve Votre Majesté, de ne pouvoir plus y contribuer elle-même, me forcent de fixer définitivement un terme à l'occupation française. À mes yeux, ce terme doit être le plus rapproché possible.

» Cependant, je vous envoie le baron Saillard, afin qu'après avoir pris l'avis du maréchal Bazaine, il s'entende avec Votre Majesté pour déterminer les époques du rappel successif des troupes, de manière qu'il ne se fasse pas brusquement, que la tranquillité publique ne soit pas compromise, et que les intérêts que nous avons à cœur de sauvegarder ne soient pas mis en péril. Il demeure entendu d'ailleurs que la Légion étrangère restera encore pendant quelques années au service de Votre Majesté.

» Si, comme je n'en doute pas, vous montrez l'énergie nécessaire dans cette circonstance difficile, si vous organisez solidement votre armée nationale et étrangère, si en réalisant toutes les économies possibles vous trouvez moyen de développer les ressources de votre Empire, je crois que votre trône se raffermira, car le départ de nos troupes pourra être un affaiblissement momentané, mais il aura cet avantage d'ôter aux États-Unis tout prétexte d'intervention. »

Tout le monde en France, aussi bien le parti impérial que l'opposition, était d'avis d'interrompre l'aventure mexicaine pour éviter une guerre avec les États-Unis.

Quant à Maximilien, épouvanté par la perspective du retrait des troupes françaises, il répondit avec raideur à Napoléon III, après avoir longuement discuté de la situation avec Charlotte qui retrouvait son rôle de conseillère dans les situations difficiles :

« Monsieur mon frère,

» Votre Majesté se croit forcée, par une pression soudaine, à ne pas pouvoir observer les traités solennels qu'elle a signés avec moi il n'y a pas encore deux ans et elle m'en fait part avec une franchise qui ne peut que lui faire honneur.

» Je suis trop votre ami pour vouloir être, directement ou indirectement, la cause d'un péril pour Votre Majesté ou sa dynastie. Je vous propose donc, avec une cordialité égale à la vôtre, de retirer immédiatement vos troupes du continent américain.

» De mon côté, guidé par l'honneur, je chercherai à m'arranger avec mes compatriotes d'une manière loyale et digne d'un Habsbourg et je mets mon âme et ma vie au service de l'indépendance et de ma nouvelle patrie. »

Maximilien savait qu'il ne disposerait, une fois les Français partis, que de ses troupes austro-belges et de quelques unités mexicaines. C'était peu pour assurer la paix dans un pays aussi vaste, encore encombré de rebelles…

Charlotte et Maximilien revinrent ensemble à Mexico pour accueillir une députation belge envoyée par le frère aîné de Charlotte. Au dernier moment, Maximilien, en proie à l'un de ses habituels accès de découragement, laissa sa femme recevoir seule le baron d'Huart, grand ami de son frère préféré, chargé par Léopold II de discuter avec elle du sort des troupes d'engagés belges et de difficiles questions d'héritage. Même si elle devinait que son frère n'était guère favorable à son empire mexicain, elle fut heureuse de revoir ses compatriotes.

Ils ne restèrent qu'une semaine à Mexico et quittèrent ensuite la ville, accompagnés par une faible escorte française. Au défilé du río Frio, la rivière Froide, la troupe qui devait remplacer l'escorte ne se trouva pas au rendez-vous, ce qui n'empêcha pas les soldats français de faire demi-tour, laissant la diligence des Belges sans protection. Le baron d'Huart s'assit sur l'impériale, à côté du cocher, pour mieux goûter la beauté du paysage. À peine la voiture s'était-elle engagée dans le défilé que retentirent des coups de feu et le baron tomba de son siège, touché d'une balle au front.

Prévenu par un télégramme, Maximilien se rendit sur les lieux avec son médecin personnel, mais ne put que constater la mort du baron. Les assaillants s'étaient évanouis dans la montagne et toute poursuite aurait été inutile. Cet attentat tombait bien mal, au moment où Napoléon III annonçait le rappel de ses troupes et où le roi Léopold II hésitait à maintenir les volontaires belges. Charlotte envoya une série de lettres optimistes à ses frères, son ancienne gouvernante, la comtesse d'Hulst et ses nombreux amis belges. À la comtesse, elle écrivait :

« N'écoutez pas ces contes, ces mensonges, ces calomnies, n'écoutez pas la presse française, n'écoutez pas les rumeurs qui se répandent dans toute l'Europe. Le Mexique va bien. »

À son frère Philippe, elle disait au contraire :

« Les Américains sont ennemis de la tranquillité de tous les pays espagnols depuis leur indépendance. Ils tournent autour comme le loup qui convoite sa proie. Ils fomentent des dissensions sous prétexte de liberté. La moitié des guerres civiles n'ont pas d'autre origine, et aujourd'hui qu'ils voient le Mexique en train de s'arranger et de revenir à la vie, alors qu'ils avaient spéculé sur ses dépouilles, de là un feu roulant de calomnies, de plaintes, de récriminations. »

Encore ignorait-elle qu'au même moment, le président Johnson recevait avec solennité Mme Juárez à Washington et réaffirmait son appui à la République mexicaine représentée par son mari...

Éloin, envoyé en mission par Maximilien auprès de Napoléon III pour voir si l'on ne pouvait pas gagner du temps, fut reçu par l'empereur des Français aux Tuileries. Il trouva Napoléon III vieilli et embarrassé.

– Je viens de recevoir une lettre de l'empereur Maximilien, lui dit Napoléon III. Il semble irrité par les nouvelles que je lui ai envoyées, ce que je conçois fort bien. Seulement, les circonstances exigeaient de pénibles résolutions. Je ne pouvais obtenir de nouveaux délais des Chambres à partir du moment où l'empereur ne se trouvait pas en mesure de remplir ses engagements financiers, comme il le reconnaissait lui-même.

Il cherchait visiblement à se montrer conciliant envers Éloin.

– À partir du moment où les États-Unis et les Chambres sont rassurés, on peut trouver des arrangements. Je ne me suis engagé sur aucune date, il suffit de choisir une échéance assez éloignée...

Voyant la mine décontenancée d'Éloin, Napoléon III alla plus loin et tenta de le dérider en ajoutant :

– La Légion étrangère peut encore demeurer là-bas plusieurs années, ainsi que les officiers ou les hommes qui désireraient prendre du service dans l'armée mexicaine. À eux de choisir, ils sont libres de rester. Vous voyez que la situation n'est pas aussi catastrophique qu'il pourrait le sembler. Peut-être même pourrions-nous encourager un nouvel emprunt, je m'en occuperais moi-même.

Napoléon III en vint aux critiques, expliquant comme pour s'excuser :

– On me dit de tous côtés que l'empereur se laisse porter par ses utopies et que le côté pratique en souffre. Il manque d'énergie, se contentant par exemple de rédiger des décrets qui ne sont pas appliqués et restent lettre morte.

– Le Mexique est si vaste, plaida Éloin, et l'administration si peu fiable que leur application reste en effet problématique. Tout est affaire d'argent, mais Sa Majesté a pleine confiance en son ministre des Finances, M. Langlais. Ce dernier a réussi à équilibrer les budgets en rognant sur les dépenses de l'armée. En effet, les sommes inexplicables dépensées sans résultat probant par le maréchal Bazaine engloutissent le Trésor. Et tout cela en pure perte, puisque le pays n'est pas encore pacifié et que Bazaine semble répugner à organiser une vraie armée mexicaine.

Pour Éloin, le grand coupable de la situation difficile que connaissait actuellement le Mexique était en effet le maréchal.

– Les relations entre l'empereur et le maréchal restent tendues et se dégradent chaque jour, dit-il encore. Mon souverain ne m'a pas chargé d'entretenir Votre Majesté de ce sujet, mais je crois de mon devoir de le faire. Le maréchal a failli dans sa mission pacificatrice comme dans sa charge d'organiser l'armée mexicaine, alors pourquoi tant de dépenses inconsidérées ?

L'impératrice Eugénie les interrompit en entrant dans le bureau de l'empereur.

– J'ai eu du chagrin de la mort du roi Léopold. Comment vont Leurs Majestés, l'empereur et l'impératrice du Mexique ? J'espère qu'elles se remettent de leur deuil, dit-elle en tendant la main à Éloin.

Se tournant vers son mari, elle ajouta d'un ton léger :

– Il fait un soleil superbe, tu devrais bien sortir en profiter au lieu de rester toute la journée enfermé dans ton bureau.

Napoléon III laissa Éloin prendre congé sans lui serrer la main.

Pendant ce temps, la situation militaire se détériorait au Mexique. Bagdad fut prise au début de l'année par les Juaristes et Bazaine, qui avait pourtant promis à Maximilien une campagne de pacification, prétendit devoir laisser se reposer une armée épuisée par la guérilla. Au mois de mars,

Chihuaha tomba aux mains des dissidents. Puis Matamaros fut menacée. Les désertions se multipliaient, les incidents ne cessaient pas entre troupes austro-belges et mexicaines. Inconscient, Maximilien envoya le 28 mai cette lettre à Bazaine :

« Mon cher maréchal, les nouvelles que je reçois de l'extérieur et de l'intérieur me démontrent l'impérieuse nécessité de renvoyer Juárez de Chihuahua et d'occuper cette ville définitivement pour ôter aux États-Unis le seul prétexte plausible d'accréditer près de lui un ambassadeur, et l'occasion de présenter chaque jour de nouvelles exigences. Je le répète, les nouvelles extérieures que je viens de recevoir font ressortir l'urgence de cette mesure et, comme chef de mon armée, vous aurez la bonté d'aviser immédiatement à son exécution. »

C'était oublier un peu vite que les troupes françaises se repliaient partout et que la ville de Chihuahua se trouvait à quinze cents kilomètres au Nord de Mexico, donc impossible à garder avec des effectifs qui ne cessaient de se restreindre. Partout, la solde des soldats n'était pas payée, le fourrage et les vivres manquaient. Du Nord au Sud, la situation de l'armée impériale devenait de plus en plus catastrophique. Et Napoléon III qui ordonnait à Bazaine de pacifier le Mexique avant de quitter le pays ! Maximilien écrivit avec une ironie désabusée à Éloin :

« Tout va bien grâce à l'inertie du maréchal et à l'abandon de la France ! »

Pour épurer l'armée des éléments indésirables, on renvoya les soldats mexicains qui s'empressèrent de rejoindre les troupes juaristes. Maximilien prétendit se mettre à la tête de vingt mille « purs patriotes » mexicains qui n'existaient que sur le papier. À son frère, l'empereur qui semblait douter de ses capacités à lever puis à commander lui-même une armée, Maximilien, piqué, répondait :

« Monsieur mon frère, ci-joint je vous envoie un règlement sur la réorganisation de mon armée pour que vous puissiez vous persuader que votre ancien chef de la marine a pourtant acquis, depuis son séjour dans la libre Amérique, la capacité de donner une bonne organisation à un système militaire complètement en déroute. J'espère que vous y trouverez des améliorations que même la routine expérimentée de l'Europe n'a pas encore pu mettre en valeur, mais qui, sûrement plus tard, seront victorieuses. Je vous serais très reconnaissant si vous vouliez, en connaissance de cause, me donner votre avis sur ce sujet. »

Pour renforcer cette armée nationale qu'il prétendait créer de toutes pièces, Maximilien demandait en même temps à son frère l'envoi de nouveaux volontaires autrichiens. François-Joseph lui en fit la promesse, mais dut y renoncer lorsque les États-Unis lui firent savoir que tout nouvel envoi de troupes pour le Mexique serait considéré comme un *casus belli*.

Alors que la situation militaire ne cessait de se dégrader, la correspondance entre les deux empereurs se poursuivait, chacun essayant de rejeter la faute sur l'autre. Napoléon III écrivit le 12 avril :

« Je dois rappeler à Votre Majesté que c'est elle qui, dans ses communications du mois de décembre dernier, nous a déclaré qu'il n'était plus en son pouvoir d'observer les clauses de ce traité et qu'elle ne pourrait plus désormais, ainsi qu'il en avait été convenu, payer les vingt-cinq millions, somme destinée à défrayer en partie l'entretien de mes troupes au Mexique. Mon désir le plus vif, comme mon intérêt, bien entendu, est que l'Empire mexicain se soutienne. Je ferai donc tout ce qui dépendra de moi pour aider Votre Majesté dans la consolidation de son gouvernement. »

Les courriers mettaient un temps considérable à franchir l'océan et Maximilien lui répondit le 18 mai :

« On avait démontré à la France la difficulté, sinon l'impossibilité de payer les sommes dues par le traité ; mais les observations reposaient plutôt sur des considérations de politique ou de finances, car, alors comme depuis, la pacification marchait très peu et les ressources des douanes et des impôts commençaient à se tarir d'une manière effrayante. Malgré tout, l'ordre de payer jusqu'au mois de juin de cette année les mensualités fixées par le traité de Miramar a été religieusement donné. »

Maximilien nomma Almonte son ambassadeur aux Tuileries pour succéder à Hidalgo, le chargeant de présenter à Napoléon III un traité secret remplaçant celui de Miramar. Ce traité demandait la présence des troupes françaises au Mexique jusqu'à la pacification totale du pays, ce qui ne devait pas prendre plus de trois ans, chaque combattant recevant une médaille portant l'effigie des deux empereurs. Il demandait encore le renvoi de Bazaine, Maximilien devenant généralissime des troupes franco-mexicaines. En contrepartie, le Mexique verserait à la France vingt-cinq millions de francs annuels, mais les dépenses de l'armée continueraient à être payées par le Trésor français. Maximilien exigeait une réponse avant le 15 juillet.

Napoléon III se sentait coupable d'abandonner cet homme qu'il avait poussé à accepter la couronne du Mexique, mais il n'avait pas le choix. La guerre coûtait trop cher et ne progressait pas, son propre pays ne le suivait plus et les États-Unis devenaient de plus en plus menaçants. Il refusa les propositions d'Almonte sans les discuter, exigeant de Maximilien qu'il lui remît la moitié du revenu des douanes. Quant à Bazaine, il resterait au Mexique jusqu'à l'évacuation totale des troupes françaises.

7

Charlotte fut atterrée par la réaction de Napoléon III aux propositions de Maximilien. Almonte avait raté sa mission, elle se faisait forte de réussir la sienne.

– Je vais à Paris me jeter aux pieds de l'empereur des Français et de l'impératrice. Je saurai les convaincre de ne pas abandonner le Mexique. Je t'en conjure, Max, laisse-moi essayer.

Il hésita longtemps, confiant ses craintes à sa mère dans une lettre qu'il lui adressa le 5 juillet :

« Ces mois pendant lesquels l'océan nous séparera seront pour moi la plus dure épreuve de ma vie, pour un grand but il faut savoir faire de grands sacrifices. Ce temps passera plus vite et me paraîtra plus facile à supporter parce que je vais probablement entreprendre pendant l'absence de Charlotte plusieurs voyages importants dans le pays. Puisque l'Europe nous a abandonnés de toute part d'une façon ignominieuse et que le monde, devenu vieux, tremble lâchement devant l'Amérique du Nord, une activité des plus intense est doublement nécessaire ici. »

Même si la situation était devenue dramatique, Maximilien entretenait un semblant d'action. Il fonda un théâtre national, puis un musée pour accueillir les collections archéologiques, rassembla dans une seule galerie les portraits de ses prédécesseurs, vice-rois et présidents, élargit l'Alameda, la large artère de la ville, fit planter d'arbres le Zócalo, la place sur laquelle se trouvait le palais impérial, ouvrit au public *el Paseo de la emperatriz* reliant Chapultepec à Mexico. Il n'avait jamais cessé de s'occuper des travaux de Miramar qui n'était toujours pas terminé et continuait à écrire à ses architectes et jardiniers. C'était toujours le même chassé-croisé avec Charlotte. Quand l'un des deux se trouvait à Chapultepec, l'autre était à Cuernavaca et inversement. On avait réduit les dépenses de la Cour et il n'y avait plus de grandes réceptions. Restaient les distractions habituelles de la ville, théâtre, courses de chevaux, concerts, promenades en voitures et orchestres militaires.

Pour s'occuper, Charlotte choisit avec soin ce que l'on montrerait au pavillon mexicain de la prochaine Exposition universelle prévue l'année suivante à Paris. Elle rassembla des tableaux religieux, une série de photographies des différentes provinces de l'Empire, une maquette des ruines d'Uxmal, les principales œuvres des poètes mexicains, des meubles, des almanachs de la Cour, des bustes à son effigie et à celle de Maximilien, un éventail de produits traditionnels : vêtements folkloriques, bouteilles de mescal, fruits, café, tabac et cigarettes.

Les soldats, qui n'étaient plus payés, continuaient à déserter, tandis que les troupes de Juárez, soutenues par les États-Unis, se regroupaient et passaient à l'offensive maintenant qu'elles avaient des hommes, des armes et de l'argent. Le chef rebelle Porfirio Díaz assiégea Oaxaca au Sud et Juárez fit une entrée triomphale à Chihuahua au Nord.

Le 6 juillet, jour de la fête de Maximilien, le sous-secrétaire d'État à la Marine mexicaine – une marine quasi inexistante –, le Français Léonce Détroyat, qui assurait aussi la direction militaire du secrétariat privé de l'empereur, lui envoya cette lettre désabusée :

« Le sort de l'Empire se joue en ce moment. Le voile est tombé. La politique, depuis quelque temps douteuse, de Napoléon se dessine nettement aujourd'hui. La chute de Votre Majesté en sera la conséquence fatale. Il ne faut plus songer aux promesses de Miramar, il ne faut plus croire à l'amitié d'un frère souverain. Tous ceux qui ont reçu des nouvelles d'Europe disent : l'empereur va tomber. Votre Majesté peut fonder des espérances dans la lutte, dans la résistance. Pour moi, je les crois inutiles ; plus que cela, je les crois dangereuses. Les troupes françaises doivent se retirer à tout prix. Bazaine a exercé une tutelle gênante, mal comprise, faussement employée, et qui a donné de pitoyables résultats. Mais maintenant, Napoléon dit : “Je ne peux plus tenir mes promesses, je viole tout, je retire mes troupes, j'exige mon argent et je vous abandonne.” Il n'est plus possible de se faire illusion, la chute de Votre Majesté est conjurée, arrêtée, prévue, vous serez abandonné ; mieux vaut mille fois une chute digne. Abdiquez ! »

Léonce Détroyat disait tout haut ce que, de plus en plus souvent, on pensait tout bas dans l'entourage de Maximilien. Cette lettre courageuse et franche le bouleversa tant qu'il la montra à Charlotte.

– Abdiquer, jamais ! s'insurgea cette dernière. Et nous retrouver seuls à Miramar pour contempler la mer jusqu'à soixante-dix ans… Charles X et mon grand-père Louis-Philippe ont tous deux abdiqué pour leur plus grand malheur. Si tu abdiquais, ce serait comme si tu te donnais à toi-même un brevet d'incapacité. Cet acte n'est concevable que chez les vieillards épuisés par le poids du pouvoir ou chez les imbéciles. Or tu es un jeune prince de trente-quatre ans plein d'avenir et de possibilités. Tu as accepté de devenir empereur du Mexique et la souveraineté est un dépôt sacré que tu n'es pas libre d'abandonner à ton gré. Tu as accepté de présider aux destinées d'une Nation et ce serait une lâcheté de l'abandonner parce que les événements nous sont contraires. Dans tous les cas, l'abdication est une faute. Tant qu'il y aura un empereur ici, il y aura un Empire et les empereurs n'abdiquent pas !

– Je n'ai plus d'argent, Charlotte, répondit Maximilien. Napoléon III retire ses troupes et moi, je n'ai pas de quoi payer le peu qu'il me reste.

– L'argent, on le trouve par le crédit. Et le crédit s'obtient pourvu qu'on ait du succès et que l'on croie à sa cause.

– Je pensais, dit encore Maximilien, faire le bonheur du Mexique et je m'aperçois avec douleur que ce n'est pas le cas. Mieux vaudrait me retirer et partir avec toi.

– Maintenir l'Empire est la seule façon de sauver le Mexique, répliqua Charlotte avec force. Tu t'es engagé par serment à être son empereur. Nul ne t'en a délié, que je sache. Tu dois donc le tenir jusqu'au bout. On ne déserte pas plus un trône qu'un poste au combat. Tu ne peux dire, comme dans une maison de jeu, que la banque a sauté et prendre ce prétexte pour t'en aller. Abdiquer n'est digne ni d'un prince ni de la maison des Habsbourg. N'oublie pas que Bazaine doit rester jusqu'à l'année prochaine, auprès de qui resterait-il si tu t'en allais ? Tu étais venu ici pour sauver, régénérer et civiliser le Mexique, pourrais-tu repartir en disant qu'il n'y a rien à sauver, à régénérer ou à civiliser ? On ne se joue pas des Nations, Max, car Dieu les venge. Je tiendrai ce langage-là au-delà des mers et je saurai convaincre Napoléon III.

– Tu as raison, Carla. Abdiquer serait abjurer et me parjurer, mais je me sens souffrant aujourd'hui et je préférerais que tu me représentes pour cette célébration du 6 juillet.

Satisfaite d'avoir insufflé un nouveau courage à Maximilien, elle consentit à célébrer seule ce 6 juillet et quitta Chapultepec rassérénée.

À l'heure dite, elle revêtit la robe blanche brodée de perles des grandes occasions et le lourd manteau de cour écarlate tout rutilant d'or, mit sa plus belle parure de diamants pour contredire les bruits prétendant qu'elle avait fait partir ses bijoux du Mexique. Elle prit place seule dans le lourd carrosse rococo amené de Vienne, puis, entourée de ses dames d'honneur et des dignitaires de la Cour, elle entra dans la cathédrale pour entendre le *Te deum* célébré par l'évêque de Mexico en l'honneur de Maximilien. Durant l'office, elle s'agenouilla et, le visage dans les mains, se recueillit, priant pour son mari et le Mexique.

À l'issue de la cérémonie, et même si les temps étaient à l'économie, il y eut une réception au palais impérial. Après un court discours optimiste souhaitant un long règne à Maximilien, Charlotte salua chacun des invités avant de se retirer avec ses dames d'honneur dans un salon contigu. Toute la haute société mexicaine se trouvait là, en tenue d'apparat, somptueusement vêtue. Les dames avaient mis leurs plus belles crinolines à la dernière mode de Paris et leurs parures, les messieurs étaient en fracs et couverts de décorations. L'une des élégantes, Mme Paceco, s'approcha de Charlotte et lui demanda :

– Puis-je embrasser Votre Majesté ?

Surprise, Charlotte lui tendit la joue en la questionnant :

– Que se passe-t-il, Mme Paceco ?

– C'est que je me demande si ce n'est pas la dernière fois que nous sommes reçus ici par Votre Majesté.

Un silence lourd s'abattit sur l'assemblée. On n'entendait plus un bruit dans le grand salon où les conversations avaient cessé. Regardant tour à tour chacune de ses dames d'honneur, Charlotte lut la même anxiété dans leurs yeux. Se retenant à grand-peine de pleurer, elle en fit le tour pour les embrasser, puis se retira.

Dans ses appartements, elle se changea avant de se rendre en voiture à Chapultepec, comme elle l'avait promis à Maximilien. Pendant deux jours, ils restèrent en tête à tête, ce qui ne leur était pas arrivé depuis longtemps. Retenu au lit par l'une de ses fréquentes crises de dysenterie, Maximilien fit ses dernières recommandations à sa femme, lui énuméra les visites et les démarches qu'elle devrait entreprendre en Europe.

Le dimanche 8 juillet au soir, Charlotte rendit visite à la jeune épouse du maréchal Bazaine qui venait d'accoucher d'un fils. Elle entra, admira le bébé qui dormait dans son berceau, offrit de précieuses dentelles et se pencha vers le lit où reposait Pepa pour l'embrasser.

– Je m'embarque demain pour l'Europe, ma chère, et ne voulais pas partir sans vous avoir félicitée. Priez Dieu pour le succès de ma mission et pour que je revienne vite.

– Je n'y manquerai pas, répondit Pepa, émue par les larmes qu'elle voyait briller dans les yeux de Charlotte.

– Je serai celle qui saura conserver sa couronne à l'empereur, dit encore Charlotte en prenant congé de la jeune femme.

Le départ était prévu pour le lendemain, à quatre heures du matin. À l'aube naissante, une petite troupe accompagna en voiture l'impératrice jusqu'au village d'Ajotlan, au pied du río Frio. L'argent nécessaire au voyage de Charlotte et à son séjour en Europe avait été prélevé sur les fonds prévus pour la reconstruction et les secours en cas d'inondation. Se trouvaient là le comte de Bombelles, le ministre des Affaires étrangères Martin del Castillo et Léonce Détroyat, plusieurs membres de la Maison de Charlotte dont son grand chambellan, le comte Juárez del Valle, Mme Neri del Bario et son mari, qui avait fait partie de la délégation venue à Miramar offrir la couronne du Mexique à Maximilien, les Kuhacsevich, qui en avaient assez du Mexique et désiraient rentrer en Europe.

À Ajotlan, au moment de serrer sa femme dans ses bras, Maximilien éclata en sanglots devant tout le monde. Il fallut l'aider à regagner sa voiture, car il se soutenait à grand-peine. Charlotte, les larmes aux yeux, mais s'empêchant de pleurer, regarda longtemps la voiture de son mari s'éloigner avant qu'elle ne disparût à un tournant de la route.

La petite troupe chemina sans encombre jusqu'à Puebla, où Charlotte fut bouleversée par les cris hostiles qu'elle entendit sur son passage et par l'absence du préfet Esteva. Elle s'en ouvrit à Mme Kuhacsevich.

– Cette guerre fratricide est une erreur, dit-elle. Peut-être aurait-il mieux valu s'entendre avec Juárez ? L'empereur et lui, main dans la main, auraient pu accomplir de grandes choses, faire ensemble les réformes nécessaires qui auraient enfin rendu le pays heureux.

Un silence embarrassé accueillit ces paroles. Jamais on n'avait entendu l'impératrice proférer de telles inepties. Après l'inévitable réception, Charlotte, harassée, se retira dans la résidence qu'on lui avait attribuée. En pleine nuit, elle sonna sa femme de chambre et exigea de se rendre à la préfecture.

Contrariées d'être ainsi réveillées et stupéfaites du caprice de l'impératrice, ses dames d'honneur s'engouffrèrent avec elle dans les voitures et l'on partit pour la résidence d'Esteva. La maison était sombre et fermée.

– Qu'on réveille les gardiens ! ordonna Charlotte avec exaspération.

Aucun n'osa s'opposer à son ordre, les portes furent ouvertes une à une. Charlotte erra longtemps dans les salles désertes, évoquant le banquet qu'elle avait présidé quelques mois plus tôt dans ces mêmes salons avant de consentir à retourner se coucher.

Quelques heures plus tard, elle écrivit à Maximilien :

« Jure de ne pas renoncer. J'aurais le cœur brisé si je devais apprendre que tu as renoncé. Heureusement, je te connais assez bien pour ne pas le croire de toi, ce qui me consolera par-delà l'océan. »

Maximilien lui répondit :

« Combien il m'a coûté de me séparer de toi, il m'est impossible de le dire. De savoir la compagne, l'étoile de ma vie si loin, et cela à un moment où peut-être toute l'Europe est en flammes, cela est très dur. Ces mois pendant lesquels l'océan nous séparera seront pour moi la plus rude épreuve de ma vie, mais pour un grand but, il faut savoir faire de grands sacrifices. »

Le lendemain, on partit pour Orizaba par un temps épouvantable. Des rafales de vent soufflaient, une pluie diluvienne tombait, transformant les routes en fondrières. On s'enlisait sans cesse. L'une des roues de la voiture de Charlotte se brisa. Elle était si pressée de parvenir à Veracruz qu'elle voulut poursuivre son chemin à cheval, mais ses compagnons s'y opposèrent et la forcèrent à attendre dans une auberge proche que la roue fût réparée. Dans la chambre où elle se reposait avant de repartir, la cloison était si mince qu'elle entendit les voyageurs de la diligence chanter à pleins poumons, avec ironie, sur l'air de *La Paloma* :

Adieu, mama Carlota,
Adieu mon tendre amour,
Les Français s'en vont,
L'empereur s'en va aussi.

L'air lui portait sur les nerfs et Charlotte, incapable de prendre le moindre repos, marchait nerveusement dans sa chambre. Enfin, on repartit.

Il faisait déjà nuit et il tombait un vrai déluge. La petite troupe avançait péniblement. La voiture où se trouvaient les bagages versa. Cette fois, Charlotte exigea de continuer, abandonnant ses malles dans la boue. Elle passa la nuit dans une mauvaise auberge du petit village de Paso del Macho, attendant là que la tempête se calmât.

Le lendemain, elle arriva avec son escorte à Veracruz par une chaleur poisseuse. Seuls l'attendaient sur le port le conseil municipal et des officiers de la marine française.

– Je comprends que la foule me boude, murmura-t-elle. Les Mexicains s'imaginent que je les quitte pour toujours. Pourtant, je reviendrai.

Les autorités locales l'accompagnèrent jusqu'au quai où était ancré le steamer français *Impératrice-Eugénie.*

– Je ne vois pas flotter le drapeau mexicain près du drapeau français, dit Charlotte à son escorte. Prévenez le capitaine que je ne monterai à bord que lorsqu'il y aura aussi les couleurs mexicaines.

On obtempéra et Charlotte prit congé des conseillers municipaux.

– Je serai ici avant trois mois, leur promit-elle avant de s'embarquer.

L'*Impératrice-Eugénie* appareilla le 13 juillet 1866.

Obéissant aux conseils de Charlotte qui avait prôné la réconciliation, Maximilien envoya une lettre aimable à Bazaine en lui souhaitant un plein succès pour sa campagne. Le vieux chef venait de partir pour Matehuala, affirmant qu'il entreprenait une nouvelle tentative de pacification destinée à anéantir les derniers rebelles. En réalité, il regroupait ses troupes pour les faire se replier en bon ordre sur Mexico. Maximilien demanda la permission au maréchal de nommer deux Français à des postes importants, souhaitant attribuer le ministère de la Guerre au général Osmond et celui des Finances au général Friant. Bazaine répondit en reparlant de l'affaire des douanes dont la France demandait à toucher la moitié des revenus. Désireux de renvoyer ses ministres libéraux pour former un gouvernement plus conservateur comprenant notamment les deux Français, Maximilien accepta.

L'évacuation des troupes françaises se poursuivit. L'armée quitta Saltillo, Monterrey, puis Tampico, qui furent immédiatement occupés par les armées juaristes. On abandonna le Nord du pays, puis les provinces situées en bordure du Pacifique…

Ce ne fut que le 8 août, par une lettre d'un de ses frères, que Maximilien apprit la défaite de Sadowa, survenue le 3 juillet. La retraite autrichienne s'était transformée en débandade et le peuple de Vienne, pour insulter l'empereur François-Joseph, avait hurlé sur son passage : « Vive Maximilien ! »

À ce courrier était jointe une lettre d'Alice Iturbide exigeant qu'on lui rendît son fils et menaçant, si on refusait, de porter l'affaire devant l'Union. Le président de la commissions des Finances mexicaines à Paris pria Maximilien de lui envoyer vingt millions de francs afin de payer les arriérés de la dette mexicaine. Maximilien n'en avait pas le premier centime… Tout s'écroulait autour de lui et il n'espérait plus qu'en la réussite des démarches de Charlotte…

Celle-ci fut, comme d'habitude, très éprouvée par la traversée. Le bruit des machines, situées sous sa cabine, la dérangeait tant qu'elle exigea qu'on matelassât les murs. C'était l'époque des ouragans et le steamer tanguait lourdement. Au bout de trois jours, on arriva à Cuba, colonie espagnole, et le spectacle du port de La Havane fut un heureux dérivatif à ses nausées. Elle observait les bateaux à la longue-vue, se demandant quel accueil on allait lui réserver et fut rassurée d'entendre la frégate amirale de la flotte espagnole tirer en son honneur une salve de vingt et un coups de canon. L'archevêque, le maire et les autorités de la ville montèrent à bord pour saluer l'impératrice du Mexique. Si elle ne descendit pas à terre, Charlotte fit dans la baie un tour en chaloupe, avant de reprendre la mer pour traverser l'Atlantique, un voyage qui devait durer trois semaines et demie.

Chaque matin, le capitaine du steamer frappait à la porte de sa cabine pour lui montrer où se trouvait le navire. Invariablement, il voyait Charlotte penchée sur ses cartes, qui lui indiquait où l'on en était. Ayant appris qu'un sculpteur du nom de Garbeille voyageait avec elle, Charlotte le convoqua dans sa cabine pour le prier de l'initier à son art. Au bout de quelques jours, elle fut capable de reproduire sur un médaillon le profil de sa dame d'honneur, Mme del Barrio. Quand elle montait sur le pont, elle regardait avec mélancolie en direction des côtes mexicaines, continuant à prétendre qu'elle y serait de retour dans trois mois. Souvent, elle discutait de sa « mission » en France avec Bombelles ou Kuhacsevich.

Le 27 juillet 1866, jour anniversaire de son mariage avec Maximilien, on organisa une petite fête en son honneur. Ce ne fut que bien plus tard qu'elle reçut la lettre que Maximilien lui avait écrite ce jour-là de Chapultepec.

« En ce jour anniversaire de mon bonheur, je ne veux pas manquer de t'écrire à toi, mon ange et étoile de ma vie. Voilà neuf ans que je te dois réconfort et heures heureuses de mon existence. Tout ce que j'ai ressenti de bon et de beau m'est toujours venu de toi. Comme il est pénible d'être séparés par l'étendue de la mer en ce jour sublime. Pour moi, ces jours-ci sont les plus amers de ma vie. Jamais je ne me suis senti aussi malheureux et affligé, et seuls mon devoir et mon amour pour toi, ma vie, me maintiennent. »

Le 8 août 1866, l'*Impératrice-Eugénie* s'ancra devant le môle à peine achevé de Saint-Nazaire. Le port, encore en construction, parut fort laid à Charlotte. Elle s'attendait à recevoir un accueil officiel de la part du préfet de Loire-Inférieure mais, celui-ci n'ayant reçu aucun ordre des Tuileries, personne ne se déplaça pour l'accueillir. Et à défaut d'avoir trouvé un drapeau mexicain à faire flotter sur les bâtiments du port, on arbora le pavillon péruvien...

Une chaloupe se détacha du quai désert, avec à son bord le général Almonte, nouvel ambassadeur du Mexique à Paris en remplacement d'Hidalgo, et sa femme, portant gauchement un bouquet de roses déjà fanées.

Une seconde chaloupe vint se ranger aux côtés de la première. Le maire et les membres du conseil municipal grimpèrent sur le pont du steamer.

– Que Votre Majesté excuse cet accueil imparfait, mais la ville est toute nouvelle et toujours en travaux. On est justement en train de percer la rue Villez-Martin, déjà bordée de quelques belles maisons. Il y a de bons hôtels où Votre Majesté et sa suite pourront préparer un excellent dîner et passer la nuit.

– Où sont le préfet et les troupes censées me rendre les honneurs ? demanda Charlotte avec hauteur. Je ne veux pas passer la nuit ici, mais partir immédiatement pour Paris où je dois voir l'empereur.

– Il n'y a pas de train avant demain, expliqua le maire avec embarras. Votre Majesté devra dormir à l'hôtel.

– Où sont les voitures pour s'y rendre ? demanda encore Charlotte, de plus en plus exaspérée.

Il n'y en avait pas et elle dut se contenter de prendre place avec sa dame d'honneur dans un fiacre que l'on arrêta pour elle. Le reste de la compagnie fut forcé de se rendre à pied à l'hôtel Bély, qui se révéla confortable. De sa chambre, Charlotte adressa une dépêche à Napoléon III :

« Je suis arrivée à Saint-Nazaire, chargée par l'empereur d'entretenir Votre Majesté de différentes affaires concernant le Mexique. Je la prie d'offrir mes amitiés à l'impératrice et de croire à tout le plaisir que j'aurai de revoir Vos Majestés. »

La réponse ne tarda pas :

« Je reçois à l'instant même la réponse de Votre Majesté. Étant revenu souffrant de Vichy, obligé de garder le lit, je ne puis aller au-devant d'elle. Si, comme je le suppose, Votre Majesté va d'abord en Belgique, elle me donnera le temps de me remettre. »

C'était une insulte. Charlotte n'avait rien à faire en Belgique où elle savait son frère aîné peu favorable à la cause mexicaine. C'était de Napoléon III qu'elle attendait tout, encore fallait-il qu'il consentît à la recevoir. Almonte lui ayant appris que l'Autriche venait d'être défaite par la Prusse en Bohême, à Sadowa, Charlotte pensa à Maximilien et à la peine qu'il aurait de cette sinistre nouvelle. Plus que jamais il avait besoin d'elle, et elle était retenue à ne rien faire dans cette ville encore en chantier où rien n'avait été prévu pour la recevoir. L'Europe était à feu et à sang et Charlotte pressentait que la question mexicaine ne venait pas en tête des préoccupations de Napoléon III. Elle n'aurait pu tomber plus mal... Elle tournait en rond dans la pièce, énervée, bouillant d'impatience et de colère.

Le lendemain, elle attrapa à la gare un train qui la mena en quelques heures à la gare Montparnasse. En descendant de son wagon, elle ne vit qu'une poignée de Mexicains venus l'attendre sur le quai et, parmi eux, Gutierrez, le gendre de la vieille Lutzoff. Charlotte ignorait que le général Waubert de Genlis, aide de camp de l'empereur, avait bien été chargé de l'accueillir à sa descente de train, mais qu'il s'était trompé de gare et l'attendait avec les équipages de la cour à l'embarcadère d'Orléans. Prenant le bras du diplomate mexicain Mora, désespérée et augurant mal de sa mission à Paris, Charlotte murmura d'une voix éteinte :

– Prêtez-moi votre voiture, je vous prie, je suis fatiguée.

– J'allais vous le proposer, répondit Mora, j'ai réservé pour vous un appartement au Grand Hôtel.

Charlotte eut toutes les peines du monde à se retenir de pleurer quand elle comprit qu'elle ne dormirait pas aux

Tuileries. On ne la traitait pas en souveraine, mais en quémandeuse importune dont on souhaitait se débarrasser au plus vite. Profondément humiliée, elle qui était si sensible aux questions de protocole, Charlotte monta en voiture sans ajouter un mot, tandis que sa suite s'entassait avec les bagages dans les fiacres que l'on put trouver. Et l'on partit.

La voiture ralentit boulevard des Capucines, avant de franchir le porche à triple arcade du Grand Hôtel et de pénétrer dans la cour surmontée d'une verrière où l'impératrice du Mexique n'était qu'une voyageuse parmi tant d'autres, pressée dans le tohu-bohu des arrivées et des départs, même si la direction de l'hôtel lui consentit le meilleur accueil. Le directeur la mena lui-même jusqu'à la suite qui lui avait été réservée. Charlotte entra dans sa chambre dont le principal ameublement consistait en lits jumeaux en acajou, dressés sous un baldaquin aux tentures rouges. De sa fenêtre, elle pouvait voir les nouveaux immeubles que l'on construisait boulevard des Capucines et l'immense chantier de l'Opéra Garnier. Elle se laissa tomber dans un fauteuil, déçue et exténuée. Une femme de chambre vint l'avertir :

– Le général de Genlis demande à être reçu par Votre Majesté.

– Qu'on le fasse entrer au salon, répondit Charlotte.

Confus et tout bredouillant, le général de Genlis s'inclina devant elle, expliqua sa méprise, supplia qu'on voulût bien l'excuser et transmit un message d'Eugénie :

– Quand Votre Majesté voudra-t-elle recevoir demain Sa Majesté ?

– À l'heure qui lui plaira, répondit Charlotte, rassérénée par la visite du général lui prouvant qu'on ne l'avait pas tout à fait oubliée.

– Combien de temps Votre Majesté compte-t-elle demeurer à Paris ?

– Je pense rester à Paris tout le temps de mon voyage, n'ayant rien d'autre à faire en Europe, répondit-elle sèchement.

Aussitôt qu'il fut parti, elle demanda une tasse de thé et se mit au lit.

Le lendemain matin, elle fut prévenue de la visite de l'impératrice Eugénie à deux heures de l'après-midi. Le général Frossard demanda à être reçu. Il avait vécu avec Maximilien et Charlotte les derniers jours de Miramar. Charlotte accepta avec empressement. Penchée sur les cartes du Mexique, elle lui montra ville par ville l'avance des Juaristes et le retrait des troupes de Bazaine, sa prétendue marche vers le Nord n'étant qu'un prétexte pour rassembler son armée et se replier vers Mexico avant l'inévitable évacuation par Veracruz. Pour conclure son exposé, elle lui confia un mémoire destiné à Napoléon III.

Dès qu'il fut parti, elle déjeuna rapidement en compagnie de ses dames mexicaines et alla s'apprêter dans sa chambre pour recevoir dignement Eugénie, constatant avec dépit que toutes ses toilettes avaient beaucoup souffert du voyage et étaient froissées. Elle fut prête bien avant deux heures, tant elle était impatiente d'amener Eugénie à sa cause. En compagnie de ses dames d'honneur, elle descendit l'attendre dans le hall de l'hôtel. Un roulement de voitures annonça son arrivée.

Les deux femmes tombèrent dans les bras l'une de l'autre et s'embrassèrent avec tendresse en s'appelant « ma chère sœur », puis Charlotte s'enferma avec Eugénie dans son salon privé. Les deux impératrices prirent place dans de confortables fauteuils recouverts de faux cachemire, sous un grand lustre en cristal. Toutes deux s'examinèrent à la dérobée. Charlotte trouva Eugénie très élégante dans sa robe à la dernière mode de chez Worth, mais sa légendaire beauté s'en était allée. Eugénie ne trouva pas non plus Charlotte à son avantage. L'impératrice du Mexique semblait crispée, avait des gestes brusques et un regard sombre.

Eugénie lui demanda des nouvelles de sa santé et de celle de Maximilien, lui posant mille questions sur son voyage, mais aucune sur le Mexique. Charlotte répondit brièvement, puis brossa un tableau réaliste et précis de la situation financière catastrophique dans laquelle se trouvait à présent Maximilien. Elle accusa Bazaine de coûter cher, alors que sa prétendue offensive vers le Nord masquait à peine un repli général de ses troupes, d'avoir été incapable de pacifier le pays et encore plus d'organiser une armée mexicaine. Les Juaristes tenaient les trois quarts du pays et se rapprochaient dangereusement de Mexico. Et c'était ce moment qu'avait choisi Napoléon III pour annoncer le retrait de son armée alors qu'au contraire une mobilisation générale aurait été nécessaire. Charlotte se rendit soudain compte qu'Eugénie ne se souciait que de l'Europe, à feu et à sang, et qu'elle se donnait beaucoup de mal pour rien. Elle lui remit pourtant le gros mémorandum rédigé à l'intention de Napoléon III et lui dit, exaspérée par sa futilité :

– Quand pourrai-je rendre la visite que Votre Majesté m'a faite aujourd'hui ?

– Je vous propose après-demain, si cela convient à Votre Majesté.

– Verrai-je aussi l'empereur ?

– Je crains que non, l'empereur est très mal.

– Après-demain est un dimanche. Je vous suggère donc demain. Et si je ne puis voir l'empereur, je ferai irruption à Saint-Cloud.

Eugénie, qui avait honte du mauvais traitement réservé à Charlotte, acquiesça et prit rapidement congé.

Déçue par la conversation stérile qu'elles venaient d'avoir, excédée par son ton de dame en villégiature s'enquérant des potins d'une Cour, Charlotte s'assit devant son bureau pour écrire à Maximilien.

« Ce qui me frappe, c'est que j'en sais plus long sur la Chine que ceux-ci n'en savent sur le Mexique, où ils ont hasardé une des plus grandes entreprises auxquelles le drapeau français ait jamais pris part. J'ai cru voir que l'impératrice avait beaucoup perdu de sa jeunesse et de ses forces depuis que je l'ai vue pour la première fois, et qu'au milieu de toutes les grandeurs, un poids fictif ou réel pèse sur Napoléon et sa femme, qu'ils ne peuvent plus porter. Le trône de France fait rapidement vieillir ceux qui l'occupent, mais l'Histoire enseigne que cette Nation guerrière comme la déesse Fortuna ne sourit qu'aux jeunes. »

De retour à Saint-Cloud auprès de son mari, souffrant de la prostate, Eugénie dut un peu piteusement lui rendre compte de l'échec de sa visite. Elle n'avait pu empêcher

Charlotte d'annoncer sa venue pour le lendemain à Saint-Cloud.

– Que vais-je lui dire ? se lamenta Napoléon III. Même si mon plus cher désir serait de continuer à aider Maximilien, le Corps législatif me refuse tout nouveau subside. L'aventure mexicaine est par malheur un échec, on n'y peut rien. Et les États-Unis ne reconnaissent pas l'empire du Mexique ! Ils soutiennent Benito Juárez et menacent d'entrer en guerre si la moindre troupe nouvelle y arrive. Pour eux, il n'y a pas d'empereur au Mexique.

– Je sais, murmura Eugénie, mais elle fait peine à voir alors qu'elle est en train de perdre sa couronne. Vous ne pouvez éviter de la recevoir avec les honneurs dus à son rang.

Charlotte passa la soirée et la matinée du lendemain à relire les instructions de Maximilien, apprendre par cœur chiffres et statistiques, ordonner dans sa tête le bon déroulement du discours qu'elle comptait faire à Napoléon III. Le sort de Maximilien et du Mexique dépendait de cette entrevue. Elle passa une robe noire fatiguée par un mois de voyage, mit le chapeau blanc qu'elle venait de se faire acheter. Ainsi vêtue, Charlotte semblait en demi-deuil. Prête bien avant l'heure, elle guettait à la fenêtre l'arrivée des voitures.

À midi, Charlotte arriva devant le château de Saint-Cloud et se sentit émue en revoyant ce magnifique palais construit par ses ancêtres.

La Garde lui présenta les armes pendant qu'elle ouvrait la porte de sa calèche. Les tambours roulèrent. Toute la Cour se trouvait là pour rendre honneur à l'impératrice du

Mexique. La pompe de cet accueil, les ors qui brillaient sur les uniformes, les diamants aux cous des dames lui firent oublier l'humiliation de son arrivée solitaire à Paris. Le prince impérial, portant ostensiblement la décoration mexicaine que lui avait fait parvenir Maximilien, tint la portière de sa berline et l'aida à en descendre. Eugénie, debout sur les marches du perron, s'avança vers elle et l'embrassa avec affection avant de l'entraîner vers le cabinet particulier de l'empereur, pièce minuscule, surencombrée par une multitude de dossiers. Si l'accueil de Napoléon III fut cordial et même empressé, Charlotte eut le cœur serré en constatant combien il avait vieilli. Sa maladie de la pierre, qui le faisait constamment souffrir en dépit des nombreuses cures qu'il suivait, l'avait amaigri. Ses traits étaient creusés par la souffrance.

– Sire, je représente une cause qui est la vôtre, autant que la nôtre.

Avec amabilité, Napoléon III lui demanda des nouvelles de sa santé et de celle de Maximilien et la questionna sur son voyage. Toute à son sujet, Charlotte lui répondit brièvement et entreprit de lui expliquer comment le général Bazaine avait perdu le Mexique. Point de salut pour le Mexique sans le départ préalable de Bazaine. Ne se prenait-il pas pour un souverain, exigeant du clergé qu'il se portât au-devant de lui lors des offices et le reçût sous un dais ? N'était-ce pas lui qui avait dilapidé des sommes énormes pour un piètre résultat, allant jusqu'à empêcher l'empereur de constituer une armée mexicaine ?

– Il est impératif, Sire, poursuivit Charlotte, d'assurer le maintien des troupes françaises au Mexique jusqu'à la pacification des provinces. Il faut aussi continuer de payer la solde des troupes auxiliaires, autrichiennes, belges et mexicaines.

Mal à l'aise et ne sachant que répondre, Napoléon III tortilla sa moustache sans rien dire. Charlotte brisa un silence pesant.

– Sire, vous ne m'avez pas répondu.

– C'est que je crains de ne le pouvoir.

– Empereur d'une nation de trente millions d'hommes, disposant d'immenses capitaux et d'une armée toujours victorieuse vous assurant la suprématie en Europe, Votre Majesté ne pourrait plus rien pour le Mexique où la France a tant d'intérêts à préserver ?

– Toute l'Europe est en guerre, Votre Majesté, murmura Napoléon III. Cependant, pour vous agréer, je vais parler à mes ministres et ils viendront vous voir dès demain à votre hôtel. Je ne peux faire mieux.

Un valet entra dans le cabinet, portant un plateau avec des verres d'orangeade. Eugénie en prit un et le tendit à Charlotte, qui le but d'un trait. Napoléon III, livide, lança un regard suppliant à Eugénie, qui saisit le bras de Charlotte et l'entraîna vers le salon voisin, où se tenaient la Cour et les membres de la suite mexicaine.

– Votre Majesté restera prendre le lunch avec nous, proposa Eugénie, soulagée que l'on en eût fini avec la politique et l'embarrassante question du Mexique.

Charlotte déclina l'invitation. Elle n'avait qu'une hâte, se retrouver seule dans sa chambre, se calmer et rendre compte à Maximilien du piètre résultat de cet entretien. En attendant les voitures, Charlotte faisait les cent pas dans le salon, déchirant avec ses dents, sans s'en rendre compte, le mouchoir chiffonné qu'elle serrait dans sa main.

Arrivée au Grand Hôtel, elle s'enferma à clef dans sa chambre, arracha épingles et chapeau et se jeta sur son lit. Sans fin, elle se remémorait chaque détail de la pénible entrevue, chaque silence, chaque réponse de Napoléon III et ce qu'il fallait en penser. Une nouvelle bataille l'attendait : convaincre les ministres de l'empereur. Elle se sentait si lasse. Lasse à en mourir.

Le lendemain, sans se décourager, elle reçut le maréchal Randon et les ministres Drouyn de Lhuys puis Achille Fould, l'un des grands profiteurs de l'aventure mexicaine. Le fidèle Éloin, arrivé à Paris en même temps que l'impératrice, fut ébloui par son plaidoyer. Avec désespoir, Charlotte exposa la situation, évoqua l'honneur et la grandeur de la France, critiqua Bazaine et s'efforça de les convaincre qu'en partant sur de nouvelles bases, tout pouvait encore être reconquis. Elle fit aussi miroiter à Achille Fould, le plus cupide de ses visiteurs, quel trésor inexploité représentaient les innombrables mines d'or et d'argent du Mexique. Les ministres écoutèrent l'impératrice avec politesse, dans la mesure où Napoléon III les en avait priés, mais leur opinion était faite. L'expédition mexicaine n'était guère populaire en France, elle avait coûté beaucoup d'argent en pure perte et le Corps législatif n'était pas disposé à voter de nouveaux crédits. Quant à la menace américaine, elle était bien réelle, il convenait de la prendre au sérieux.

Hypocrite à l'excès, Achille Fould lui glissa en prenant congé :

– Je préfère quitter maintenant Votre Majesté, car si je demeurais plus longtemps, je m'en irais converti à ses vues.

Charlotte reçut même la visite du prince Metternich, ambassadeur d'Autriche à Paris et ami intime de Napoléon et d'Eugénie, qui, lui, fut plus honnête :

– Je serais fort heureux pour Votre Majesté si j'obtenais seulement de mon gouvernement un soldat, un heller ou même un mois de retard dans l'évacuation des troupes françaises.

Il était désolé pour Charlotte et Maximilien, mais savait que l'empereur François-Joseph, anéanti par la défaite de Sadowa, se souciait bien peu du Mexique… Tout ce que Charlotte parvint à obtenir fut un nouveau crédit de cinq cent mille piastres qu'elle se hâta de faire parvenir à Mexico.

Deux jours après sa première entrevue avec Napoléon III, Charlotte se rendit sans prévenir à Saint-Cloud. Puisqu'elle n'avait rien obtenu en se montrant pragmatique, elle allait essayer de les émouvoir. Elle gravit seule les marches du perron et écarta l'huissier qui prétendait lui interdire l'accès au cabinet de l'empereur. Parvenue devant la porte, elle y frappa, puis tambourina des poings contre le bois sans se soucier de se donner en spectacle. Enfin, la porte s'ouvrit. Napoléon III et Eugénie se trouvaient ensemble dans le cabinet. Charlotte avait pour seul argument les lettres de Napoléon III à Maximilien. Elle s'assit dans le fauteuil qu'on lui offrit avec réticence et commença à les lire.

– Vous souvenez-vous, Sire, de ce que vous écriviez lorsque vous souhaitiez convaincre l'archiduc Maximilien d'accepter la couronne du Mexique ? Je vous cite : « Vous pouvez être sûr que mon appui ne vous manquera pas dans l'accomplissement de votre tâche. » Et vous avez dit encore, lorsque Maximilien était près de renoncer à cette couronne qu'on lui offrait : « Que penseriez-vous effectivement de moi si, Votre Altesse impériale étant déjà au Mexique, je vous disais subitement que je ne puis tenir les conditions que j'ai signées ? » C'est pourtant ce qu'il est en train d'arriver, Sire. Dois-je vous rappeler les articles du traité de Miramar et votre engagement de maintenir la Légion étrangère au Mexique pour six ans au moins après le rappel des autres troupes ? Or Bazaine prétend rapatrier toutes ses troupes, y compris la Légion étrangère.

Elle était belle, emportée par son sujet, vibrante de passion, le regard fulgurant. En face d'elle, le couple impérial, tassé dans ses fauteuils, n'osait plus la regarder et sanglotait. Triturant sa moustache avec embarras, Napoléon finit par murmurer :

– Comprenez-moi, Madame, je suis dans une situation difficile. L'Amérique me menace d'une guerre si je continue à aider le Mexique, ce que mes sujets ne me pardonneraient pas.

– Pourtant, Votre Majesté s'est gravement compromise dans l'affaire mexicaine. Vous ne pouvez ainsi abandonner…

– Il suffit, Madame, répondit enfin l'empereur qui s'était ressaisi. Vous ne pouvez plus espérer.

En entendant ces mots, quelque chose se brisa en Charlotte. Jusqu'alors, elle avait cru venir à bout des réticences de Napoléon III, le convaincre de faire un dernier effort pour Maximilien. À présent, isolé à Mexico, privé de l'appui de la France, son mari était seul pour défendre sa couronne et sa vie. Charlotte repoussa violemment le verre qu'on lui tendait et hurla :

– Assassins ! Laissez-moi et remportez votre boisson empoisonnée.

L'empereur se remit à pleurer. Eugénie, les yeux pleins de larmes, s'élança vers Charlotte et lui glissa à l'oreille :

– Venez chez moi, Achille Fould et le maréchal Randon s'y trouvent. Ils désirent s'entretenir à nouveau avec vous de la question mexicaine.

Ces mots eurent sur Charlotte l'effet attendu. Elle se calma et suivit Eugénie. Les deux ministres la saluèrent respectueusement en la voyant entrer. Tout le monde s'installa dans le petit salon.

– Avant d'évoquer l'avenir du Mexique et les modalités du retrait des troupes, dit Achille Fould, il faut d'abord que l'empereur du Mexique nous explique comment il compte indemniser la France des trois cents millions prêtés.

– Il est possible, répondit Charlotte du tac au tac, que vos banquiers aient soutiré cette somme au peuple français, mais le Mexique n'en a pas perçu la moitié. Alors, je vous prie, ne parlons pas de trois cents millions ! Quant à vous, monsieur le maréchal, sachez que le maréchal Bazaine est coupable des graves difficultés que rencontre actuellement l'empereur Maximilien. Si l'on avait comploté à Paris la chute de l'Empire mexicain, on n'aurait pas agi différemment.

De part et d'autre, on s'emportait. Achille Fould contesta les chiffres avancés par Charlotte, ne craignant pas de parler de malversations mexicaines et d'opérations frauduleuses, accusant Maximilien d'ingratitude et de gabegie. Charlotte continua d'accabler Bazaine, le rendant responsable du vertigineux déficit mexicain. Abandonnant toute maîtrise, elle criait et accusait. Eugénie, pour écourter la pénible scène inutile, fit semblant de s'évanouir dans son fauteuil. La visite de Charlotte à Saint-Cloud était terminée.

Le lendemain, Charlotte continua courageusement à recevoir dans son salon du Grand Hôtel visiteurs et financiers. Sans relâche, elle exposait ses arguments, constatant avec plaisir qu'à chacune de ses rares sorties, les badauds étaient sans cesse plus nombreux à l'applaudir. Elle y vit une preuve de l'intérêt des Français pour la cause mexicaine. Puis on lui annonça une visiteuse dont elle se serait bien passée : doña Alicia Iturbide, la mère du petit Augustin. Charlotte la reçut avec hauteur sans la convier à s'asseoir. Après avoir esquissé une révérence, doña Alicia exposa le motif de sa venue :

– Je suis ici pour qu'on me rende mon fils.

– Alors remettez-moi l'argent que vous avez perçu contre cette adoption.

– Comment pouvez-vous être si cruelle, si indifférente à la douleur d'une mère et de son enfant ? interrogea doña Alicia.

– Augustin n'est pas le moins du monde malheureux à Mexico. Songez, madame, que mon mari en a fait un prince et un futur empereur.

– Augustin est né prince, même s'il n'en portait pas le titre.

– Quel avantage pensez-vous que me procure votre fils ? L'empereur et moi sommes jeunes encore, nous aurons des enfants. De toute façon, ce n'est pas à moi de régler cette affaire, écrivez-lui directement, répondit Charlotte d'un ton sec.

– Je l'ai déjà fait vingt fois et il n'a jamais daigné me répondre.

– Eh bien, recommencez !

Par un bref signe de tête, Charlotte lui indiqua que l'entretien était terminé. Elle ne pouvait rien pour elle et lui en voulait de lui rappeler l'une des pires humiliations infligées par Maximilien.

Le 15 août, un Conseil des ministres eut lieu à Saint-Cloud.

Napoléon III et Eugénie écoutèrent, le cœur serré, l'exposé d'Achille Fould. L'abdication de Maximilien était inévitable, mais Charlotte n'était pas du genre à s'avouer vaincue et ils la soupçonnaient d'encourager Maximilien à lutter. Napoléon III regrettait de s'être montré dur envers elle. Il n'avait pas respecté ses engagements et avait eu une large part dans cette aventure malheureuse, mais il eût été cruel de lui faire miroiter un soutien français qu'elle n'aurait jamais. Il ne pouvait passer outre les décisions du Corps législatif. Il demanda, par acquit de conscience, si on pouvait au moins laisser la Légion étrangère quelque temps à Mexico.

– Impossible, répondit Rouher, sans nous attirer l'inimitié des États-Unis. Il faut au plus vite nous tirer du guêpier mexicain.

Vaincu, l'empereur ne souleva plus aucune objection.

Quand elle apprit ces mauvaises nouvelles, Charlotte ne perdit pas totalement courage, comme elle l'écrivit le soir à son mari :

« Mon trésor bien-aimé, tout d'abord je me porte à merveille. Que ton cœur soit donc tranquille sur ce point. Ensuite, c'est ma conviction qu'on peut retenir quelque chose, parce qu'il existe de l'intérêt, mais la mauvaise volonté et le manque de courage dans les hautes régions sont grandes et je sais de source certaine, par Metternich, que l'empereur Napoléon, depuis deux ans, baisse beaucoup physiquement et intellectuellement. L'impératrice est incapable de mener la chose, elle ne peut s'opposer aux ministres et elle fait plus de tort qu'elle ne rend service. On est devenu vieux. Et tous les deux, enfantins, pleurent souvent ; je ne sais si cela mène à quelque chose. J'ai été très appliquée et j'ai tout de suite porté l'ultimatum à l'empereur, pourtant toutes les cartes ne sont pas jouées avec l'empereur Napoléon. Je n'ai été que deux fois chez lui ; la deuxième fois, je lui ai apporté les extraits de ses promesses, pour le ronger dans sa solitude. Il a beaucoup parlé du Mexique, mais c'est une chose depuis longtemps oubliée pour eux, dirait-on. La deuxième fois, il a pleuré encore plus que la première fois. »

Eugénie convainquit son époux de rendre visite à Charlotte au Grand Hôtel.

Il y alla en traînant les pieds. Charlotte s'était reprise à espérer, les yeux brillants en attendant qu'il lui exposât le motif de sa venue.

– Hélas, Madame, lui dit-il, les nouvelles ne sont pas bonnes. Lors du dernier Conseil des ministres, tout le monde fut d'avis que la France ne pouvait plus accorder de subsides au Mexique et que l'attitude agressive des États-Unis nous contraignait à retirer le plus vite possible nos troupes.

– Même la Légion étrangère ? demanda Charlotte.

– Même la Légion étrangère.

– Alors Maximilien est perdu, dit-elle dans un souffle. Nous abdiquerons donc.

– Ce serait en effet le plus sage.

Incapable de se contrôler plus longtemps, elle se leva de son siège et cria d'une voix déformée par la fureur :

– Comment ai-je pu oublier qui je suis et qui vous êtes ? J'aurais dû me souvenir que le sang des Bourbons coule dans mes veines et ne pas déshonorer ma personne en m'humiliant devant un Bonaparte, en voulant traiter avec un aventurier.

Napoléon III frémit sous l'insulte, mais ne répondit rien. Il se pencha sur sa main pour la baiser, puis il quitta le petit salon du Grand Hôtel. Il laissait derrière lui une femme désespérée.

Charlotte ne pensait désormais qu'à vite quitter Paris qui l'avait si cruellement déçue. Certains de ses conseillers, dont Éloin, lui proposèrent de se réfugier chez sa famille en Belgique, mais elle savait que son frère, hostile au Mexique, ne l'aiderait pas. En Autriche non plus, elle ne serait pas la bienvenue, l'empereur François-Joseph avait assez montré qu'il se souciait peu de l'avenir de son frère. Il lui restait une seule mission à accomplir : se rendre à Rome pour obtenir le soutien et la bénédiction du Saint-Père, ce qui pourrait avoir un impact sur les Mexicains, tous si croyants… Le séjour à Paris lui étant insupportable, elle prépara son voyage pour Miramar. De là, elle gagnerait Rome.

Le 22 août, veille du jour prévu pour son départ, elle s'enferma dans sa chambre et écrivit à Maximilien :

« J'ai la satisfaction d'avoir réfuté tous les arguments, d'avoir dissipé tous les faux prétextes et de t'avoir ainsi donné un triomphe moral, mais en un mot, *il* ne veut pas, et la violence n'est d'aucun secours, parce qu'il a l'enfer pour lui et moi pas. Ce n'est pas l'opposition, puisque c'est lui qui choisit le Corps législatif. Encore moins la peur des États-Unis, il veut commettre une mauvaise action préparée de longue main, non par lâcheté, découragement ou toute autre raison, mais parce qu'il représente le principe du Mal dans le monde et veut écarter le Bien, afin que l'humanité ne voie pas que son œuvre est mauvaise et qu'elle l'adore.

» Tu peux en être certain, pour moi, c'est le diable en personne. Lors de notre dernier entretien, hier, il avait une telle expression, les cheveux dressés, qu'il en était hideux ; c'était l'expression de son âme, tout le reste n'est que surface. Ainsi, depuis le commencement jusqu'à la fin, il ne t'a jamais aimé, parce qu'il n'aime pas et ne peut pas aimer ; il t'a fasciné, comme le serpent ; ses larmes étaient fausses, comme ses paroles ; tous ses actes sont des impostures. Il faut que tu te tires le plus tôt possible de ses griffes. Depuis son dernier “non”, depuis qu'il te croit ruiné, il est ravi. Trop aimable Méphistophélès, il m'a même baisé la main aujourd'hui en me quittant ; mais c'est une comédie, car je l'ai pénétré du regard à plusieurs reprises ; j'en frémis encore ! Le monde n'a rien vu de pareil, mais “le règne touche à sa fin”, et alors on respirera de nouveau.

» Mais tu ne dois pas croire que j'ai mendié chez ces gens-là, je les ai seulement rudement secoués. Je ne puis exactement savoir si on désire ici que tu abdiques ou non. Je crois que tu dois te maintenir aussi longtemps que possible, car, une fois sorti de l'enfer, ce sera l'intérêt de la France, et de toute l'Europe, de créer un grand Empire au Mexique, et cela, nous pouvons le faire.

» Je serai on ne peut plus heureuse quand tu me feras venir. Mais songe que tu ne peux pas être avec lui en Europe, et qu'il remplit toute l'atmosphère, du cap Nord au cap Matapan. J'espère que tu me manderas bientôt, si tu te libères de lui au Mexique. Mon voyage a été pour lui le plus violent coup qu'il ait reçu depuis longtemps. »

Un peu calmée après avoir laissé libre cours à sa folle colère, Charlotte télégraphia ces quelques mots à Maximilien :

« *Todo es inutil.* » « Tout est inutile. »

Charlotte quitta Paris le 23 août. Un train spécialement affrété pour elle par Napoléon III traversa la Bourgogne, le Lyonnais, franchit les Alpes, passa Turin, Milan et s'arrêta sur le lac de Côme. Charlotte avait prévu de passer quelques jours à la villa d'Este, chez l'archiduc Rainier, oncle de

Maximilien. Dans ce cadre superbe donnant sur les Alpes, dans ces jardins merveilleux descendant en pente douce jusqu'au lac, elle parvint à se détendre, « à oublier la main du dévastateur du monde », comme elle appelait désormais Napoléon III. On avait eu la gentille attention d'accrocher dans sa chambre un portrait de Maximilien du temps où il était vice-roi de Lombardie-Vénétie. Tout lui parlait ici du passé et d'un amour lointain, comme elle l'écrivit avec mélancolie à son mari.

« Tout respire ici ton souvenir, j'ai sous les yeux ton lac de Côme que tu aimais tant, dans son calme bleu. Rien n'est changé, mais tu es loin, loin, de l'autre côté de l'océan, et près de dix ans ont passé ! Et pourtant il me semble que c'était hier, cette nature ne me parle que de bonheur serein, non de difficultés et de déceptions. Tous les noms, tous les événements surgissent de nouveau de recoins longtemps inutilisés de mon cerveau, et je revis dans notre Lombardie, comme si nous ne l'avions jamais quittée ; je revis en deux jours ces deux années qui nous furent si chères. En ce moment, le clair de lune brille et des chants s'élèvent. C'est d'une beauté inexprimable. »

Le voyage se poursuivit sans encombre à travers l'Italie.

À la gare de Padoue, le roi Victor-Emmanuel l'attendait avec sa suite de chambellans et d'officiers, ce qui la réconforta. Même si nombre de Cours d'Europe se moquaient de ce gros homme ridicule et vulgaire, multipliant sans précaution les aventures amoureuses, Charlotte fut sensible à sa gentillesse et à ses encouragements. Victor-Emmanuel avait admiré la sagesse de Maximilien lorsqu'il était vice-roi de Lombardie-Vénétie et il lui en parla avec amitié, formant des vœux sincères pour qu'il pût se maintenir au Mexique. Cette attitude la toucha, ainsi qu'elle se hâta de l'écrire à Maximilien.

« Le roi m'a fait meilleure impression que je ne m'y attendais. Ce n'est que plus tard qu'il a roulé les yeux comme Jeanningros[1]. Il m'a priée de te dire combien il est reconnaissant de ta bonté pour lui, combien il t'aimait. C'est un homme de cœur ; il croit fermement à l'Italie et il joue véritablement un rôle, bien plus qu'on ne le croit. Je le tiens pour un des meilleurs souverains qu'il y ait en Europe, car il éprouve de l'amour pour son peuple. »

Le train continua sa route. On dépassa Mestre et Venise pour atteindre la petite gare privée de Miramar à la fin du mois d'août. La suite mexicaine se récria devant la superbe situation du château et les aigles mexicains sculptés un peu partout dans les salons d'apparat. Le jardin regorgeait de fleurs distillant de délicieux parfums. Les arbres avaient grandi en deux ans. Le premier étage était enfin achevé dans ce style pompeux que prisait tant Maximilien. Le comportement de Charlotte restait étrange et tourmenté. Elle demeurait des heures à contempler la mer sans desserrer les dents, fuyant ses dames d'honneur, ne supportant près d'elle que Mme del Barrio avec qui elle prenait ses repas en tête à tête, dans la salle à manger dominant la mer, servie par sa camériste viennoise Mathilde Doblingër, la seule dont elle acceptât les soins.

Le 2 septembre, Charlotte reçut une dépêche de son mari qui l'affligea. S'il l'assurait que le moral restait bon,

1. Il s'agit d'un général français ayant servi au Mexique.

Maximilien lui rendait compte de la déplorable situation militaire. Bazaine se retirait partout et chaque ville quittée était aussitôt investie par les Juaristes. Tampico et Monterrey étaient perdus, Veracruz et Jalapa assiégées. Il fallait que Charlotte trouvât de l'aide pour lui permettre de résister avec ses maigres troupes. Un nouveau gouvernement avait été formé et Maximilien, obéissant aux conseils de Napoléon III, s'appuyait sur les conservateurs au lieu des libéraux de naguère. Par acquit de conscience, Charlotte envoya à Napoléon la dépêche de Maximilien, accompagnée d'un mot qu'elle s'efforça d'écrire avec calme :

« Je pense que les raisons qui, d'après les observations de Votre Majesté, vous ont imposé une inactivité forcée viennent de disparaître au moment où le Mexique a récemment resserré les liens qui l'unissaient à la France. Votre Majesté ne désirera pas que son pays profite des nouveaux sacrifices que nous venons de consentir sans assurer au nôtre le bienfait qu'il avait droit d'attendre grâce à la politique si loyale vis-à-vis de votre gouvernement. »

Elle ignorait que, trois jours plus tôt, Napoléon III avait adressé une lettre très claire à Maximilien afin qu'il ne comptât plus sur la France :

« Nous avons reçu avec plaisir l'impératrice Charlotte et cependant il m'a été bien pénible de ne pouvoir acquiescer aux demandes qu'elle m'a adressées. En effet, nous touchons à un moment décisif pour le Mexique et il faut que Votre Majesté prenne un parti héroïque, le temps des demi-mesures est passé. Je commence par déclarer à Votre Majesté qu'il m'est dorénavant impossible de donner au Mexique ni un écu ni un homme de plus. Cela établi, il s'agit de savoir quelle sera la conduite de Votre Majesté. Pourra-t-elle se soutenir par ses propres forces ? Ou bien sera-t-elle forcée d'abdiquer ? Dans le premier cas, mes troupes resteraient, ainsi qu'il a été convenu, jusqu'en 1867. Dans le second cas, il faudrait prendre d'autres mesures. Votre Majesté devrait faire un manifeste dans lequel elle expliquerait la noble ambition qui l'a portée à accepter le mandat offert par une grande partie du peuple mexicain ; elle montrerait ensuite quels sont les obstacles insurmontables qui l'obligent à renoncer à sa tâche. Dans ce cas, il faudrait profiter du séjour de l'armée française pour convoquer une représentation nationale et faire élire un gouvernement qui offrirait toutes les garanties de stabilité. Votre Majesté comprendra combien il m'est pénible d'entrer dans de tels détails, mais nous ne pouvons plus nous bercer d'illusions et il faut à tout prix que la question mexicaine, en ce qui regarde la France, soit définitivement résolue. »

Charlotte savait que la flotte autrichienne opérait des manœuvres au large de Trieste et que François-Joseph en profiterait pour lui rendre visite. C'était une ultime chance de le gagner à leur cause.

– Il ne viendra ni à Trieste ni ici, annonça Mme del Barrio à Charlotte lors d'un déjeuner. Il a trop peur de vous rencontrer. Il ne veut rien faire pour son frère. On m'a dit que la foule l'avait hué à Vienne après la défaite de Sadowa, criant le nom de Maximilien en l'acclamant. L'empereur passe pour être pointilleux quant à ses prérogatives…

La jalousie de François-Joseph à l'égard de son cadet s'était déjà exprimée lorsqu'il avait brutalement mis fin à son mandat de vice-roi de la Lombardie-Vénétie. Mme del Barrio avait raison, il n'y avait rien à attendre de la famille de Maximilien...

De plus en plus sombre et tourmentée, Charlotte s'enfermait des journées entières dans son boudoir, pièce située au rez-de-chaussée du donjon d'angle, tendue de damas bleu pâle, pourvue de jolies boiseries de bois clair. Aux murs, de nombreux tableaux, des paysages surtout. Quatre fenêtres ouvraient sur la mer et Charlotte se perdait dans sa contemplation, retrouvant quelque animation pour écrire à ses amis ou à son époux. De son ancienne gouvernante, la comtesse d'Hulst à laquelle elle envoya la décoration de l'ordre de San Carlos, elle reçut cette sèche réponse qui la fit pleurer :

« Je vous l'avais bien dit, je vous l'avais prédit qu'il ne fallait pas accepter la couronne du Mexique. Vous l'avez acceptée, maintenant vous la payez fort justement. Ne tentez pas plus la Providence, sortez au plus vite de cette fatale entreprise avec honneur et sans trop de péril. Mijotez dans votre amertume et réfléchissez à ce proverbe vieux comme le monde : "Malheur aux vaincus", surtout quand ces vaincus sont allés volontairement s'exposer à la défaite et cela sans la sanction d'un vrai devoir accompli. »

Cette lettre l'accabla. Autour d'elle, plus personne ne croyait à l'aventure du Mexique. Même sa suite traînait avec désabusement son ennui à Miramar. Charlotte avait échoué auprès de Napoléon III et ni l'Autriche, ni la Belgique ne l'aideraient. Maximilien, lui, réussirait, même seul contre tous. Très exaltée, elle s'assit devant son secrétaire pour lui écrire le 9 septembre :

« Je considère l'abandon de la tutelle directe de la France comme un grand bonheur, si grand qu'il peut suppléer le défaut d'aide matérielle et d'argent. »

Dans sa fièvre, elle imagina les obstacles disparaissant les uns après les autres. Avec le retrait de la France, les États-Unis cesseraient d'être hostiles. Les partis politiques se rassembleraient autour de Maximilien, les libéraux étant déjà gagnés à sa cause et les conservateurs se ralliant à leur tour, à présent qu'il s'appuyait sur eux. Quant aux « dissidents », ils n'auraient plus de raison de se battre contre lui une fois les Français partis. Elle continuait son étrange et chimérique missive :

« À toi le drapeau, tu es la Nation, tu es *el soberano*. Il faut dire à tous : "Je suis empereur, non président." Devant toi, on doit courber la tête, car la République est une marâtre comme le protestantisme, et la monarchie est le salut de l'humanité. »

8

Pour prouver au monde que l'Empire du Mexique n'était pas moribond, Charlotte organisa le 16 septembre à Miramar avec toute la pompe possible la fête nationale mexicaine. L'escadre autrichienne tira dès l'aube une salve d'honneur. Les Triestins se pressèrent dans les jardins de Miramar de bon matin pour apercevoir l'impératrice du Mexique. Ses dames d'honneur exhibèrent leurs grandes toilettes et les officiers leurs décorations. Charlotte, revêtue d'une robe blanche à crinoline ornée de perles et de dentelles, les épaules recouvertes de son manteau en velours incarnat, occupait à elle seule la minuscule chapelle néogothique où l'archevêque de Trieste célébra une messe d'action de grâces. Le reste de l'assistance dut se tenir dans la salle de la Rose des vents, ouverte sur la chapelle par des portes coulissantes.

L'après-midi, un orchestre autrichien joua dans les jardins et le soir, à cinq heures, on servit un banquet que Charlotte présida. Elle ne laissa rien paraître de sa fatigue et fut réconfortée par les acclamations qui l'accueillirent.

À peine débarrassée de son lourd diadème de diamants, de son manteau et de ses parures, elle s'assit le soir devant sa table de travail pour écrire au prince de Joinville :

« La crise que traverse le Mexique en ce moment, si elle est bien subie, peut sauver l'avenir, car vous n'êtes pas sans remarquer que ce ne sont pas les Mexicains, mais les États-Unis qui nous l'ont value. Les destinées du monde sont dans une seule main, elle ne sera peut-être pas assez forte pour étreindre les deux hémisphères, l'océan et la fièvre jaune, les seules défenses que nous ayons, nous sauveront sans doute. Car, mon cher oncle, il s'agit de la perte et de la conservation d'une Nation qu'on s'acharne à détruire. J'espère, mon cher oncle, que vous admirez la constance et le courage de Max à défendre le pauvre Mexicain trahi et vendu et qui met en lui sa confiance. »

Charlotte, perdue dans son rêve, ne tenait plus compte des réalités mexicaines. Elle ne pensait plus qu'à son départ, le lendemain, pour Rome afin de voir le pape, s'imaginant pouvoir l'émouvoir. Il saurait, lui, le chef de l'Église, faire revenir Napoléon III sur sa décision. Autour d'elle, pour ne pas provoquer ses humeurs fantasques, nul n'osait tenter de la raisonner.

Une épidémie de choléra sévissait à Trieste et les voyageurs issus de cette ville étaient retenus en quarantaine à Venise. Aussi Charlotte décida-t-elle d'éviter la Vénétie et de se diriger d'abord vers le Nord pour repartir ensuite vers le sud-ouest. Toujours avec sa suite mexicaine, elle prit le train pour Marburg, en Autriche. De là, elle piqua vers l'est, jusqu'à Villach, en Carinthie, où se terminait le chemin de fer. Il fallut ensuite emprunter la diligence pour traverser les Alpes, franchir une succession de cols difficiles longeant des vallées profondément encaissées. Après un voyage éprouvant, on parvint au relais de Brigsen, environné d'une grande forêt et, plus loin, dominé par des sommets enneigés. Elle décida d'envoyer une avant-garde à Mantoue pour préparer la suite de son voyage. Au moment de monter en voiture, Charlotte changea d'avis et jugea que la route était trop rude et qu'on rebrousserait chemin. On télégraphia à Mantoue afin que la petite troupe qui y avait été dépêchée fît demi-tour pour rejoindre l'impératrice. Charlotte tournait nerveusement en rond dans la mauvaise auberge du relais, déchirant comme à l'accoutumée, quand elle se sentait mal, son mouchoir avec ses dents.

– On part tout de même pour Mantoue, décida-t-elle soudain. Envoyez un second télégramme pour annuler le premier.

Mme del Barrio, désolée de la voir si nerveuse, tenta en vain de la calmer. On reprit place dans la diligence et l'on arriva à Botzen le soir même.

Charlotte, le visage pressé contre la vitre de la diligence, regardait avec curiosité défiler les rues de la ville. Avisant un homme de condition modeste qui faisait tourner la manivelle de son orgue de Barbarie, elle s'écria soudain :

– Que l'on arrête la diligence ! Je veux saluer cet homme, je le reconnais, c'est le commandant de la garde de Mexico !

Mme del Barrio eut toutes les peines du monde à la calmer et à la faire se rasseoir, lui répétant comme à une enfant :

– Votre Majesté se trompe, elle a été abusée par une certaine ressemblance, c'est tout.

L'officier de marine Radonetz, un homme de confiance de Maximilien qui habitait Trieste et était venu saluer l'impératrice du Mexique, les attendait à leur auberge. À peine entrée dans la salle, Charlotte fonça vers lui en criant :

– Vous êtes un voleur et un traître ! Non seulement vous me volez, mais encore vous me trahissez !

L'officier, pétrifié, au garde-à-vous, ne sut que répondre à cette furie, regardant Charlotte avec des yeux désolés. Mme del Barrio l'entraîna vers ses appartements pour couper court à cette scène pénible. Charlotte refusa de prendre son dîner avec son escorte et préféra se faire servir dans sa chambre par sa fidèle Mathilde Doblingër.

Le lendemain, sa suite l'attendait avec anxiété avant de reprendre la diligence, se demandant dans quel état elle se trouverait. On la vit descendre l'escalier, bien habillée, bien coiffée et parfaitement calme. Elle sourit, puis s'arrêta devant son grand chambellan, le comte del Valle, pour lui dire en aparté :

– J'ai été malade hier. Si cela se renouvelait, dites « Botzen » pour me faire rentrer en moi-même et cela cessera.

Après huit jours d'un voyage pénible, après avoir changé souvent de moyens de locomotion, le train s'arrêta en gare de Rome à onze heures du soir, sous une pluie torrentielle. Charlotte, livide, les yeux douloureusement cernés, se rendit compte que ses familiers la regardaient avec pitié et se demandaient si elle n'allait pas être reprise par ses crises de démence. Elle prit leur sollicitude inquiète pour de l'espionnage et s'en irrita.

Des membres de la noblesse, des gardes en cuirasse, une délégation de cardinaux éclairés par des torches l'attendaient sur le quai. La gendarmerie pontificale fit la haie, contenant à grand-peine la foule, nombreuse à être venue la voir. Les journaux romains avaient en effet annoncé son arrivée et l'on était curieux de contempler l'impératrice du Mexique. En grande pompe et sous une pluie toujours battante, on la conduisit avec son escorte jusqu'à l'Albergo di Roma, sur le Corso, entre la place del Popolo et la place Venezia. Tout un étage en avait été retenu pour Charlotte et sa suite. De sa fenêtre, elle pouvait admirer l'église San Carlo. Dans sa chambre, l'attendait une lettre du cardinal Giacomo Antonelli, ministre des Affaires étrangères.

« Si elle désirait visiter les monuments sacrés et profanes de la capitale du monde catholique, se tiendrait à sa disposition le *cavaliere* Carlo Ludovico Visconti, en l'absence de son oncle Pietro Ercole, commissaire des Antiquités actuellement souffrant. »

Exaspérée, elle reposa la lettre.

– On me prend pour une simple touriste, alors que je suis venue discuter avec le Saint-Père des termes d'un concordat et tenter d'obtenir sa protection. Nous nous passerons de ce *cavaliere* !

Le lendemain, dédaignant *cavaliere* et guides mis à sa disposition par le cardinal, Charlotte partit visiter en fiacre, avec Mme del Barrio, la ville qu'elle connaissait déjà bien. Sa dame de compagnie masquait difficilement son inquiétude, mais tout se passa bien. La voiture parcourut le

Corso, les deux femmes entrèrent dans plusieurs sanctuaires, à Saint-Louis-des-Français, dans les églises jumelles de la place del Popolo. Ensuite elles montèrent les marches du jardin du Pincio dont la terrasse fleurie dominait le château Saint-Ange. Derrière, se profilaient la vaste coupole de Saint-Pierre-de-Rome, puis les toits du Vatican. Il faisait beau. Charlotte retrouvait avec plaisir la ville qu'elle aimait et se sentait apaisée. Le pape la recevrait le lendemain et tout irait bien. Fatiguée mais calme, elle rentra déjeuner à son auberge.

Une somptueuse voiture s'arrêta devant l'Albergo di Roma. Des valets de pied déroulèrent le marche-pied, les soldats formèrent une haie d'honneur. Le majestueux cardinal Giacomo Antonelli, en *capa magna* écarlate, descendit lentement de voiture et se dirigea vers la porte de l'auberge, tandis que les badauds se prosternaient pour recevoir sa bénédiction.

Charlotte l'attendait au pied de l'escalier, encadrée de deux valets en livrée portant des flambeaux, qui les escortèrent jusqu'au salon.

La conversation commença avec toute l'onctuosité italienne. Après que le cardinal se fut enquis des modalités du voyage, on passa aux choses sérieuses.

– Je désirerais, Votre Éminence, que Rome pût signer un concordat avec l'Empire du Mexique. Cela offrirait une certaine légitimité au règne de mon époux.

– Il sera difficile de signer un concordat, Votre Majesté, tant que l'empereur Maximilien n'aura pas rendu ses biens au clergé. Une autre question afflige le Saint-Père : pourquoi avoir proclamé la tolérance religieuse dans un pays si catholique ? Cela risque d'ouvrir la voie à bien des hérésies.

Les biens du clergé mexicain étaient passés entre tant de mains qu'il devenait difficile sinon impossible de les rendre. Quant à la proclamation de la tolérance religieuse, elle avait été destinée à rapprocher les libéraux de Maximilien, ce qui avait échoué. Les réponses étant difficiles à donner, Charlotte préféra évoquer son voyage à Paris et sa déception.

– Au mépris du traité de Miramar, dit-elle, l'empereur Napoléon III désire retirer toutes ses troupes du Mexique, même la Légion étrangère. Il ne veut plus envoyer un franc ou un seul homme au Mexique. Or nous avons besoin de temps pour réduire les provinces rebelles et achever de pacifier le pays. Le Saint-Père ne pourrait-il influencer en ce sens l'empereur des Français et faire pression sur lui ?

– Rome ne peut se brouiller avec l'empereur des Français dont les troupes la protègent de l'avidité territoriale du roi Victor-Emmanuel II qui voudrait faire l'unité italienne au détriment des biens pontificaux. Sa Sainteté Pie IX est aussi un souverain temporel administrateur des biens de l'Église. Enfin, Sa Sainteté recevra demain Votre Majesté…

Dans un tourbillon de cape rouge, le cardinal lui donna son anneau à baiser, puis il prit congé et quitta l'auberge. C'était fini. Elle n'avait rien obtenu. Charlotte, mortellement déçue, augurait bien mal de sa prochaine entrevue avec le pape, fixée le lendemain 27 septembre à onze heures…

Les yeux battus par l'insomnie, revêtue d'une robe noire et coiffée d'une mantille, noire aussi, elle traversa une ville brouillée par la pluie incessante, avant d'être déposée à l'entrée du palais, où l'accueillit le comte del Valle, en compagnie des grands dignitaires du Vatican, les princes Chigi, Orsini et Colonna, le marquis Sachetti, portant les costumes à la mode de Philippe II d'Espagne, culottes bouffantes, bas de soie, pourpoints et fraises blanches. Ils s'inclinèrent sur la main de Charlotte. Les gardes pontificaux, dans leurs rutilants uniformes bleus, rouges et jaunes dessinés par Michel-Ange, montaient la garde sur chaque marche de l'escalier Noble.

Charlotte, belle et pâle dans sa toilette sombre, le sourire crispé, fut introduite dans la salle du Trône où Pie IX l'attendait sous un dais de velours écarlate brodé à ses armes. Cet homme corpulent au bon sourire se leva pour l'accueillir.

Charlotte s'approcha du trône pontifical et voulut s'agenouiller pour embrasser la mule du pape, mais il l'en empêcha et lui donna son anneau à baiser. En s'exécutant, elle ne put retenir son cri :

– Saint-Père, sauvez-moi, on m'a empoisonnée !

Faisant semblant de n'avoir pas entendu, le pape resta impassible. Charlotte lui présenta sa suite mexicaine. Chacun, à son tour, s'agenouilla devant le pape pour baiser sa mule. Quand la cérémonie fut terminée, le pape entraîna Charlotte vers un salon voisin, plus petit et plus intime. Les laquais en livrée de damas rouge fermèrent les portes derrière eux. Ils étaient seuls. Le pape la fit asseoir à ses côtés.

– Votre Sainteté l'ignore, dit Charlotte d'un ton exalté, mais toute ma suite mexicaine qui, en ce moment, visite le Vatican, est à la solde de Napoléon III. Il a donné l'ordre de m'empoisonner. Sauvez-moi !

Le pape lui parla avec bonté, tenta de la calmer. Enfin, ses paroles parurent avoir quelque effet et Charlotte sortit de son réticule le projet de concordat qu'elle avait préparé avec Maximilien. Pie IX le prit sans le lire et lui déclara avec prudence :

– Nous devons d'abord demander leur avis aux évêques mexicains.

Il fallait bien trois mois pour connaître leurs réponses. Charlotte tenta avec désespoir de plaider la cause de son mari, suppliant en vain le pape de signer ce concordat qui aurait été si utile à Maximilien. Le pape ne pouvait trancher seul de la question mexicaine et devait en référer aux évêques du pays, la question des biens de l'Église n'étant toujours pas réglée. Au bout d'une heure et demie d'inutiles discussions, il se leva pour marquer que l'audience était terminée.

Charlotte, muette et hagarde, descendit en vacillant les degrés du grand escalier, puis monta sans un mot dans son carrosse. On retraversa la ville pour s'arrêter devant son auberge. Sa suite mexicaine l'accompagna jusqu'à ses appartements.

– Comment s'est passé l'entretien de Votre Majesté avec le souverain pontife ? demanda le comte del Valle.

– Votre Majesté a-t-elle obtenu la signature du concordat ? questionna Mme del Barrio avec sollicitude.

Charlotte les dévisagea comme si elle ne les connaissait pas avant de répondre :

– Vous pouvez vous retirer. Envoyez-moi Doblingër, je vous prie, je dînerai dans ma chambre.

Et elle s'enferma puis rouvrit sa porte en réclamant son grand chambellan.

– Renvoyez cette garde insupportable ! Je ne veux plus voir devant l'auberge un seul drapeau français, le drapeau de l'empoisonneur !

Le comte del Valle s'inclina d'un air désolé.

Le lendemain, le pape se fit annoncer. Elle le fit monter dans son petit salon où chacun des Mexicains vint recevoir sa bénédiction, puis le raccompagna jusqu'à sa voiture. Toujours figée dans son mutisme désespéré que même la bonne Mme del Barrio ne parvenait pas à briser, Charlotte s'enferma derechef chez elle.

Le soir pourtant, elle accepta de descendre présider le dîner qu'on avait préparé pour elle à l'Albergo di Roma. On servit plus de vingt plats, Charlotte ne toucha à aucun, ne but ni eau, ni vin, ni café, ayant remarqué que la cafetière avait un trou. Elle se contenta de peler une orange et de casser quelques noix.

Le samedi se déroula dans la même solitude et Charlotte absorba la même nourriture, refusant de toucher à la carafe d'eau que l'on avait posée dans sa chambre.

Le dimanche, à huit heures du matin, Charlotte, coiffée, habillée, fit appeler Mme del Barrio.

– Arrêtez un fiacre, s'il vous plaît, et venez avec moi.

Mme del Barrio, qui n'osait la contrarier, obéit et Charlotte commanda au cocher de les conduire à la fontaine de Trevi.

Charlotte descendit lestement de la voiture et courut jusqu'à la fontaine. Elle puisa de l'eau dans sa main et but longuement, puis elle remonta en voiture, commandant encore :

– Et maintenant, au Vatican !

Stupéfaite, Mme del Barrio attendait avec inquiétude la suite des événements. La voiture les emporta dans sa course. Comme on l'avait fait trois jours plus tôt, on s'arrêta devant l'entrée du palais. Les gardes pontificaux, reconnaissant l'impératrice du Mexique, la laissèrent entrer, même s'ils n'en avaient pas reçu l'ordre. Charlotte se jeta dans le grand escalier, suivie de près par Mme del Barrio, éperdue.

Avisant un cardinal, Charlotte lui demanda :

– Je désire voir Sa Sainteté de toute urgence, c'est important.

– Sa Sainteté prend son petit-déjeuner, il est impossible de la déranger, répondit froidement le cardinal en poursuivant son chemin.

Charlotte, connaissant l'entrée des appartements pontificaux, s'y rendit sans hésitation. Devant la porte, elle bouscula deux camériers qui prétendaient l'empêcher de passer et pénétra en trombe dans la salle à manger. Se précipitant aux pieds du pape, elle lui dit en pleurant :

– Faites arrêter ma suite qui est vendue à Napoléon III et tente de m'empoisonner, je vous en supplie !

Avisant le chocolat qu'était en train de boire le Saint-Père, elle trempa ses doigts dans la tasse et les suça avidement en avouant :

– Je n'ose plus rien avaler, je meurs de faim.

Pris de pitié pour la malheureuse, Pie IX agita une clochette et commanda une tasse de chocolat qu'on lui apporta.

– Non, je ne veux boire que dans la tasse de Votre Sainteté !

Résigné, le pape lui tendit sa tasse. Elle la but d'une traite.

Pour la calmer, le pape envoya chercher le colonel Bossi, chef de la gendarmerie pontificale, auquel Charlotte répéta ses ordres incohérents. Le colonel parti, Charlotte s'empara d'une petite timbale en argent dans laquelle le pape buvait de l'eau.

– Donnez-la-moi, Votre Sainteté, ainsi je pourrai boire sans crainte l'eau des fontaines romaines.

Le pape la lui abandonna, puis, ne sachant que faire de la pauvre folle, il lui proposa doucement d'aller visiter la bibliothèque et l'entraîna hors de la pièce. Tandis que Charlotte, que n'osait quitter Mme del Barrio, examinait un manuscrit enluminé, le pape sortit discrètement par une porte dérobée et lui envoya deux camériers qui lui proposèrent d'aller marcher dans les admirables jardins du Vatican. Charlotte accepta et, dehors, se précipita vers la première fontaine rencontrée pour y puiser un peu d'eau avec la timbale du pape et y boire. Les camériers lui offrirent une collation que Charlotte accepta à la condition de manger dans l'assiette de Mme del Barrio en laquelle elle avait confiance. Au grand soulagement de son escorte, elle décida ensuite de retourner à son auberge. On la raccompagna jusqu'à son fiacre, qui attendait encore. Charlotte y grimpa, suivie par Mme del Barrio.

Il fallut s'arrêter pour puiser de l'eau à la première fontaine rencontrée, à une deuxième, une troisième. Chaque fois, Charlotte y buvait avec la même avidité, comme si rien n'avait pu la rafraîchir. Enfin, après bien des haltes, on parvint devant l'auberge.

Le pape avait fait porter un message au comte del Valle pour lui exposer la situation et lui faire part du délire de persécution dont souffrait Charlotte. Il finissait sa lettre en conseillant que pas un membre de l'escorte mexicaine ne se montrât.

Rassurée par le silence qui l'accueillait, Charlotte, plus calme, monta l'escalier pour se retirer dans ses appartements. Parvenue à la porte de sa chambre, elle constata que la clef ne se trouvait pas dans la serrure. Le docteur Bouslavek l'avait fait retirer par précaution, afin d'empêcher l'impératrice de s'enfermer.

– On complote contre moi, on veut ma mort ! dit-elle à Mme del Barrio. Retournons au Vatican. Nous y serons en sécurité pour y dormir.

– C'est impossible, Votre Majesté, répondit sa dame d'honneur avec désespoir. Nulle femme n'est autorisée à y rester la nuit.

– Trouvez une voiture !

L'épuisante course recommença. L'ombre s'étendait sur la ville, mais rien n'arrêtait Charlotte. Les mêmes gardes la laissèrent passer, les mêmes camériers, affolés, lui barrèrent cette fois l'entrée des appartements du Saint-Père, qui était couché.

Charlotte se roula sur les dalles en marbre du corridor, hurlant qu'elle voulait dormir au Vatican. Un camérier alla prévenir le pape, qui refusa de se montrer, mais ordonna de leur faire dresser deux lits dans la bibliothèque et de les y enfermer pour la nuit.

Le silence pesait sur le Vatican, interrompu de temps en temps par le cri des gardes qui se relayaient. Les bougies brûlaient lentement. Mme del Barrio, exténuée, ne tarda pas à s'endormir. Charlotte, qui s'était jetée tout habillée sur son lit, sommeilla quelque temps puis s'éveilla au bout de deux heures et vint secouer sa pauvre dame d'honneur.

– Je veux voir le cardinal Antonelli.

Mme del Barrio toqua à la porte. Un valet vint ouvrir et elle lui fit part de l'étrange requête. Le valet revint signifier qu'on ne pouvait déranger le cardinal, il dormait.

Charlotte consentit non sans peine à se recoucher. Lorsque Mme del Barrio s'éveilla le lendemain matin, ce fut pour voir Charlotte, déjà levée, en train de se laver avec minutie devant la superbe table de toilette. Elle s'était recoiffée, avait épousseté sa robe. Elle se fit alors ouvrir la porte de la bibliothèque et erra sans but dans les couloirs, pénétrant dans toutes les pièces sans que l'on osât l'en empêcher. Puis elle fit signe à Mme del Barrio de s'approcher et lui dit en confidence :

– Je ne veux pas qu'on expose mon corps après ma mort, ni qu'on en fasse l'autopsie. Je veux être enterrée très simplement dans la basilique Saint-Pierre, aussi près que possible du tombeau de l'apôtre.

Avisant une haute cathèdre recouverte de velours rouge, placée auprès d'une table, elle s'y assit et demanda au valet de faction dans la pièce, qui n'osait protester devant cette intrusion :

– Faites-moi porter de quoi écrire !

« Mon Trésor bien-aimé,

» Je te dis adieu, le Seigneur m'appelle auprès de Lui. Je te remercie du bonheur que tu m'as donné. Que Dieu te bénisse et te fasse obtenir la paix éternelle. Ta fidèle. Charlotte. »

Puis elle demeura paisiblement assise, persuadée que la mort n'allait pas tarder. Mme del Barrio, désespérant de la faire bouger, s'assit à côté d'elle sans parler. Ce fut ainsi que les trouva le cardinal Antonelli, venu aux nouvelles. Pour se débarrasser de l'importune, il demanda à la mère supérieure du couvent de Saint-Vincent de convier Charlotte à visiter son orphelinat. Charlotte y consentit et les deux femmes, accompagnées des religieuses venues les chercher, partirent en fiacre pour Saint-Vincent, au grand soulagement du cardinal. Charlotte plaqua son mouchoir sur son visage pour ne pas être reconnue. À tout instant, elle demandait :

– Est-ce qu'une voiture nous suit ?

Enfin on parvint devant le couvent où l'on entra. La visite commença sans problème. Dans la cuisine, on lui proposa de goûter le ragoût des pensionnaires. Charlotte, remarquant une petite tache sur la cuillère qu'on lui tendait, la jeta dans l'évier et s'agenouilla sur les dalles froides.

– La cuillère était empoisonnée, merci, mon Dieu, de m'avoir pour cette fois épargnée.

Quand elle se releva, elle aperçut de la viande qui mijotait dans un bouillon. Trempant sa main dans la casserole pour en saisir un morceau, elle se brûla gravement et s'évanouit. Mme del Barrio en profita pour la faire transporter dans un fiacre, espérant la ramener à son hôtel. Le chambellan du pape, Egidio Dati, voulut y monter à son tour, au cas où Mme del Barrio aurait besoin d'aide. Charlotte ouvrit les yeux comme on arrivait devant l'auberge. Se tournant vers le chambellan, tout rutilant dans sa tenue d'apparat, elle lui ordonna :

– J'ai faim, allez m'acheter des marrons grillés, mais surtout n'enlevez pas la peau.

Pour ne pas la contrarier et risquer une nouvelle crise, le chambellan, qui ne désirait qu'une chose, la voir disparaître dans l'hôtel et s'en retourner ensuite paisiblement au Vatican, s'exécuta. Quand il revint avec le cornet de papier contenant les marrons, Charlotte le lui arracha des mains et consentit alors à pénétrer dans l'hôtel. Là, elle se jeta sur les marrons qu'elle éplucha et dévora. Le chambellan, rassuré, rentra au Vatican.

Dans l'hôtel, Mme del Barrio accompagna Charlotte dans ses appartements. Elle était épuisée après cette nuit presque blanche et n'aspirait qu'à se coucher. Aussi regarda-t-elle avec soulagement Charlotte, suivie de Mathilde Doblingër, s'enfermer dans sa chambre, car on avait remis la clef dans la serrure. Les Mexicains, qui s'étaient abstenus de paraître jusque-là, se précipitèrent dans le salon pour demander des nouvelles de l'impératrice et savoir où elle avait disparu durant toute la nuit. La clef de la chambre de Charlotte tourna dans la serrure et les Mexicains s'éclipsèrent de nouveau. La femme de chambre parut et annonça que Sa Majesté voulait voir Mme Kuhacsevich, la femme du trésorier. On envoya chercher la dame que Mathilde Doblingër introduisit dans la chambre impériale. À travers la cloison, on entendit Charlotte hurler sans comprendre ses paroles.

Charlotte, hors d'elle, ouvrit sa porte pour pousser dehors Mme Kuhacsevich qui sanglotait.

– Sortez, madame ! Et prévenez vos complices que je connais leurs manigances et que je sais leurs noms. Prévenez le comte del Valle, votre mari et le docteur de fuir au plus vite ma juste colère !

À peine fut-elle partie que Charlotte entraîna de nouveau la pauvre Mme del Barrio, qui n'en pouvait plus et aurait bien voulu aller dormir, vers un fiacre. Elles y grimpèrent. Charlotte fit arrêter la voiture à la première fontaine que l'on rencontra, emplit d'eau une carafe vide qu'elle tenait à la main puis se fit reconduire à son hôtel.

Durant cinq jours, elle resta enfermée dans sa chambre avec Mathilde, ne sortant que pour aller elle-même emplir sa carafe à la fontaine. Mathilde Doblingër demeura avec elle dans cette grande chambre banale donnant sur le Corso. Pour inciter Charlotte à absorber quelque nourriture, elle acheta des œufs et des poulets vivants au marché, se fit installer devant la fenêtre un petit fourneau. Les poulets furent attachés au pied de la table sur laquelle Mathilde cuisina les repas sous l'œil vigilant de Charlotte.

– Je ne veux ni fruits ni pain, lui dit celle-ci, on peut toujours y injecter des produits toxiques avec une seringue.

Bien vite, la chambre, pleine de sang et de plumes, empesta. Les viscères furent jetés dans un seau de toilette. Charlotte, insomniaque, déambulait toute la nuit de long en large dans la pièce. Parfois, elle se lançait dans un long monologue décousu qui glaçait Mathilde d'effroi. La situation ne pouvait s'éterniser.

Le 4 octobre, Charlotte écrivit au pape :

« Très Saint-Père, que Votre Sainteté me permette de lui demander de garder ce verre que je dois à sa bonté et de me retourner le projet de concordat que je lui ai présenté. »

Pie IX lui répondit :

« Madame, je vous envoie ci-joint le projet que Votre Majesté m'avait remis et vous me feriez plaisir en gardant le verre. Je prie Dieu chaque jour de vous rendre la paix de l'âme et de vous guérir de certains accès de méfiance qui vous font vivre dans un état d'excitation perpétuel. Je vous bénis de tout cœur. »

Le cardinal Antonelli envoya un télégramme chiffré au nonce de Bruxelles, afin qu'il mît discrètement la famille royale de Belgique au courant de l'état de santé de Charlotte. La nouvelle de ses crises de démence auxquelles avaient assisté trop de témoins avait transpiré dans la presse romaine. Bientôt, les journaux européens en parlèrent à leur tour.

Charlotte télégraphia à Philippe :

« Je suis entourée de traîtres et d'assassins, viens me sauver au plus vite. »

En attendant l'arrivée à Rome de son frère préféré, la vie continuait difficilement pour Charlotte et sa suite. Le 7 octobre, elle demanda à Mme del Barrio de faire chercher Blasio, le valet mexicain de Maximilien qui l'avait accompagnée en Europe. Il accourut, s'attendant à trouver une pauvre folle échevelée et hystérique et eut la surprise de découvrir une femme en grand deuil, tout de noir vêtue, admirablement coiffée et soignée, qui l'accueillit avec un gentil sourire et lui dit d'une voix douce :

– Si vous désirez visiter d'autres villes d'Europe, vous pouvez le faire, mais auparavant, Blasio, je voudrais vous dicter les décrets suivants. Asseyez-vous et écrivez.

Elle attendit qu'il fût bien installé pour lui donner ses ordres :

« Moi, Charlotte, impératrice du Mexique : attendu que Juan Suárez Peredo, comte del Valle de Orizaba, et notre grand chambellan, a fait partie d'un complot attentant à la vie de sa souveraine, nous avons jugé à propos de le destituer, comme nous lui enlevons par les présentes tous ses titres, charges et honneurs, lui enjoignons de s'éloigner de la Cour, sans pouvoir s'y présenter de nouveau sous aucun prétexte. Et sera notre présente disposition soumise à Sa Majesté l'empereur Maximilien pour qu'il la signe et en assure l'exécution par notre intendant de la liste civile et ministre de la Maison de l'empereur.

» Donné à Rome le 7 octobre 1866. »

Pendant le court silence qui suivit, Blasio examina la chambre, aperçut le réchaud, les poulets encore vivants attachés à la table, le sang et les plumes jonchant le tapis. Charlotte reprit :

– Vous dresserez de semblables destitutions pour M. del Barrio, le docteur Bouslavek, M. Kuhacsevitch et don Martin Castillo.

Ce dernier était l'intendant de la liste civile, mais on n'en n'était plus à une incohérence près. Blasio acquiesça d'un signe de tête. Ce qui se disait dans la ville était donc vrai. Dans son visage amaigri aux pommettes rouges et fiévreuses brillait un regard étrange, parfois trop fixe, parfois trop vague, impuissant à se fixer sur rien.

Blasio s'en fut, consterné. En le renvoyant, Charlotte le chargea d'expédier un télégramme au comte de Flandre qui avait annoncé sa venue pour le même soir :

« J'espère que tu vas bien. Ne mange pas trop en route, j'irai te prendre à la descente du train. Charlotte. »

L'après-midi, elle reçut le comte de Bombelles, arrivé la veille à Rome, évoqua avec lui le Mexique, ses séjours français et italiens d'un ton calme et posé. Rien ne laissait croire qu'elle avait perdu la raison et Bombelles s'en fut, partiellement rassuré. Le soir venu, après avoir comme d'habitude dîné dans sa chambre, Charlotte se fit conduire à la gare. Postée sur le quai, elle vit son frère descendre de son wagon et se précipita pour l'embrasser. Il y avait plus de deux ans qu'elle ne l'avait vu, elle avait traversé des épreuves terribles et voici qu'il était là, son bon gros Philippe, si attachant et rassurant. Ils s'étreignirent, tous deux bouleversés de se revoir. Ensemble, ils montèrent dans le fiacre qu'avait pris Charlotte et se firent conduire à l'hôtel.

– Fais attention à ce que tu manges, surtout.

Hormis cette phrase, Philippe ne décela rien d'anormal dans le comportement de sa sœur. Elle le mena elle-même jusqu'à la chambre qu'elle avait fait préparer pour lui.

Le lendemain matin, Charlotte, toujours soignée comme à son habitude, le regarda prendre son petit-déjeuner, l'assurant qu'elle-même avait déjà absorbé le sien dans sa chambre et s'écriant gaiement :

– Nous avons toute la matinée pour visiter Rome ensemble. Viens, il fait un temps splendide !

Charlotte avait prévu pour lui un savant itinéraire qui les mena de monuments en monuments. Elle commentait tout avec un brio qui le stupéfia, avait toujours une anecdote intéressante à lui raconter, un détail à lui faire remarquer. Il retrouvait avec délice la sœur brillante et cultivée qu'il avait toujours admirée et qu'il aimait tant, la trouvant même si sensée qu'il en profita pour s'acquitter de la mission dont on l'avait chargé.

– Tu devrais, lui dit-il, rentrer avec moi à Miramar. Tu y serais mieux qu'ici pour attendre des nouvelles du pape et du concordat.

Elle accepta. Philippe en fut soulagé et ils rentrèrent déjeuner à l'hôtel. Charlotte présida avec lui le repas auquel assistèrent son aide de camp et la suite mexicaine qu'elle accueillit le plus gracieusement du monde, ayant un mot aimable pour chacun.

On lui présentait les plats, mais Philippe nota que sa sœur ne goûtait à rien et ne se servait pas. Quand elle crut n'être plus observée, elle lui passa un billet sur lequel elle avait griffonné :

« Je crois que tu peux manger du plat de poisson, mais évite la viande, elle est empoisonnée et la dose me semble forte. De toute façon, mange le moins possible. »

Philippe, qui était gros mangeur, n'osa la contrarier et grignota du bout des lèvres. Quand le repas fut achevé, Charlotte l'entraîna dans sa chambre et referma la porte à clef derrière eux, le fit asseoir, s'installa tout près de lui. Alors seulement il remarqua l'étrangeté de la pièce, avec son fourneau, ses poulets attachés, les plumes et le sang tachant le tapis.

– Ils ont empoisonné tous mes aliments les uns après les autres, le café, le chocolat, les fruits, le pain, les viandes, les desserts, mais j'ai pu par chance déjouer leur complot et je prends à présent mes repas seule ici avec ma femme de chambre en qui j'ai pleine confiance. Sais-tu qu'ils ont tous été empoisonnés de la même manière, maman, papa, lord Palmerston, le prince Albert, mari de la reine Victoria, grand-maman et tant d'autres ? Et sais-tu qui est le coupable ? C'est l'Antéchrist, c'est Napoléon lui-même...

Philippe la contempla avec une stupeur douloureuse. Charlotte avait son étrange regard fixe et s'exaltait en reprenant sa litanie. Ainsi, on ne lui avait pas menti. Folle, elle était folle ! Se détournant pour ne pas montrer ses yeux pleins de larmes, il ne savait que dire, que faire.

La pauvre Mathilde Doblingër était si épuisée après ces nuits passées à veiller Charlotte que Philippe, voulant en savoir plus sur cette folie, proposa de la remplacer. Le soir venu, il enleva sa redingote pour s'installer le mieux possible dans un fauteuil, faisant s'allonger Charlotte dans son lit, mais elle n'y resta pas. Se relevant d'un bond, elle commença de lui parler du Mexique, de la beauté des paysages, de la gentillesse des gens qui l'acclamaient comme leur impératrice, des palais qu'elle s'y ferait construire. Puis elle analysa la scène politique mexicaine, les possibilités qu'ils avaient encore de régner, croyait-elle. Elle s'exaltait et Philippe, redoutant une prochaine scène, s'efforça de la recoucher, mais elle ne tenait pas en place. Marchant nerveusement dans la pièce, elle lui donnait le tournis et il avait tellement sommeil que, malgré lui, il ferma les yeux. Il fut réveillé par Charlotte qui le secouait.

– Ils m'ont empoisonnée, hurlait-elle. Tous m'ont empoisonnée, Kuhacsevich, del Barrio, del Valle. Sais-tu comment ils ont fait ?

Doucement, il la força à se recoucher. Les yeux grands ouverts, elle continua à délirer. Philippe la regardait avec désespoir. Ainsi, c'était la sœur qu'il avait tant chérie et tant admirée, sa belle et brillante Charlotte, une pauvre folle. Il avait honte d'elle et lui en voulait de correspondre si mal à l'image qu'il en avait gardée. La nuit se passa, interminable, à écouter la malheureuse délirer, tenter de dormir, être réveillé en sursaut. Il regrettait amèrement d'avoir congédié la femme de chambre et de l'avoir si mal à propos remplacée.

Lorsque, le matin venu, Mathilde Doblingër frappa à la porte de la chambre et parut, portant le plateau du petit-déjeuner, Philippe se retira dans ses appartements pour prendre quelque repos. Il ne dormit pas longtemps. Charlotte disposait d'une immense fortune personnelle placée dans divers pays, que sa folie ne la rendait plus capable d'administrer. Il rédigea trois télégrammes pour les établissements Rothschild à Paris et Vienne et la banque Cuza à Londres, leur expliquant la situation et ordonnant aux banquiers de ne plus suivre les instructions de Charlotte, sauf si elles étaient contresignées par Radonetz, l'homme de confiance de Maximilien.

Puis il fit ses bagages pour prendre avec Charlotte le train spécial qu'il avait commandé. Il y avait sur le quai quantité d'officiels, le cardinal Antonelli et sa suite. Les soldats rendirent les honneurs à la souveraine, les fanfares éclatèrent. Charlotte, calme et digne, s'étonna auprès de Philippe :

– Ma suite mexicaine, mon grand chambellan et mes dames d'honneur ne sont donc pas venus me saluer ?

– Certains ont été retenus par leurs fonctions, d'autres sont indisposés et n'ont pu venir, expliqua Philippe qui leur avait conseillé de ne pas se montrer afin de ne pas provoquer un accès de fureur chez Charlotte.

Elle parut se satisfaire de cette explication assez vague, adressa quelques mots de remerciement au cardinal qui lui tendit un message du pape.

« Je souhaite un bon retour à Votre Majesté que j'ai été heureux de recevoir, disait-il. Je prie pour elle et prierai constamment. »

Charlotte salua de la main ceux qui étaient venus l'escorter, puis elle sauta dans le wagon et s'assit près de son frère. Le train s'ébranla et l'on roula vers Ancône. Le paysage défilait derrière les vitres et Charlotte s'intéressait à tout, parlant de façon aimable et pertinente. Philippe eut l'impression de retrouver la sœur qu'il aimait, jusqu'à la fin du déjeuner. Elle lui saisit alors la main et lui demanda d'une voix brisée :

– Pourquoi veux-tu toi aussi m'empoisonner ? Que t'ai-je fait ? Si tu désires mon argent, je te l'abandonne bien volontiers, mais tu n'as pas le droit de me prendre la vie.

– Comment peux-tu me parler ainsi, Charlotte, alors que je t'aime et suis venu te chercher pour te ramener chez toi ?

Pour toute réponse, Charlotte retourna à sa place et lui tourna le dos, s'abîmant dans son mutisme. Un lourd silence pesa pendant tout le reste du voyage. Nul n'osait plus parler. On regardait Charlotte à la dérobée, chacun redoutant une nouvelle crise. Enfin, on parvint à Ancône, où on embarqua sur un steamer de la Lloyds retenu par Philippe. Toujours muette, Charlotte évitait son frère avec soin, mais semblait heureuse à la perspective de revoir Miramar. Le dîner rassembla les voyageurs. Charlotte y parut, comme d'habitude fort élégante, mais refusa de toucher à ce qu'on lui présentait. Soudain, elle se tourna vers le comte de Bombelles et lui dit d'une voix étrangement calme :

– Vous savez, j'ai été empoisonnée. C'est mon mari, c'est Max qui l'a fait. Cela s'est produit durant mon voyage au Yucatán.

– Non, Votre Majesté, répondit Bombelles avec respect. Vous savez que l'empereur vous aime.

Charlotte n'insista pas. Ensuite, chacun se retira dans sa cabine et Mathilde vint l'aider à se coucher. La nuit se déroula sans incident. Le lendemain matin, on débarqua au port de Miramar. Sur les ordres de Philippe, les grilles du parc avaient été fermées au public et les appartements du rez-de-chaussée préparés pour Charlotte. Elle y pénétra avec Mathilde, qui s'occupa des bagages, et voulut prendre quelque repos dans sa chambre. Puis elle se releva, ayant encore un mot à dire à son frère. Ce fut alors qu'elle s'aperçut que la porte d'entrée était fermée à clef. Folle de rage, elle se précipita sur le balcon de sa chambre et sauta dans le jardin.

Affolée, la femme de chambre prévint le comte de Flandre. Philippe craignit un malheur. Avec la mer cernant de partout le parc de Miramar et les multiples promontoires, tout était possible. Il s'élança dans le parc, y trouva sa sœur, hagarde, errant parmi les grands arbres de Miramar.

– Charlotte, tu ne peux rester ici, il faut rentrer. On prendra soin de toi.

– On m'a enfermée, Philippe, moi, l'impératrice du Mexique. Il me faut partir d'ici au plus vite. Je dois aller à Trieste, à Vienne et à Bruxelles.

Il regarda avec consternation cette ravissante jeune femme de vingt-sept ans dont la folie n'avait pas altéré la beauté.

Il s'assit près d'elle sur un banc, lui prit la main et lui parla doucement pour la convaincre de rentrer de son plein gré dans ses appartements. La conversation dura quatre heures et le temps sembla bien long au pauvre Philippe. Enfin, elle consentit à le suivre. Veillée par Mathilde, Charlotte passa une nuit calme.

Le lendemain, elle accepta de recevoir le docteur Jilek, fidèle médecin de Maximilien resté à Vienne, et le professeur Reidel, illustre aliéniste, que Philippe avait convoqués. Elle leur fit part de ses éternelles terreurs d'empoisonnement. Jilek et le professeur Reidel s'entretinrent ensuite avec le comte de Flandre.

– Sa Majesté l'impératrice du Mexique souffre bien de folie, lui expliqua le professeur Reidel, avec des idées fixes de persécution qui sont causées par une maladie mentale plus grave et plus forte que je ne l'aurais d'abord cru. Les pronostics sont sombres à cause de l'agitation qui va en augmentant, mais l'avenir n'est pas tout à fait sans espoir.

– Il n'y a jamais eu de cas de folie dans la famille, répondit Philippe, et ma sœur, dans sa jeunesse, allait parfaitement bien. À quoi est-ce dû ?

– Le climat et le chagrin des événements mexicains ont dû contribuer à détruire l'équilibre mental de l'impératrice, expliqua le professeur. La déception causée par le refus de toute aide de l'empereur des Français a fait le reste…

– À quoi faut-il se résoudre ?

– Il faut la protéger d'elle-même, dit le docteur Jilek. Il faudrait la transporter au Castelleto. C'est plus petit, plus facile à fermer, et les fenêtres sont grillagées.

Philippe acquiesça, abandonnant sa sœur aux médecins et fuyant Miramar qu'il ne supportait plus.

Deux infirmiers se saisirent d'elle sans se soucier de ses cris. Elle se débattit, tenta de résister, mais ce fut en vain. L'un d'eux la charria sur son épaule et le petit groupe partit pour le Castelleto. Mathilde seule fut autorisée à la servir.

Philippe assista de loin à la scène. Le cœur serré, il entendait les cris de Charlotte qui le suppliait de la secourir. Les médecins et les infirmiers l'enfermèrent dans la chambre qu'on lui avait préparée. Elle hurlait toujours sans discontinuer, réclamant son frère. Les deux médecins demandèrent à Philippe de se rendre auprès d'elle pour la calmer. Il marcha vers le Castelleto dont la silhouette pseudo-gothique se découpait dans le jour finissant. Les médecins lui ouvrirent la porte, le firent entrer et refermèrent derrière lui. Dans une petite chambre propre, claire et bien installée, le lit était fait. Sur une table, il y avait une cuvette, un broc d'eau et son nécessaire à toilette, une écritoire, des plumes, de l'encre et des livres. Charlotte n'avait touché à rien. Quand elle vit Philippe, elle se précipita vers lui, lui agrippant le bras et balbutiant des mots sans suite :

– C'est Maximilien qui m'a fait enfermer. C'est lui... Il veut m'empoisonner... Sauve-moi... Aide-moi à m'échapper...

Elle lui serrait le bras de plus en plus fort et il chercha en vain à se libérer. Il prit peur et frappa à la porte. Les médecins ouvrirent aussitôt, les infirmiers le dégagèrent.

Le soir même, encore sous le coup de la crise qu'il venait de subir, triste à mourir, il s'enferma dans sa chambre pour écrire à son frère, le roi Léopold, lui racontant ce qu'il avait appris durant son malheureux voyage, les premiers symptômes apparus au Mexique, la crise aggravée en présence de Napoléon III, le délire de persécution augmentant sans cesse durant le séjour romain, les incidents au Vatican et ce que lui-même avait vu. Il concluait amèrement :

« Les docteurs croient que l'on guérit ces choses, je ne le crois pas. »

Le lendemain matin, il la trouva plus calme. Elle courut vers lui avec affection.

– Tu es là, mon bon gros, je suis contente. Je crois que je suis un peu malade et que j'ai en effet besoin de soins, mais avec l'aide de ces médecins que tu as fait venir de Vienne, je serai bientôt remise, j'ai confiance en eux. Je serai raisonnable désormais, tu verras.

Philippe se laissa convaincre par les médecins et Bombelles que sa présence risquait d'être néfaste à Charlotte, car elle semblait accroître sa fébrilité et provoquer ses crises. Il rejoignit Bruxelles le 14 octobre 1867 au soir. Enfermée au Castelleto, Charlotte demeurait seule avec ses médecins et sa folie…

Inquiet des lettres dénuées de sens de sa femme et du courrier de Bombelles confirmant la folie de Charlotte, Maximilien se prépara à quitter le pays. Hertzfeld, son nouveau conseiller autrichien, fut aussi rapide qu'efficace. Il avisa le commandant de la corvette autrichienne le *Dandolo* de se tenir prêt à appareiller, fit empaqueter les biens les plus précieux de Maximilien pour les acheminer vers Veracruz, organisa une suite d'une vingtaine de personnes qui devaient escorter l'empereur et quitter le Mexique avec lui. Au cas où François-Joseph, peu soucieux de voir son frère revenir en Europe, donnerait des ordres contraires au commandant du *Dandolo*, il loua en secret un voilier, le *Maria*.

Pendant qu'Hertzfeld s'affairait, Maximilien mettait de l'ordre dans ses affaires. Il annula les malheureux décrets d'octobre 1865 instituant un régime de terreur, renvoya les légions de volontaires belges et autrichiens, prit des dispositions pour faire revenir son fils adoptif, le petit Iturbide, dans ses foyers.

Deux jours plus tard, l'empereur et sa suite se mirent en route. Maximilien avait pris congé de Bazaine en prétextant que son piètre état de santé l'obligeait à se retirer à Orizaba.

Les ministres, affolés de voir l'empereur quitter Mexico et d'écouter enfler la rumeur affirmant qu'il quittait le Mexique, voulurent à leur tour donner leur démission. L'empereur parti, le gouvernement tomberait et mieux valait pour eux abandonner rapidement la galère impériale.

Le 21 octobre, à quatre heures du matin, escorté par trois cents hussards autrichiens, l'empereur sortait discrètement de Chapultepec en évitant Mexico, de peur d'alerter la population. Fischer le précédait à Orizaba pour y organiser une réception capable de lui réchauffer le cœur. Comme bien souvent, Maximilien souffrait de dysenterie et le docteur Basch ne le quittait pas. On allait très lentement pour ne pas le fatiguer. À l'hacienda de Socyapán, Maximilien rencontra le naturaliste Bilimeck avec qui il avait souvent chassé les papillons.

– Je ne veux pas que le sang coule un jour par ma faute, lui dit Maximilien. Que dois-je faire ?

– Abdiquer, lui répondit Bilimeck sans la moindre hésitation.

Après une semaine de voyage, Maximilien fit à cheval son entrée dans Orizaba, pavoisée par les soins de Fischer, où il reçut un accueil enthousiaste qui le rasséréna. Installé dans l'hacienda de Jalapilla au sein de cette nature luxuriante qu'il aimait tant, il s'efforça d'oublier les Juaristes qui étaient aux portes de Mexico comme de Veracruz. Il était parti sans réfléchir, hanté par la folie de Charlotte et par son désir d'être à ses côtés. À présent, la perspective de passer le restant de ses jours à Miramar avec une épouse folle le faisait frémir. Il n'y avait nulle place pour lui en Autriche et François-Joseph ne lui attribuerait aucun poste officiel. Aussi s'éternisait-il à Jalapilla au lieu de se hâter de rejoindre Veracruz, continuant sans enthousiasme ses préparatifs de départ. Le père Fischer, qui ne le quittait pas, ne ratait pas une occasion d'ébranler cette nature influençable. Ce grand et fort Allemand au visage rubicond, aux petits yeux toujours plissés, aux manières onctueuses, ne cessait de répéter à Maximilien :

– Votre Majesté n'aurait pas dû fuir à Jalapilla.

– Il ne s'agit pas d'une fuite, père Fischer.

– Si fait, Sire, et vous le savez. C'est au contraire au moment où les Français se disposent à partir qu'il convient d'être ferme et de rester.

– Sans eux, que puis-je faire ?

– Tout, Sire. Lever une armée d'au moins trente mille soldats tout dévoués à Votre Majesté, avec lesquels il sera aisé de mater la rébellion, une fois le pays libéré de l'odieux Bazaine.

– Comment gouverner sans les Français ?

– En vous appuyant sur le parti conservateur qui a porté Votre Majesté sur le trône.

Les nouvelles de Mexico étaient loin d'être bonnes. Le meilleur général de Juárez, Porfirio Díaz, venait de reprendre Oaxaca. Il fallait se hâter vers Veracruz s'il comptait toujours embarquer. Ce fut alors qu'il reçut une lettre de sa mère, l'archiduchesse Sophie, le suppliant de ne pas abdiquer. Troublé, Maximilien ne savait plus à quoi se résoudre.

Bazaine, qui attendait l'abdication définitive de Maximilien pour achever le retrait de ses troupes, lui envoyait lettre sur lettre et s'impatientait. Pour lui aussi, la position devenait difficile. Ce fut le père Fischer qui eut une idée pour gagner du temps : Maximilien ne pouvait abdiquer sans consulter ses ministres et ses conseillers d'État demeurés à Mexico. Il fallait les convoquer.

Ministres et conseillers partirent pour Jalapilla, où le Conseil eut lieu le 28 novembre. Maximilien, décidé cette fois à abdiquer et à quitter l'hacienda pour Veracruz sitôt le Conseil terminé, laissa des lettres d'adieux à ses collaborateurs et partit… pour la chasse aux papillons. Le père Fischer se montra habile. Il décrivit l'avenir de l'Empire sous les plus séduisantes couleurs et parvint à faire voter le Conseil, à une écrasante majorité, pour le maintien de l'Empire. Quand Maximilien revint de sa chassa, il trouva le père Fischer qui sablait le champagne avec les membres du Conseil.

– Sire, l'Empire continue ! lui dit le jésuite.

– Soit, je reste ! répondit Maximilien.

9

La frégate américaine *Susquehannah* entra dans la rade de Veracruz avec, à son bord, les délégués américains chargés de représenter les États-Unis auprès de Juárez, persuadés de l'abdication de Maximilien. Salués par les cloches de la ville qui sonnèrent à la volée, ils mirent une chaloupe à la mer pour apprendre ce qu'il se passait.

– L'empereur reste au Mexique ! Il n'abdique plus ! L'Empire continue, criait la population.

La *Susquehannah* n'avait plus qu'à faire demi-tour...

Une fois sa décision prise, Maximilien commença ses préparatifs pour rentrer à Mexico. Cette fois, il ne perdit pas de temps en route et parvint, en quelques jours, aux abords de la capitale, d'où il écrivit à Charlotte en espérant qu'elle pourrait lire sa lettre :

« J'ai passé un 1er janvier mélancolique en pensant et en me languissant de toi. De tels jours, on ressent doublement l'immensité de l'océan, mais avec la bénédiction de Dieu, tout va s'arranger. En te serrant sur mon cœur... »

À Buenavista, il rencontra le colonel Van der Smissen qu'il n'aimait guère, lui reprochant de s'être montré brutal dans sa répression. Maintenant que la légion belge était elle aussi dissoute, Van der Smissen partait s'embarquer à Veracruz et il tenta de convaincre Maximilien de l'accompagner.

– On vous trompe, Sire, lui dit-il. Les dissidents progressent partout. Ils seront bientôt à Mexico comme à Veracruz. Il n'y a aucun avenir, aucun salut pour vous. Je vous en supplie, abdiquez et partez avec moi, de grandes catastrophes pourront ainsi être évitées, pour le pays et pour vous-même.

Il avait parlé en français, mais Maximilien lui répondit avec hauteur en espagnol :

– Abdiquer, jamais !

Après un long regard désolé à celui qui s'obstinait à demeurer l'empereur et qu'il savait perdu, Van der Smissen s'en fut.

Maximilien regagna Mexico, où il fut salué par une salve de pétards. À son grand dépit, il lui fut impossible de se réinstaller à Chapultepec, qui avait été pillé durant son absence. Détestant le trop grand et trop inconfortable palais de Mexico, il aménagea dans la modeste hacienda de Teja. Ce fut là que, le jour même, vint le trouver Bazaine.

– Sire, lui dit-il. Toutes les troupes françaises auront quitté Mexico au début du mois de février. Vous n'avez plus la moindre chance de vous maintenir.

– Je ne peux avoir l'air de jeter les armes et de fuir. Il me faut convoquer à nouveau mes ministres.

– Puis-je alors disposer du *Dandolo* pour rapatrier les troupes autrichiennes en Europe ?

– Trouvez un autre bâtiment, Bazaine. Je conserve le *Dandolo* pour mon usage personnel.

Une fois de plus, Maximilien, ébranlé dans ses convictions, ne savait à quoi se résoudre.

Le nouveau Conseil se réunit le 14 janvier 1867, présidé par le Premier ministre, Teodosio Larés. Maximilien avait encore fui ses responsabilités et n'était pas présent.

On discuta longtemps, puis on décida de mettre aux voix la question posée par Bazaine. On vota et, sur les trente-trois votants, neuf s'abstinrent, sept votèrent pour l'abdication et dix-sept se prononcèrent pour le maintien de l'Empire. Mis au courant des votes dès son retour à l'hacienda, Maximilien s'inclina devant la majorité obtenue et décida de rester.

Les premières mesures, guère populaires, furent de lever une contribution extraordinaire de six cent mille piastres et d'enrôler les soldats que l'on pourrait trouver. On rassembla péniblement huit mille hommes que l'on se hâta d'enfermer dans des casernes, de peur de ne les voir s'échapper.

L'avance de l'ennemi, inexorable, se poursuivait. Cuernavaca fut prise. Ce fut la panique à Mexico où les nantis enterrèrent ce qui avait de la valeur. Les commerçants fermèrent boutique. Des querelles éclatèrent entre Bazaine et les ministres mexicains, puis ce fut la brouille. Le 28 janvier, sur ordre de l'empereur, le père Fischer écrivait au maréchal :

« Sa Majesté, ne pouvant admettre que vous parliez de ses ministres dans les termes qui se sont trouvés employés, ne veut plus à l'avenir avoir aucune relation directe avec Votre Excellence. »

La ville fut mise en état de siège, l'anarchie s'installa. Maximilien, qui ne se sentait plus en sécurité à l'hacienda de la Teja, se réinstalla dans le palais impérial le 31 janvier. Dès lors, il fut seul avec le père Fischer et ses partisans, coupé du reste du pays…

Depuis quatre ans, le drapeau français flottait sur la ville de Mexico mais, le 5 février 1867, il descendit lentement de sa hampe, dans le quartier de Buenavista où étaient cantonnées les troupes françaises. Le maréchal Bazaine voulait donner un certain éclat à ce retrait peu glorieux. Revêtu de son grand uniforme, musique en tête, il chevauchait avec le général Castelnau en avant de ses troupes, vers Veracruz. Toute l'armée française passa devant l'énorme bloc du palais impérial dont les volets restèrent rigoureusement clos sur l'ordre de Maximilien. De la fenêtre du premier étage derrière laquelle il se tenait embusqué, il put voir l'archevêque de la ville accompagner le maréchal jusqu'aux portes, ce qui le mit en rage. Coiffé d'un grand sombrero blanc et enveloppé d'un manteau gris, il assistait au départ des Français en affectant la désinvolture.

– Enfin, nous voici libres, dit-il au père Fischer et au groupe d'officiels qui l'entouraient encore.

Juárez et ses lieutenants se gardèrent d'entraver la route de Bazaine et de ses troupes, qui parvinrent sans encombre à Veracruz. Le maréchal espérait voir arriver l'empereur et son escorte. Mortellement inquiet du sort de Maximilien, il s'embarqua pourtant. Regardant les côtes du Mexique s'estomper, il murmura, navré :

– J'aurais dû l'embarquer de force.

Resté seul à Mexico avec une poignée de fidèles, Maximilien se trouvait de nouveau confronté à son permanent manque d'argent. Il ordonna de vendre sa vaisselle, son argenterie et jusqu'à ses chevaux, puis nomma le général Marquez gouverneur de la ville. Ce fanatique clérical au front dégarni et à la barbe noire avait été surnommé l'Hyène de Tacubaya pour avoir fait fusiller les médecins coupables d'avoir soigné des prisonniers juaristes…

Des soldats mexicains patrouillaient dans les faubourgs. Quiconque n'obéissait pas aux consignes du couvre-feu était immédiatement fusillé.

Le jour du départ des Français, Maximilien apprit la victoire du général Miramon qui, à la tête de quatre mille Mexicains, avait pris la ville de Zacatecas et failli faire Juárez prisonnier. Tout réjoui de la bonne nouvelle et se reprenant à espérer en sa victoire, il lui adressa une chaleureuse lettre de félicitations, lui ordonnant, s'il s'emparait de Juárez ou d'un de ses lieutenants, de les juger et de les fusiller. Or le porteur de la lettre fut abattu par un rebelle et le message aussitôt porté à Juárez…

Miramon n'eut guère le temps de se réjouir de sa victoire. Attaqué par le général Escobedo à San Jacinto, il parvint de justesse à s'enfuir en perdant vingt-deux canons, son trésor de guerre, et en laissant sur le terrain quinze cents morts, blessés et prisonniers. Parmi eux, quatre-vingt-dix-sept officiers français furent considérés comme déserteurs et fusillés. Le propre frère de Miramon, les deux pieds fracassés par un boulet, fut exécuté assis dans un fauteuil.

Avec les débris de son armée, Miramon se traîna péniblement vers la bourgade de Querétaro, tandis que Marquez était également vaincu du côté de Monte de las Cruces. Maximilien, frappé par ces mauvaises nouvelles, écrivit le 9 février une lettre découragée à son Premier ministre, don Teodosio Larés :

« La situation actuelle du Mexique m'émeut profondément. Chaque résolution adoptée pour mettre fin à la guerre civile nous conduit à l'allumer davantage, et partout où l'on prétend consolider l'Empire coulent des torrents de sang, sans obtenir le moindre avantage. On espérait qu'une fois l'Empire émancipé de l'intervention française, notre action se ferait sentir de façon salutaire en faveur de la paix et du bien-être des populations. Malheureusement, c'est le contraire qui est arrivé, et si les faits à jamais lamentables de San Jacinto et du Monte de las Cruces ne servent pas à nous ouvrir les yeux, ils constitueront le souvenir le plus amer de l'Empire.

» On se promettait beaucoup de l'habileté, de l'aptitude, de la loyauté et du prestige des généraux Mejia, Miramon et Marquez. Le premier a quitté le service sous prétexte de son état de santé ; le second a sacrifié, presque sans combattre, dans la première bataille qu'il a livrée, toutes les troupes qu'on lui avait confiées ; le troisième, après avoir tout extorqué par les moyens les plus violents aux citoyens laborieux et pacifiques, a ordonné une expédition mal calculée, dont les sanglants résultats ne seront jamais assez déplorés.

» L'Empire n'a donc pour lui ni la force morale ni la force matérielle ; les hommes et l'argent le fuient, et l'opinion se prononce de toute manière contre lui.

» D'un autre côté, les forces républicaines, que l'on a injustement représentées comme désorganisées, démoralisées et animées seulement du désir de piller, prouvent par leurs actes qu'elles constituent une armée homogène, stimulée par la valeur et l'habileté de son chef, et soutenue par l'idée grandiose de défendre l'indépendance nationale qu'elle croit mise en péril par la fondation de l'Empire.

» Dans une situation si critique, nous n'avons pas même la ressource d'un appel au suffrage universel des populations, parce que le vote des quelques localités occupées par les armées impériales ne signifierait rien quant au résultat. Le moment d'employer ce moyen est passé ; nous devons y renoncer pour toujours.

» J'ai contracté envers le Mexique l'engagement solennel de ne jamais prolonger l'effusion du sang. L'honneur de mon nom et l'immense responsabilité qui pèse sur ma conscience devant Dieu et devant l'Histoire me prescrivent de ne pas différer davantage une grande résolution qui fasse immédiatement cesser tant de maux.

» J'espère que vous voudrez bien, avec la promptitude qu'exigent les circonstances, m'indiquer les mesures que vous jugerez opportunes pour dénouer la crise actuelle, en vous réglant sur les idées exprimées dans cette lettre et en vous préoccupant uniquement du bien et de la prospérité du peuple mexicain, avec un entier détachement de tout intérêt politique ou personnel. »

Larés fut formel. Il n'était pas question d'abdiquer, mais de quitter Mexico pour rejoindre Miramon et ses troupes à Querétaro. On y regrouperait ses forces, Maximilien prendrait le commandement de l'armée et l'on pourrait traiter avec Juárez. Cette solution concordait avec l'idée que Maximilien se faisait de son honneur. Le père Fischer et les ministres conservateurs de Maximilien acceptèrent cet avis et chacun fit ses préparatifs pour abandonner la capitale.

Le 13 février 1867, à sept heures du matin, Maximilien quitta ses appartements du palais impérial et se rendit dans le patio central où l'attendaient les officiers autrichiens, qui lui demandèrent la permission de le suivre, mais il refusa, ne voulant à ses côtés que des Mexicains. Il se jucha à cheval, son état-major l'imita et tous s'engagèrent sur la route de Querétaro, ville située à deux cents kilomètres au nord de Mexico. Chevauchait à sa droite le colonel Lopez, en uniforme des dragons de l'impératrice. Grand et blond aux yeux bleus, il avait fière allure, ce fidèle qui n'avait guère quitté l'empereur depuis son entrée à Mexico. Deux mille lanciers de l'impératrice, le régiment Rodriguez et les hussards autrichiens qui ne s'étaient pas laissés rebuter par le refus de Maximilien, suivaient la colonne.

Le 16 février, la petite armée s'engagea dans la gorge de San Miguel Caputlapán. Six cents guérilleros campés sur les hauteurs les guettaient et ouvrirent le feu sur les Impériaux. Maximilien, chevauchant son cheval préféré, Anteburro, se porta à l'avant-garde en s'exposant aux balles. Le général Vidaurri le supplia de ne pas prendre tant de risques, mais il lui répondit :

– Pourquoi épargnerais-je ma vie à la première occasion ? Je suis plus utile à notre cause en me montrant.

Une diligence passa et les rebelles, croyant que l'empereur s'y trouvait, la prirent pour cible. Les mules, affolées, s'emballèrent et la voiture versa, empêchant la troupe d'avancer et la rendant ainsi encore plus vulnérable. Enfin, on parvint à la redresser et à franchir la passe dangereuse.

Deux jours plus tard, on était en vue de Querétaro. Maximilien, voulant rendre présentable sa misérable armée, ordonna à ses hommes de revêtir leurs uniformes les plus propres. Il passa à son cou le grand cordon de l'Aigle du Mexique, changea de monture et enfourcha son cheval Orispel pour grimper sur les hauteurs du Cerro. À ses pieds s'étalait cette riche bourgade semée de belles églises et de nombreux couvents. La ville, mal située pour résister à un siège, se blottissait dans une cuvette surplombée par de nombreux promontoires d'où il serait aisé de tirer sur les maisons et difficile de se défendre en cas d'attaque.

À son habitude, le père Fischer avait bien fait les choses, mettant tout en œuvre pour que Maximilien reçût des habitants les acclamations qui lui étaient si nécessaires. Une foule immense était massée sur son passage pendant qu'il gagnait, au cœur de la cité, l'élégant palacio municipal datant du XVIIIe siècle et faisant face au couvent San Francisco. Maximilien pénétra dans l'édifice où l'attendaient les généraux Miramon et don Tomás Mejia, d'origine indienne. Du balcon principal, Maximilien harangua la foule qui l'acclamait, l'exhortant à résister aux rebelles.

Bientôt rejoints par les cavaliers du général Quiroga et la brigade du général Mendez, neuf mille hommes se trouvèrent ainsi réunis autour de Maximilien. Parmi eux, les dragons de l'impératrice, les hussards hongrois et la garde municipale de Mexico formaient la cavalerie régulière. Les autres troupes manquaient d'expérience, même si les artilleurs, dirigés par le colonel Arellano, étaient de valeur. Pour éviter les éternelles rivalités entre ses généraux, Maximilien prit le commandement en chef, nommant Marquez à la tête de l'état-major, donnant l'infanterie à Miramon, la cavalerie à Mejia qui souffrait pourtant de crises de rhumatismes, et la réserve à Mendez.

Dès que ses troupes furent rassemblées, Maximilien commanda à ses généraux de grandes manœuvres dans la plaine de Carretas pour entraîner les hommes. Comme d'habitude, il se levait chaque jour à cinq heures du matin, s'occupait de son courrier avec son valet Blasio, parcourait la ville à pied, le cigare à la bouche, parlait avec affabilité à chacun. Il déjeunait avec ses généraux au Casino, présidait ensuite le Conseil de guerre au Palacio Municipal avant de disputer une partie de billard avec ses proches. Le soir, il dînait avec ses généraux et ses intimes, parmi eux le prince Félix de Salm-Salm, le colonel Lopez et Joaquim Rodriguez.

Maximilien envoya à Juárez un certain Antonio Garcia pour connaître ses revendications et voir si l'on pouvait parvenir à un accord, mais l'agent revint bredouille. Juárez ne souhaitait pas traiter avec Maximilien. Il jouissait de l'aide américaine, les États-Unis lui fournissant armes et matériel de guerre. Quant aux hommes, il les recrutait parmi les Indiens et, même s'il ne s'agissait pas de troupes aguerries, elles étaient nombreuses. Il établit son quartier général au nord des positions impériales, puis envoya le général Escobedo marcher sur Querétaro. Juárez n'était pas un guerrier, mais il avait tout son temps, il lui suffisait d'attendre que l'armée impériale fût affamée, car il était aussi patient qu'obstiné…

Le 1er mars, les éclaireurs de Maximilien repérèrent les premiers Républicains à l'hacienda de l'Estancia, à quatre kilomètres de Querétaro. Miramon fut d'avis d'attaquer, mais Marquez s'y opposa et Maximilien ne sut que décider. On les laissa avancer, si bien que les armées des généraux républicains Corona et Escobedo purent s'installer sur les hauteurs de Celaya et de San Gregorio. Elles tenaient ainsi la ville dans leurs serres. Miramon voulut encore attaquer et Marquez s'y refusa. Comme la première fois, l'on ne fit rien d'autre que se préparer au combat.

À l'aube du 6 mars, lorsque l'épais brouillard qui enveloppait la ville se dissipa, Maximilien aperçut avec horreur vingt-cinq mille hommes, baïonnettes au canon, rangés en ordre de bataille devant le Cerro de las Campanas. Sans cesse leur parvenaient de nouveaux renforts et l'on estima bientôt leur nombre à quarante mille hommes.

À nouveau, Miramon fut d'avis d'attaquer pour disloquer le mince cordon de troupes, à nouveau Marquez ne voulut pas et les discussions se poursuivirent jusqu'au soir sans aboutir, puis les troupes impériales regagnèrent leurs quartiers.

Le 7 mars, l'empereur et son état-major s'installèrent au Cerro de las Campanas. Maximilien y dormit sous la tente, face aux troupes républicaines sans cesse plus nombreuses. À l'aube, les avant-postes des deux armées échangèrent leurs premiers coups de feu.

En plein état de siège, alors qu'on se préparait partout autour de lui à la guerre, Maximilien adressait cette curieuse lettre à son grand ami, le naturaliste Bilimeck :

« En place des abeilles, ce sont maintenant les balles qui bourdonnent autour de nos têtes. Comme je regrette que les sciences de la paix ne puissent fleurir à côté de Mars ! Quelles belles choses vous auriez trouvées sur la route de Mexico ! Ainsi, dans ces bois si intéressants de Calputlapán, j'ai vu, pendant que les balles sifflaient autour de nous, de superbes papillons voltiger çà et là tout tranquillement. Ici à Querétaro, nous avons découvert une nouvelle espèce de punaise (*Simex domesticus Queretari*) qui paraît avoir des mandibules doubles et qui étonne tout le monde. Si j'avais pu emporter des flacons, j'en aurais, malgré les préoccupations de la guerre, conservé quelques-unes pour vous les montrer.

» Aujourd'hui 9 mars, nous avons passé notre temps à regarder les combats. Au Mexique, ils sont d'un genre tout particulier. Trente ou quarante cavaliers, armés de longs fusils, se placent en face les uns des autres, et pour être à leur aise, laissent un peu de distance entre eux. Avant le commencement des hostilités, ils entreprennent une conversation à haute voix. Ils s'insultent ; un côté surpasse l'autre en railleries et en invectives. Une vibration particulière, semblable à un écho, une espèce d'appel au combat résonne et s'entend de loin.

» Après avoir poursuivi ce manège et cet exercice pendant un certain temps, le plus courageux avance de vingt pas, au galop, décharge son fusil, tourne bride, et bondit en arrière. Cette manœuvre se répète quelquefois durant deux heures, jusqu'à ce que l'un des deux partis se fatigue, ou que, par l'imprudence du tir, un homme soit blessé. Cependant, dès que l'une des deux bandes fait mine de se retirer, l'autre se précipite sur elle ; mais la nouvelle position n'est pas plus tôt prise que les assaillants regagnent leur première ligne.

» La preuve de la défectuosité du tir, c'est que les balles volaient au-dessus de nos têtes, à nous, spectateurs juchés sur une colline élevée. »

Maximilien observait les papillons et les punaises, il regardait la maladresse des combattants sans rien décider. Il jouait à la guerre en laissant les Juaristes s'organiser…

Les Républicains firent sauter l'aqueduc approvisionnant la ville en eau. Désormais, le peu qu'il y avait dans les citernes fut rationné.

Le soir du 11 mars, Miramon organisa une sortie vers le hameau de la Canada, situé au pied du Cerro de Carretas et rapporta de sa razzia six cents bœufs, cent chevaux et assez de maïs pour rassasier l'armée. C'était une belle réussite et le problème des vivres cessa d'être un sujet de préoccupation.

Le 12, les Impériaux reprirent à l'ennemi la bourgade de la Garita del Pinto, rompant ainsi leur front. Ce même jour, les dernières troupes du maréchal Bazaine quittaient le Mexique pour toujours, mais Maximilien ne s'en montra guère ému.

Le 13 mars, les Républicains occupèrent des hauteurs d'où ils purent menacer le Cerro de las Campanas. Maximilien et son état-major se replièrent dans la ville et s'installèrent au couvent de La Cruz. Dans ce dédale de patios, cloîtres et chapelles, Maximilien occupa deux cellules communicantes donnant sur un patio et y dormit sur son habituel lit de camp.

Le lendemain, les canons des avant-postes de la Garita del Pinto et de la Casa Blanca furent attaqués. Dans les rues, on se battit à coups de grenade. À quatorze heures, les Juaristes occupèrent le faubourg San Sebastián, mais le général Mejia les en délogea en prenant six canons à l'ennemi. À la fin de la journée, une partie du couvent de La Cruz où se trouvaient toujours l'empereur et son état-major fut envahie par les Républicains. Le général Arellano parvint après plusieurs assauts à les repousser, libérant le couvent et son empereur.

Maximilien se décida à tenter une contre-attaque le 17 mars et chargea le général Miramon d'en prendre la direction. Au moment où ce dernier passait ses troupes en revue survint le général Marquez, porteur de son ordre d'annuler l'attaque et commandant à Miramon et à ses troupes de retourner dans la ville. La rage au cœur, il obéit pourtant, devinant qu'une telle opportunité ne se représenterait pas de sitôt.

Les Républicains purent donc continuer à se déployer tranquillement autour de la ville dont ils cernèrent trois côtés. Seul le quatrième, le *cimatario*, restait libre, mais la pente en était si abrupte qu'on ne pouvait y faire passer l'artillerie. Demeurer plus longtemps dans Querétaro devenait dangereux et certains généraux furent d'avis de se replier vers Mexico. Le 20 mars, le Conseil délibéra pour savoir s'il fallait ou non tenter une sortie. Maximilien, toujours aussi indécis, ne voulant pas influencer ses généraux, ne participa pas aux discussions.

– Il nous faut des hommes et de l'argent, dit le général Marquez. Envoyons un émissaire aux ministres demeurés à Mexico et sommons-les de lever d'autres troupes et de réunir les fonds qui nous sont si nécessaires.

– Envoyons donc le général Miramon, offrit alors Maximilien.

– Je me propose d'y aller moi-même, répondit Marquez. Je passerai par le *cimatario* avec mille cavaliers, ils ne servent à rien en temps de siège.

Les généraux, soulagés de voir partir Marquez qui ne s'entendait avec personne, donnèrent leur accord et l'empereur acquiesça sans comprendre qu'il était tragique, dans ces circonstances, de s'amputer d'un millier d'hommes. Il avait pleine confiance en Marquez pour restaurer l'ordre à Mexico et revenir avec sa cavalerie surprendre Escobedo.

Maximilien nomma Marquez lieutenant de l'Empire, lui donnant les pleins pouvoirs pour faire régner l'ordre à Mexico.

Marquez décida de partir avec son millier de cavaliers dans la nuit du 22 au 23 mars et, pour faire diversion, les généraux impériaux attaquèrent les Républicains du côté du Cerro de las Campanas et du faubourg San Sebastián. À la faveur de ces attaques, Marquez parvint à se glisser entre les positions juaristes et à rejoindre sans encombre la route de Mexico, mais il n'avait pas l'intention de revenir dans le piège de Querétaro…

Le lendemain, l'armée républicaine traversa la plaine de Carretas pour encercler la ville. On se battit sur chaque fortin, chaque muraille, tandis que les canons ennemis ébranlaient les défenses de la cité qui résistait pourtant.

Le 30 mars, pour ranimer l'enthousiasme de ses armées qui avait beaucoup faibli, Maximilien organisa une parade militaire sur la place de La Cruz. On orna une grande tente de guirlandes de fleurs et de drapeaux et, au son de la fanfare, Maximilien décora les plus braves. Le général Miramon s'avança alors vers l'empereur et lui demanda la permission de lui épingler sur la poitrine la médaille de bronze de la Valeur militaire, geste qui émut Maximilien aux larmes. Désormais, il ne quitta plus sa belle croix toute neuve.

On manqua vite de munitions et Miramon ordonna la réquisition des baignoires en fonte et même des caractères d'imprimerie du journal local. On démonta aussi le toit de plomb du théâtre pour fondre des balles.

Chaque jour, Maximilien se rendait à l'hôpital pour remonter le moral des blessés sans cesse plus nombreux et qu'on ne parvenait plus à soigner. Le 6 avril passa sans qu'on eût de nouvelles de Marquez. Seul Maximilien croyait encore à son retour et se montrait confiant en l'avenir. Sa chienne Bébelle sur les talons, il arpentait les rues de la ville sans se soucier de sa sécurité. Puis il revenait dans sa chambre et, des heures durant, il dictait à Blasio, tout ébahi, un mémoire établissant le nouveau cérémonial de la Cour…

Inexorablement, l'ennemi poursuivait ses travaux d'encerclement, creusant des tranchées fortifiées autour de la ville. Bien installées sur le Cerro de Carretas, les batteries républicaines faisaient pleuvoir leurs boulets sur les faubourgs de Querétaro, coupant les armées impériales de Mexico. Aucun courrier ne parvenait plus à franchir les lignes ennemies, si bien que, le 11 avril, Miramon lança une attaque pour reconquérir la Garita de Mexico et rompre l'encerclement, mais sans y parvenir.

La pénurie d'argent se faisait de plus en plus cruellement sentir et ceux qui ne pouvaient acquitter l'impôt levé par Maximilien étaient exposés au feu de l'ennemi jusqu'à ce que leurs proches ou leurs amis pussent payer à leur place. Des collecteurs furent chargés de s'emparer des vivres chez les commerçants ou les particuliers, mesure impopulaire…

Un courrier envoyé par Marquez réussit à se glisser entre les lignes ennemies et à remettre une lettre à Maximilien. Les nouvelles étaient catastrophiques. Désobéissant aux ordres lui demandant de revenir à Querétaro, Marquez avait préféré se rendre avec ses troupes à Puebla, traînant tant en route que Porfirio Díaz l'y avait devancé et s'était emparé de la ville le 2 avril, puis il s'était porté au-devant de Marquez et l'avait attaqué, ce qui s'était soldé par une débandade générale. Abandonnant sa petite armée, Marquez s'était alors sauvé sans gloire et avait regagné Mexico à bride abattue, laissant derrière lui argent et canons. Les restes de son armée l'y avaient rejoint le lendemain. Puis les troupes de Porfirio Díaz avaient encerclé Mexico. Sans armée ni argent pour défendre la capitale, Marquez et les ministres restés en place avaient pourtant réussi à lever une mauvaise troupe de dix mille hommes, à installer ce qu'il restait de canons aux points stratégiques. Les habitants avaient été réquisitionnés pour travailler aux fortifications. Malgré ces mesures, la chute de Mexico n'était qu'une question de jours, Marquez ne se faisait guère d'illusions. Très abattu, Maximilien préféra cependant garder pour lui ces sombres nouvelles et n'en avisa personne, même pas le général Miramon…

Un Républicain, le colonel Rincon Gallardo, se présenta aux avant-postes et fut reçu par le général Miramon. Il venait proposer à l'empereur, de la part du général Escobedo, de quitter Querétaro avec les honneurs de la guerre. On le laisserait gagner Veracruz et s'embarquer pour l'Europe. Miramon, ignorant les nouvelles de Mexico, croyait encore à l'arrivée prochaine de Marquez avec des renforts et il répondit avec hauteur au colonel républicain :

– Les ressources de l'empereur sont loin d'être épuisées.

Pourtant il fit chercher Maximilien auquel il expliqua la situation et sa position.

– Jamais je n'abandonnerai mes hommes ni mon armée, répondit celui-ci.

Et le colonel Gallardo s'en retourna, porteur du refus impérial.

Pendant ce temps, les premiers navires battant pavillon français arrivaient dans le port de Trieste, ramenant les survivants de la légion autrichienne. Ils n'avaient embarqué à Veracruz qu'après de rudes combats contre les dissidents qui avaient tenté de leur barrer le chemin. Maigres, épuisés, leurs uniformes en loques, ils n'avaient pas reçu leurs soldes depuis des mois. L'archiduc Albert, cousin de François-Joseph, fut chargé par l'empereur de les accueillir. Il se trouvait tout près de Miramar, mais se garda bien de rendre visite à celle que la famille impériale considérait comme folle.

Pourtant la presse locale avait publié des nouvelles rassurantes de l'impératrice du Mexique. Charlotte allait mieux, même si les craintes d'empoisonnement et les phobies n'avaient pas disparu.

L'isolement dans lequel la maintenaient Bombelles et les médecins ne se relâchait pas et les bulletins médicaux partant pour la cour de Bruxelles se firent plus rares. Chaque fois qu'elle voyait l'ami de son mari, elle l'interrogeait avec anxiété :

– Avez-vous des nouvelles de Max ? Où se trouve-t-il, que fait-il, va-t-il bien ? Pourquoi n'ai-je aucune lettre de lui ?

Bombelles s'appliquait à rester dans le vague, disant seulement :

– Sa Majesté n'a pas le temps d'écrire, Elle est trop occupée à réduire les dissidents, car la guerre civile se poursuit. Pourtant, je sais que l'empereur va bien.

Aucune nouvelle ne filtrait de l'extérieur, Miramar était devenu une prison où Charlotte était retenue…

Dès que le général Escobedo eut connaissance du refus de l'empereur de s'en aller avec les honneurs de la guerre comme il le lui avait proposé, il resserra la pression de ses troupes sur Querétaro. Elles traversèrent la plaine de Carretas et attaquèrent l'Alameda, l'un des faubourgs de la ville. Miramon se précipita vers ce quartier avec son artillerie, pendant que Mejia fortifiait celui de la Casa Blanca. Au prix de nombreux morts, ils réussirent cette fois encore à repousser les assauts des Républicains.

Le 26 avril, pour relever le moral de l'armée, Miramon fit courir le bruit que Marquez, arrivant avec ses troupes de Mexico, prendrait les Juaristes à revers. Les cloches de la ville sonnèrent à la volée, mais on ne vit rien venir...

Le lendemain, Miramon tenta une sortie pour reprendre aux Républicains le Cerro del Cimatario. À cinq heures du matin, avec un millier de cavaliers et deux mille fantassins, il se lança à l'assaut de la colline, repoussa les juaristes, enleva leurs bastions et parvint jusqu'à leur camp, que ses hommes entreprirent de piller. Une énorme brèche avait été percée dans les lignes ennemies et Maximilien aurait pu en profiter pour se replier avec son armée vers Mexico en brisant le siège de Querétaro. Miramon ne sut pas non plus profiter de son avantage et ses hommes se replièrent sur la ville avec leur butin. Le Cimatario fut repris par les Républicains qui rétablirent leurs bastions et y disposèrent des troupes fraîches. La contre-attaque n'avait servi à rien. Comme d'habitude, Maximilien n'avait pas su exploiter une situation favorable.

Trois jours plus tard, les soldats impériaux purent voir, sur ces mêmes hauteurs du Cerro del Cimatario, passer une voiture rouge tirée par quatre mules.

– C'est Juárez ! hurlèrent-ils.

Les canons prirent pour cible la voiture, où ne se trouvait pas Juárez, mais la jeune Agnès Leclerc, princesse de Salm-Salm. Elle se rendait avec sa femme de chambre et son chien Jimmy au chevet de son mari, qui venait d'être blessé. Sa voiture fut arrêtée par les Républicains et la princesse fut conduite à la tente d'Escobedo, située près du faubourg San

Sebastián. Il l'y reçut aimablement, la faisant asseoir sur un banc de bois et lui proposant des rafraîchissements qu'elle accepta avant de lui exposer les motifs de sa venue. Escobedo n'osa prendre sur lui de lui permettre d'entrer dans la ville assiégée, mais il lui remit un mot pour son chef, Benito Juárez, qui s'était réfugié plus au nord, à San Luis Potosí. La petite princesse repartit en voiture pour rencontrer le chef des rebelles, qui consentit à la voir, sans lui accorder toutefois la permission demandée.

Maximilien ne put cacher plus longtemps à son meilleur général la situation désastreuse dans laquelle se trouvait Mexico. Quand il apprit le sort de la capitale si mal gouvernée par Marquez, Miramon lui proposa :

– Je peux essayer de franchir les lignes ennemies avec les dragons de l'impératrice et me rendre à Mexico pour destituer Marquez. Je parviendrai à vous faire envoyer des troupes, des vivres et de l'argent.

Même s'il avait désespérément besoin de secours, Maximilien ne souhaitait pas se séparer de Miramon. Le prince de Salm-Salm, enfin rétabli de sa blessure, mit tout le monde d'accord en offrant :

– C'est moi qui irai. Avec une troupe de cavaliers, je partirai cette nuit et me rendrai à Mexico.

Maximilien lui donna son accord. Le prince composa son escorte et, la nuit venue, le groupe de cavaliers tenta une sortie. Les Juaristes les aperçurent et les mirent en joue. La moitié de la troupe fut décimée et le reste passa à l'ennemi. Le prince de Salm-Salm, fort piteux de son échec, réussit pourtant à regagner Querétaro avec une poignée de fidèles.

Les jours suivants, on se contenta d'échanger des coups de fusil d'un camp à l'autre. Dans la ville, la famine menaçait et l'on dut abattre les chevaux pour les dévorer. On mangea même du chien. Maximilien, pourtant, continuait à jouer à la guerre, inconscient de la gravité de sa situation, écrivant à son trésorier de Miramar :

« L'amiral se repose, et je suis général en chef, actif, portant bottes, éperons, immense sombrero. Des habitudes de l'amiral, il ne me reste que l'emploi de la lunette d'approche qui ne me quitte jamais. Je remplis ma nouvelle charge avec passion et je trouve un grand charme à diriger la guerre, surtout avec de jeunes troupes enthousiastes. Comme je passais autrefois des inspections de jour et de nuit, comme j'aimais à surprendre les vaisseaux et les casernes, j'inspecte de même les avant-postes, je vais, durant la nuit, surprendre dans la tranchée. Dans ces moments, l'ennemi n'a pas assez de grenades, de boulets, de balles pour moi et pour mon état-major : nous devenons sa cible. Pendant l'action du 24, une balle, qui n'a blessé personne, a éclaté à trois pas de moi ; je vous en enverrai un morceau pour notre musée de Miramar. »

Maximilien décida de reprendre aux Juaristes l'hacienda de la Callejas qu'ils venaient d'occuper. Il convoqua le colonel Rodriguez pour le charger de l'opération.

Après avoir confié à l'ordonnance de l'empereur sa croix de la Guadalupe et une lettre pour sa fiancée, Rodriguez se lança avec son bataillon à l'assaut de l'hacienda. Maximilien et Miramon suivaient le combat du haut du clocher de l'église de San Francisquito. Ils le virent tomber, frappé à mort d'une balle en pleine poitrine. Ses hommes reculèrent, puis se débandèrent. Ce fut encore un désastre.

La ville assiégée était affamée. Beaucoup d'hommes désertaient, même parmi le corps d'élite des lanciers de l'impératrice. Il fallait tenter une nouvelle sortie coûte que coûte et Maximilien réunit son Conseil de guerre dans la nuit du 13 au 14 mai.

– Après un siège de soixante-dix jours, dit-il, nous ne sommes plus que cinq mille à tenir Querétaro. En face de nous, nous avons quarante mille hommes qui, eux, ne manquent de rien et ne souffrent ni de la faim ni de la soif. Nous avons en vain attendu les renforts promis par le général Marquez qui devait revenir de Mexico sous vingt jours. Si nous tentons cette sortie, nous pourrons rallier les Indiens du général Mejia qui nous sont restés fidèles...

L'opération fut fixée au 15 mai, à trois heures du matin. Elle ne satisfaisait pas Maximilien : il ne pouvait quitter la ville pour former une petite armée d'Indiens sans avoir l'air d'un vulgaire chef de bande. S'il restait, l'assaut final se ferait dans un bain de sang et Maximilien avait le cœur serré à la perspective de ce carnage. S'il se rendait en abandonnant le combat, il se sentirait déshonoré. Il fit appeler un homme en qui il avait pleine confiance, le colonel Lopez, commandant les lanciers de l'impératrice, et le reçut seul à seul.

– Colonel, lui dit-il, vous irez trouver de ma part le général Escobedo et lui offrirez ma reddition pour éviter toute effusion de sang. Vous lui direz que j'ai remis mon abdication à mon Premier ministre et que je ne suis donc plus empereur du Mexique. En échange, je demande à pouvoir quitter librement Querétaro avec mon état-major et qu'on me laisse embarquer à Veracruz et regagner l'Europe.

Miguel Lopez regarda avec douleur cet homme qu'il avait toujours loyalement servi et qui lui confiait cette navrante mission. Il savait combien elle était dangereuse et risquait de lui nuire. Pour le reste de l'armée impériale, il semblerait toujours l'avoir trahi…

Pourtant, il accepta la mission et quitta en secret le monastère de La Cruz le soir du 14 mai, à six heures. Il attacha un mouchoir blanc à la pointe de son épée qu'il brandit au-dessus de sa tête en approchant des lignes ennemies. Le lieutenant Soberanes se porta au-devant de lui et lui demanda ce qu'il voulait.

– Voir le général Escobedo, répondit le colonel. Je suis chargé de mission auprès de lui par l'empereur.

Le lieutenant le conduisit au moulin de San Antonio où se tenait l'état-major du général Escobedo, mais celui-ci n'était pas là. On mit une heure à le trouver. Quand il arriva au moulin, le colonel Julio Cervantés lui présenta Miguel Lopez.

– Voici le colonel Lopez, chef du régiment de l'impératrice, lui dit-il. Il est porteur d'ordres de l'empereur Maximilien, mais ne veut parler qu'à vous.

Escobedo l'entraîna vers la pièce qui lui servait de bureau et le fit asseoir.

– Je viens m'entretenir avec vous sur ordre secret de l'empereur, expliqua-t-il. Il ne peut poursuivre la défense de la ville et, pour éviter toute effusion de sang, il vous offre par mon intermédiaire sa reddition. Il demande simplement à pouvoir gagner Veracruz avec les personnes de son service, accompagné du régiment de l'impératrice. Ses généraux souhaitent tenter une sortie, mais l'empereur, qui a remis son abdication à son Premier ministre, s'y opposera. Emparez-vous du couvent de La Cruz cette nuit à trois heures du matin, l'empereur vous y attendra et ne tentera ni de s'enfuir ni de se défendre.

On se mit d'accord sur les détails de l'opération et le colonel Lopez regagna la ville. À onze heures, il fut introduit dans la chambre de Maximilien et lui rendit compte de son entrevue avec le général Escobedo.

– Le général ne peut s'engager personnellement à laisser Votre Majesté s'embarquer avec sa suite à Veracruz, lui dit-il, car la décision finale n'est pas de son ressort, mais il promet de plaider votre cause auprès de Benito Juárez. L'attaque du couvent de La Cruz s'effectuera comme vous l'avez souhaité, cette nuit à trois heures du matin.

– C'est bon, je ferai diminuer la garde.

Lopez parti, Maximilien donna ses ordres, rangea ses papiers et se mit au lit, souffrant comme souvent d'une crise de dysenterie.

À trois heures du matin, il fut réveillé par Blasio, effaré, qui l'aida à s'habiller. Le couvent était aux mains des Juaristes. Il y en avait plein les couloirs. Des officiers survinrent dans ses appartements et, parmi eux, Castillo et le prince de Salm-Salm.

– Sire, l'ennemi est là, il faut fuir, dit ce dernier.

Maximilien ne se hâta pas de quitter sa chambre, puisqu'il avait fait dire au général Escobedo qu'il se rendrait dans le couvent de La Cruz. Puis il changea d'avis, comme souvent, pensant qu'il n'était guère prestigieux pour un

Hasbourg de se faire prendre au saut du lit. Mieux valait être fait prisonnier à son poste de combat, au Cerro de las Campanas. Soudain, il se montra pressé de s'y rendre.

– Suivez-moi au Cerro de las Campanas, ordonna-t-il à ses amis et à Blasio.

Le petit groupe quitta ses appartements. Comme l'avait dit Blasio, le couloir regorgeait de Juaristes en uniformes gris, mais ils évitèrent de regarder dans leur direction et ne semblèrent pas les voir. L'empereur et ses amis prirent à gauche dans le couloir, traversèrent une cour, encore une autre, suivirent la galerie donnant sur la place de La Cruz. Devant la porte se tenait une sentinelle qui tenta de les arrêter. Le colonel Rincon Gallardo, qui avait autrefois proposé à Maximilien de quitter la ville avec les honneurs de la guerre, se trouvait là lui aussi. À la lueur d'une lanterne, il reconnut fort bien Maximilien et son escorte, mais il commanda à la sentinelle :

– Laissez passer, ce sont des civils !

La maigre troupe se dirigea vers les écuries, où elle ne découvrit que deux chevaux.

– Nous irons à pied, dit Maximilien.

Comme on se mettait en route, un cavalier arriva à plein galop. C'était le colonel Lopez qui semblait stupéfait de voir Maximilien encore en liberté et qui lui proposa de le cacher.

– Me cacher, jamais, dit Maximilien avec hauteur. Nous nous rendons au Cerro de las Campanas.

Le colonel Lopez n'insista pas et repartit. Maximilien continua de marcher avec sa poignée de fidèles. Sur le Cerro, la garnison commandée par le colonel Gayon regardait avec stupéfaction s'avancer vers elle l'empereur et le peu qu'il restait du régiment de l'impératrice. Il s'y trouvait aussi Mejia, Salm-Salm et Castillo. Les deux groupes firent leur jonction, ils n'étaient pas trois cents. Les obus pleuvaient autour d'eux. Des milliers de soldats républicains entouraient le pied du Cerro, marée d'uniformes s'étendant à perte de vue. Des domestiques amenèrent des chevaux à l'empereur qui proposa à ses derniers fidèles :

– Montons à cheval et essayons de nous ouvrir une brèche parmi l'ennemi. Si nous n'y arrivons pas, du moins trouverons-nous une mort glorieuse !

Ses amis, peu pressés de mourir, secouèrent la tête d'un air accablé. Il ne restait à Maximilien qu'à appliquer le plan auparavant mis au point avec le colonel Lopez : se rendre à l'ennemi. Il en fit part à ses généraux, qui acquiescèrent. Il désigna deux officiers et un lancier pour s'avancer, brandissant un drap blanc piqué sur la lance d'un soldat, vers les troupes républicaines. Se tournant vers Blasio, l'empereur lui remit deux papiers avec cet ordre :

– À brûler immédiatement.

Son valet s'aperçut avec stupéfaction qu'il s'agissait d'un projet de remaniement des subdivisions militaires de l'Empire et d'un plan de simplification du service de la Maison impériale. À l'heure où tout se jouait pour lui, Maximilien avait décidément de bien étranges préoccupations... Blasio fit pourtant ce qu'on lui demandait. Maximilien enfourcha son cheval Anteburro et descendit le Cerro avec Salm-Salm à sa droite et Castillo à sa gauche. À mi-pente, il s'arrêta devant le général républicain Ramon Corona qui montait à sa rencontre.

– Sire, vous êtes mon prisonnier, dit ce dernier.

– Je ne suis plus empereur, répliqua Maximilien, j'ai abdiqué ce titre devant le Conseil d'État, à Mexico. Je désire rencontrer le général Escobedo.

Ramon Corona lui désigna Escobedo, qui venait aussi vers lui.

– Donnez-moi votre épée, Sire, demanda Escobedo lorsqu'il fut parvenu à la hauteur de Maximilien.

Celui-ci lui tendit sans mot dire son épée d'officier de marine portant le chiffre A.M., archiduc Maximilien. Escobedo s'en saisit et la remit à son aide de camp, le colonel Platon Sanchez. Mejia brisa la sienne sur son genou. Les deux chefs s'enfermèrent alors dans une tente dressée sur l'ordre d'Escobedo.

– Au début du mois de mars dernier, expliqua Maximilien à son vainqueur, j'ai envoyé mon abdication au président du Conseil d'État, M. José Lacunza, avec ordre de la publier à Mexico sitôt que je serais fait prisonnier. Je ne suis donc plus empereur aujourd'hui. Je désire être conduit avec mon état-major dans un port d'où je pourrai m'embarquer pour l'Europe.

– Je transmettrai vos paroles et votre souhait au président Juárez, dit Escobedo.

– S'il faut un sacrifice et que le sang soit versé, je désire être la seule victime, dit encore Maximilien. Que l'on épargne les domestiques qui m'ont fidèlement servi et les officiers qui ont fait preuve de tant de loyauté envers moi.

– Ce sera au président de décider du sort des prisonniers de guerre. En attendant, le général Vincente Rova Palacio vous reconduira jusqu'au couvent de La Cruz que vous occupiez auparavant.

L'entretien était terminé. Escobedo quitta la tente et Maximilien remonta sur son cheval. Le général Rova Palacio s'avança vers lui.

– Accordez-moi la grâce, lui demanda Maximilien, de ne pas me faire traverser Querétaro en prisonnier. Passons plutôt par les faubourgs.

Le général acquiesça et ils cheminèrent, accompagnés d'une faible escorte, jusqu'au couvent. Maximilien y retrouva la cellule qui lui avait servi de chambre, mais cette fois on plaça deux sentinelles à la porte. Le docteur Basch lui rendit visite et Maximilien l'embrassa en pleurant.

– Je ne suis plus empereur et je suis prisonnier, lui dit-il, mais du moins ai-je empêché toute effusion de sang, comme je m'étais promis de le faire. Savez-vous que j'ai vu le colonel Lopez à onze heures du soir le 14 mai et que je lui ai offert, pour ses loyaux services, la médaille du Mérite militaire en le priant, au cas où je serais blessé lors de notre sortie, de m'achever d'une balle ?

Rien n'avait été prévu pour les repas de l'empereur et ce fut un commerçant voisin du couvent qui s'en chargea par fidélité envers Maximilien. Le soir de l'incarcération, le général Mejia eut l'autorisation de venir le voir. L'empereur l'embrassa avec effusion. L'Indien était brave et l'avait bien servi.

– Comment se porte Votre Majesté ? demanda Mejia, inquiet de sa mauvaise mine.

– Je souffre toujours de dysenterie et le docteur Basch ne parvient pas à enrayer la crise, mais je ne veux pas que cela se sache, mes ennemis ne doivent pas me voir malade ou affaibli. Pour le reste, je suis préparé à tout, j'en ai fini avec moi-même.

– Moi non plus, je n'ai jamais eu peur d'un fusil, dit Mejia qui ne croyait pas à la mansuétude de Juárez.

Le 17 mai, à neuf heures du matin, le général Escobedo entra dans la cellule de Maximilien pour l'avertir qu'il serait transféré au couvent de Las Teresas, plus facile à garder que celui de La Cruz. Le prisonnier et ses généraux quittèrent donc La Cruz et se rendirent à pied au couvent de Las Teresas. En chemin, ils rencontrèrent des soldats juaristes qui se découvrirent avec respect. Puis ils arrivèrent rue Reforma où s'élevait la façade du couvent évoquant un temple grec. On enferma Maximilien et ses généraux dans les cellules du premier étage, donnant d'un côté sur la rue et, de l'autre, sur un patio bien ombragé où ils eurent le droit de se promener.

Deux jours plus tard, la princesse de Salm-Salm arriva à Querétaro. Le général Escobedo lui donna le droit de rendre visite à son mari, puis à l'empereur. Maximilien était toujours souffrant et Agnès de Salm-Salm le trouva fort amaigri et couché sur son lit, ce dont il s'excusa. Il lui prit la main, la baisa et la remercia de sa visite, puis il lui demanda ce qu'il se passait à Mexico. La princesse l'informa du rôle détestable qu'y jouait le général Marquez, plus soucieux de distribuer des décorations que de fortifier la capitale.

– Il faut que je voie le général Escobedo, murmura Maximilien.

– Je vais transmettre votre demande, proposa la princesse.

Elle quitta la cellule et se rendit auprès du colonel Villanueva, qui avait la charge de garder le couvent et ses prisonniers. Il dépêcha un courrier auprès du général et revint porteur de l'acceptation d'Escobedo. Villanueva réquisitionna une voiture et permit au prince et à la princesse de Salm-Salm d'accompagner Maximilien jusqu'à l'hacienda d'Hercules où Escobedo avait établi son quartier général. Quand ils montèrent en voiture, les autres prisonniers, sortis de leur cellule, firent la haie pour les saluer.

La voiture s'ébranla et les mena en quelques minutes aux faubourgs de la ville où se trouvait l'hacienda. Ils en descendirent et traversèrent un beau jardin doté d'un étang. On les dirigea vers une allée plantée de grands arbres où l'on avait disposé des sièges. Le général Escobedo vint à leur rencontre et tendit la main à l'empereur. On s'assit et Maximilien exposa sa requête. Il était obligé de hurler, un orchestre disposé sous le couvert des arbres faisant un vacarme effroyable.

– Je réitère, général, la demande que je vous fis avant d'être emprisonné, celle d'être conduit avec mon état-major dans un port d'où nous pourrons nous embarquer pour l'Europe.

– J'ai transmis votre souhait au président, mais je n'ai pas encore sa réponse.

– Pouvez-vous lui dire aussi qu'en échange de notre liberté, je lui offre la reddition des deux villes qui sont encore entre nos mains, Mexico et Veracruz ?

– Leur prise n'est plus qu'une question de jours, peut-être même d'heures, objecta Escobedo en caressant sa barbiche, mais je ferai part de votre proposition au président Juárez.

L'entrevue avec Escobedo n'avait rien apporté de neuf à Maximilien et, dans la voiture qui les ramenait à Las Teresas, il confia sa déception au prince de Salm-Salm.

– Mon cher ami, je ne crois plus beaucoup à notre libération.

10

Le lendemain, pour accroître le découragement de Maximilien, on introduisit le général Mendez dans sa cellule. Il venait d'être fait prisonnier et Escobedo n'avait pas oublié qu'il avait exécuté les chefs républicains Arteaga et Salazar. Aussi l'avait-il condamné à être fusillé, mais il lui avait accordé le droit de faire ses adieux à son empereur.

– Général, lui dit Maximilien en l'embrassant avec émotion, vous êtes l'avant-garde. Bientôt nous subirons le même sort que vous.

Le 21 mai, à San Luis Potosí, le président Juárez réunissait son Conseil des ministres pour statuer sur le sort des prisonniers.

– Après cinquante ans de malheurs et de guerre civile, dit Juárez en guise de préambule, le peuple était parvenu à faire respecter les lois et la Constitution du pays, à enrayer la corruption, mais les anciennes classes dirigeantes firent appel à l'étranger pour se maintenir au pouvoir. Elles firent nommer empereur un monarque ambitieux ne sachant rien de la situation mexicaine. L'archiduc Ferdinand Maximilien de Habsbourg se prêta à cette œuvre d'iniquité qui, durant cinq ans, bafoua la République en l'affligeant de crimes et de calamités de tout genre. Il vint pour opprimer un peuple dont il détruisit la Constitution et les lois sans autre titre que quelques votes dénués de valeur, appuyé par la force de baïonnettes étrangères. Son action est condamnée par les lois de la République du 25 janvier 1862. Non seulement il s'est prêté à une intervention armée étrangère, mais encore il a appelé dans le pays des soldats autrichiens et belges, alors que ces Nations n'étaient pas en guerre avec la République mexicaine.

» En vertu du seul pouvoir de la force et sans aucune espèce de légitimité, il a disposé de la vie, des droits et des intérêts des Mexicains.

» Il a promulgué un barbare décret légitimant l'assassinat des Mexicains qui défendaient leur indépendance et les institutions de leur pays et, d'après ce décret, a fait perpétrer de sanglantes exécutions. Il a ordonné l'incendie et la destruction de villages entiers, spécialement dans les États de Michoacán, Sinaloa, Chihuahua, Coahuila et Nouveau-León en se prévalant du faux titre de chef de la Nation.

» Lorsque les armées de la puissance étrangère se furent retirées, lorsqu'il vit la République dressée contre lui, il eut recours à la guerre civile, semant violence, déprédation et mort pour soutenir son faux titre jusqu'à l'ultime moment. Il n'a prétendu s'en dépouiller que lorsqu'il s'y est vu contraint.

» Nous pourrions procéder à son exécution et à celle de ses généraux d'après l'article 28 de la loi de 1862, néanmoins on entendra la défense que voudront présenter les accusés et il sera prononcé telle sentence qui appartiendra à la Justice.

» Dans ce but, le citoyen président de la République a décidé que vous fassiez juger Ferdinand de Habsbourg et ses soi-disant généraux don Miguel Miramon et don Tomás Mejia. »

Escobedo trouvait que, pour un vaincu, Maximilien avait encore bien des prétentions et il décida de rendre sa détention plus rigoureuse. Aussi, le 23 mai au soir, le fit-il transférer encore une fois. Avec ses généraux Miramon et Mejia, Maximilien fut emmené au couvent de las Capuchinas, au nord de la ville. On l'y enferma au rez-de-chaussée, dans un caveau donnant sur le cloître. Le lendemain, il fut mené dans une cellule du premier étage, plus salubre.

Les instructions de Juárez arrivèrent à Querétaro le 24 mai et le général Escobedo vint en informer Maximilien. Celui-ci se préoccupait surtout de ce que penserait de lui la postérité et il lui demanda avec anxiété :

– Avez-vous vu le colonel Lopez ?

– Oui, il est venu me voir en privé pour me dire que vous désiriez que fût gardée secrète l'entrevue que vous aviez eue avec lui la nuit du 14 mai.

– Si je suis condamné à mort, expliqua Maximilien, je crains la sentence de l'Histoire et je ne voudrais pas que la postérité pût apprendre la visite que vous fit sur mon ordre le colonel Lopez. Je vous supplie de garder également secrète l'entrevue que j'eus avec Lopez cette nuit du 14 mai, du moins jusqu'à la mort de la princesse Carlota. Je sais que Lopez ne parlera pas, il me l'a juré.

– Je ferai comme vous le souhaitez.

Le 25 mai, le colonel Manuel Aspiroz, nommé par Escubedo pour instruire le procès de Maximilien, et son greffier Jacinto Meléndez entrèrent chez Maximilien pour l'interroger.

– Vos nom, prénom et lieu de naissance, lui demanda le colonel.

– Je suis prêt à vous répondre avec franchise et loyauté, répondit Maximilien, mais j'ai le droit de réclamer une accusation écrite et de disposer de trois jours pour l'étudier et me trouver un défenseur. Les accusations que l'on porte contre moi sont d'ordre politique, un Conseil de guerre n'est donc pas compétent pour me juger. Si je refuse de vous répondre, c'est pour vous manifester mes droits et user de ma légitime défense.

– Je prends acte de votre réponse, dit le colonel, et je vous redemande vos nom, prénom et lieu de naissance.

– Je me nomme Maximilien Joseph et suis né au palais de Schönbrunn, près de Vienne, le 6 juillet 1832. Je suis archiduc d'Autriche, prince de Hongrie et de Bohême, comte de Habsbourg et prince de Lorraine. Jusqu'à mon abdication et pendant trois ans, j'ai porté le titre d'empereur du Mexique sous le nom de Maximilien.

– Savez-vous les raisons de votre arrestation ?

– Je pense avoir été arrêté pour avoir été empereur du Mexique.

– Pourquoi y êtes-vous venu ?

– Je ne répondrai à cette question politique qu'après avoir consulté certains documents.

– Où se trouvent-ils ?

– Entre les mains du ministre de Prusse accrédité auprès de ma personne et demeurant à Mexico.

– Vous souvenez-vous des raisons de votre arrivée dans ce pays ?

– C'est là une question politique et je n'y répondrai pas.

– Par votre refus de me répondre, vous vous rebellez contre la loi mexicaine et vous placez en dehors des garanties du droit commun et de la loi militaire.

– Je vous le répète, je n'ai pas les documents pour vous répondre et je ne crois pas le Conseil de guerre compétent pour me juger.

– Je reviendrai demain à dix heures du matin, je vous conseille de réfléchir à votre situation.

Le colonel sortit avec son greffier, mécontent du refus de l'empereur de répondre à certaines questions. Le docteur Basch, qui avait toujours le droit de visiter son malade, vint trouver Maximilien, anxieux du résultat de ce premier interrogatoire.

– Je crois bien me débrouiller en tant qu'avocat, lui expliqua Maximilien avec une certaine satisfaction, il ne sera pas si aisé de me juger !

Alors que Maximilien croyait encore à une entente possible avec Juárez, celui-ci avait déjà décidé de sa mort. Après avoir fait exécuter Mendez, il semblait impossible de gracier l'empereur. Aussi Juárez fit-il répondre à Maximilien qu'il laissait la parole au tribunal.

Devant ce refus, Maximilien désira faire venir à Querétaro les ministres de Prusse et de Belgique, ainsi que ses futurs défenseurs. Il fallut reporter le procès et Maximilien demanda à revoir la princesse de Salm-Salm. Le 28 mai à minuit, elle vint le trouver.

– Je voudrais vous prier, lui demanda Maximilien, d'aller voir Juárez et de lui remettre cette lettre pour lui demander un délai de quinze jours, afin que je puisse préparer mon procès.

– J'irai, lui promit la princesse.

Une heure plus tard, elle obtint du général Escobedo un laissez-passer et des mules de poste pour se rendre à San Luis Potosí, à deux cents kilomètres plus au nord. Quittant la ville à cinq heures du matin, elle arriva deux jours plus tard à San Luis. Le 30 mai, elle eut une entrevue avec Juárez en présence de son secrétaire Iglesias et lui tendit la lettre de Maximilien en tentant de le fléchir :

– Vous ne pouvez faire fusiller un prisonnier sans lui laisser le temps nécessaire pour établir sa défense. Cet homme avait la conviction d'avoir été appelé par l'ensemble du peuple mexicain. L'Europe entière serait scandalisée si vous ne lui accordiez pas le délai qu'il demande.

Voyant que le président gardait le silence, Agnès de Salm-Salm se tourna vers Iglesias pour le supplier :

– Attendez au moins jusqu'à cinq heures avant de prendre votre décision.

Sur un signe de Juárez, Iglesias la raccompagna jusqu'à la porte. Au moment de prendre congé d'elle, il lui serra longuement la main. Lorsqu'elle revint à cinq heures, Iglesias l'attendait pour lui remettre un ordre écrit de Juárez accordant la prolongation.

Le voyage du retour fut pour elle un calvaire. Une pluie torrentielle avait détrempé les chemins et la voiture s'enfonçait dans les fondrières. Les voyageurs durent souvent descendre pour pousser le véhicule. À peine arrivée, trempée et couverte de boue, Agnès ne prit pas le temps de se changer et courut informer Maximilien du succès de son entreprise.

– Juárez a accepté le délai demandé, s'écria-t-elle, le procès est fixé au 13 juin prochain !

– Merci de votre dévouement. Permettez, princesse, que je vous décore de l'ordre de San Carlos.

Maximilien n'était plus rien, il ne pouvait plus décorer personne, mais il tint à lui passer au cou le cordon de l'ordre de San Carlos, autrefois créé par Charlotte.

Dans l'entourage de Maximilien, on s'inquiétait beaucoup de l'issue du procès. Même le colonel Villanueva, qui s'était attaché à son prisonnier, envisageait sombrement la suite des événements. Grâce à sa femme qui pouvait circuler à sa guise dans la ville et avait de l'argent, le prince de Salm-Salm put faire acheter chevaux et armes et s'assurer la complicité de leurs gardiens. Il ne restait qu'à convaincre Maximilien.

– Il faut fuir, Sire, lui répétait le prince de Salm-Salm. Nous gagnerons ensemble Veracruz et, de là, nous nous embarquerons pour l'Europe. Il n'y a pas de honte à refuser un procès déshonorant.

– J'ai rendu mon épée au général Escobedo.

– Ce n'est pas lui qui vous jugera. Tout est prêt, il ne faut plus tarder. Permettez auparavant que je coupe votre barbe, qui est trop reconnaissable et vous fera repérer.

– Ah non, pas ma barbe ! Mais je mettrai des lunettes si vous y tenez.

Le prince de Salm-Salm dut se contenter de cette maigre concession. Il savait que Maximilien souffrait de son manque de menton et la barbe étalée sur sa poitrine dissimulait le bas de son visage.

L'idée de la fuite semblait acquise et le prince de Salm-Salm voulut le quitter pour s'occuper des derniers préparatifs, mais Maximilien, qui s'était repris à rêver, le retint.

– J'irai passer une année à Londres avec Blasio, lui dit-il, et j'écrirai l'histoire de mon règne, puis j'aimerais acheter une maison dans l'un des villages voisins de Naples, d'où la vue est splendide sur la mer. À bord de mon yacht et avec une suite restreinte, je ferai des croisières dans l'archipel grec. À la fin de ma vie, je me retirerai dans mon île de Lacroma.

Le prince nota que, dans ces projets, il n'était question ni de Miramar ni de Charlotte. Il avait eu vent, comme tout le monde, de la folie de Charlotte, il la plaignait sincèrement, mais il n'osa pas l'évoquer.

Tout fut prêt pour la nuit du 2 au 3 juin. L'entourage de Maximilien était soulagé de l'avoir convaincu de fuir. Au matin du 2 juin arriva une dépêche de Mexico qu'on lui remit. Elle annonçait l'arrivée de ses défenseurs, accompagnés des ministres de Prusse, Belgique et Autriche. Il lui sembla alors grossier de s'enfuir alors qu'ils arrivaient pour le voir à Querétaro. L'honneur des Habsbourg ne le permettait pas. Tout fut donc ajourné.

Le 5 juin au matin, Hoorickx, représentant de la Belgique, le baron Édouard de Lago pour l'Autriche et le baron Magnus pour la Prusse furent introduits dans sa cellule. Ils trouvèrent Maximilien amaigri par ses crises de dysenterie, mais calme. À leur arrivée, il lisait *La Vie de Charles Ier* et leur dit :

– Il est mort avec courage sur l'échafaud de Whitehall, mais je ne suis pas le premier souverain à me retrouver en prison. Mon grand-père, l'empereur François, fut également prisonnier. Mon devoir envers mes ancêtres et l'Histoire est de me montrer digne d'eux.

– Mexico n'est pas encore tombé, dit Hoorickx, l'espoir est donc permis.

– Tout est pourtant perdu fors l'honneur, dit encore Maximilien. J'ai été trahi, trompé et volé.

Les quatre avocats de Maximilien, Rafael Martinez de la Torre, José-Maria Vasquez, Eulalio Ortega et Mariano Riva Palacio, entrèrent à leur tour dans sa cellule.

– Comment peut-on, leur demanda Maximilien, m'accuser d'avoir été l'instrument des Français, moi qui n'ai cessé de lutter contre eux et qui ne voulais que l'indépendance du Mexique ? N'ai-je pas refusé de leur remettre les mines de la Sonora, ce qui déclencha leur hostilité à mon égard ? Les Français m'ont honteusement volé. De leurs deux emprunts, il n'est resté que dix-neuf millions au Trésor et leur guerre a coûté plus de soixante millions.

– Nous savons tout cela, dit Rafael Martinez de la Torre,

mais ce que l'on reprochera surtout à Votre Majesté au cours du procès est ce malheureux décret du 3 octobre 1865.

– Il m'a été imposé par les Français, répondit Maximilien. On croyait que Benito Juárez avait quitté le territoire national et qu'il n'y avait plus d'opposition légale. C'est Bazaine qui a dicté les articles point par point et les ministres, même les plus libéraux, les ont acceptés. Nous avons appliqué cette loi avec douceur et ne sommes pas responsables de ce qu'ont pu faire les Français, qui n'ont cessé de ruiner et de voler le pays. Quand ils ont décidé de partir, ils ont réclamé mon abdication pour se faire alors payer par le Mexique. Je ne suis resté que pour sauver ce malheureux pays.

– Je ne suis pas sûr que ces arguments puissent convaincre le tribunal, dit Mariano Riva Palacio. Je préférerais aller trouver Juárez à San Luis Potosí pour le supplier de laisser partir Votre Majesté.

– Je pars avec vous, dit Rafael Martinez de la Torre.

Maximilien donna son accord et les deux avocats s'en allèrent donc voir le président Juárez pour lui demander de renoncer à son procès. Juárez les reçut, mais ne voulut pas céder. Le procès s'ouvrirait à la date prévue.

L'Europe entière s'émut du sort de Maximilien. Des pétitions circulèrent et furent signées, entre autres par Victor Hugo et Garibaldi. Sur ordre de leurs gouvernements respectifs, les différents ambassadeurs en poste à Washington supplièrent le secrétaire d'État, toujours Seward, d'intervenir en faveur de Maximilien, car Juárez n'oserait pas se mettre les États-Unis à dos. Celui-ci télégraphia à Campbell, son représentant auprès de Juárez, pour demander le report de la peine de mort. Campbell avait fui le Mexique par peur de la guerre civile et résidait à La Nouvelle-Orléans. Au reçu du télégramme de Seward, il préféra lui adresser une réponse écrite que se mettre en route pour San Luis Potosí. Un second télégramme suivit, mais Campbell prétendit être malade et ne pouvoir bouger. Il remit sa démission et Seward ne tenta pas d'autres démarches.

À la Hofburg, l'archiduchesse Sophie, à demi folle à l'idée du danger couru par son fils préféré, ne cessait de harceler François-Joseph pour qu'il agît en faveur de son frère. Pour apaiser sa mère, celui-ci rendit alors un décret qui restituait Maximilien dans ses titres et privilèges, espérant que Juárez hésiterait à faire exécuter celui qui était redevenu archiduc d'Autriche, prince royal de Hongrie et de Bohême.

Les fidèles de Maximilien continuaient à penser que son salut était dans la fuite, mais il fallait tout reprendre de zéro et à nouveau acheter les consciences. Or il n'y avait plus d'argent. Maximilien confia deux lettres de change à la princesse de Salm-Salm, chacune de cent mille pesos, tirées sur les comptes de la famille impériale à Vienne. On réussit aussi à trouver cinq mille pesos en liquide, somme destinée à payer les soldats de la garde. Le colonel de Villanueva fut gagné à la cause de Maximilien. Restait à convaincre son homologue, le colonel Palacios.

Le 13 juin, jour de l'ouverture du procès, la princesse de Salm-Salm convoqua dans l'appartement qu'elle avait loué en ville le colonel Palacios et le reçut dans son salon.

– Je sais que vous n'avez pas de fortune, lui dit-elle, et que vous venez d'avoir un fils. Je vous promets d'assurer son avenir si vous me donnez votre parole que notre conversation sera tenue secrète.

– Je vous la donne, répondit le colonel.

– Dans quelles dispositions vous trouvez-vous à l'égard de l'empereur ?

– Quand je ne le connaissais pas encore, j'étais prévenu contre lui. À présent qu'il est mon prisonnier, j'éprouve une réelle affection et de l'admiration pour lui. Sa conduite est noble et ses yeux reflètent la bonté.

– S'il ne parvient pas à s'évader, l'empereur sera condamné à mort et fusillé. J'ai tout préparé pour sa fuite, qui doit avoir lieu cette nuit. Ce que je vous demande, c'est de ne pas donner l'alarme afin de lui laisser le temps de partir. Pour ce service, je vous offre un mandat de cent mille pesos à tirer sur la banque de la famille impériale à Vienne et cinq mille pesos en espèces à distribuer à vos troupes. Je ne vous propose pas de trahir votre pays, mais de le sauver, car la mort de l'empereur mettrait le monde entier contre le Mexique.

Le colonel, en écoutant les paroles de la princesse de Salm-Salm, sembla bouleversé.

– Je ne souhaite pas non plus l'exécution de l'empereur, lui dit-il enfin, mais ce que vous me demandez est grave et je ne puis me décider ainsi. Laissez-moi le temps de réfléchir.

– Nous en avons peu…

Ils convinrent de se revoir deux heures plus tard, mais l'entrevue n'eut pas lieu. La princesse de Salm-Salm fut convoquée par le général Escobedo à son état-major. Lorsqu'elle entra dans la pièce où il se tenait, il s'écria avec colère :

– Vous m'avez trompé, princesse, alors que je n'avais que des bontés pour vous. Vous avez tenté de suborner mes officiers et m'avez ainsi placé dans une situation difficile. Je ne ferai pas d'enquête, mais je vous ordonne de quitter sur-le-champ Querétaro avec les ministres étrangers.

Agnès de Salm-Salm, comprenant que le colonel Palacios avait révélé le complot et que tout était perdu, tenta de plaider la cause des diplomates.

– Je vous assure, général, que les ministres étrangers ne sont pour rien dans cette affaire. Ils ne connaissaient pas mes projets et auraient été trop lâches pour les appuyer.

– Je le crois volontiers, mais leur présence m'importune. Je désire qu'ils s'en aillent avec vous ce soir.

– L'empereur sera alors bien seul et n'aura plus personne pour l'aider à prendre ses dernières dispositions.

– Il n'a aucun besoin d'eux.

Agnès de Salm-Salm, désolée, dut alors quitter Querétaro, abandonnant bien malgré elle son mari et son empereur.

Le procès s'ouvrit le 13 juin au théâtre Iturbide, non loin du couvent des Capuchinas où étaient détenus Maximilien et ses fidèles. Au parterre et dans les balcons du théâtre, on pouvait voir l'état-major du général Escobedo, ses officiers et de nombreux curieux. On installa sur la scène un bureau de bois clair derrière lequel siégèrent le lieutenant-colonel Rafael Platon Sanchez et sept juges. En face d'eux, trois escabeaux étaient prévus pour les accusés. Maximilien ayant refusé de se présenter pour raisons de santé, on enleva un escabeau. Seuls comparurent les généraux Miramon et Mejia. Le lieutenant-colonel Rafael Platon Sanchez lut l'acte d'accusation arrivé de San Luis Potosí.

– Il est reproché à l'ex-souverain :

1° D'avoir servi d'instrument principal à l'intervention française.

2° D'avoir accepté la couronne offerte par une minorité inconstitutionnelle.

3° D'avoir usurpé la souveraineté.

4° D'avoir commis des violences contre la vie, les lois et les intérêts des Mexicains.

5° D'avoir ouvertement déclaré la guerre à la République.

6° D'avoir permis à des aventuriers d'autres nationalités de s'engager dans les rangs de son armée.

7° D'avoir commis des meurtres de par le barbare « décret noir » du 3 octobre 1865.

8° D'avoir pris sur lui de déclarer dans ce décret que le président Juárez avait quitté le territoire mexicain et s'était établi aux États-Unis.

9° D'avoir prolongé la guerre civile après le départ des troupes françaises.

10° D'avoir refusé d'abdiquer avant d'y être contraint.

11° D'avoir exigé qu'on le traitât en monarque légitime, alors qu'aux yeux de la République, il n'avait jamais possédé cette dignité.

12° De n'avoir pas voulu reconnaître la compétence de la cour et du jury réunis pour le juger, en prétendant qu'ils représentaient un parti terroriste plutôt que constitutionnel.

13° D'avoir eu l'audace d'élever cette protestation par la voix de ses avocats.

Les quatre avocats de Maximilien se succédèrent pour répondre aux différents actes d'accusation.

– L'intervention française, dit Eulalio Ortega, a commencé deux ans avant l'arrivée de l'archiduc Maximilien, appelé au trône par un parti monarchiste légal. Il n'a donc pas usurpé la souveraineté.

– Le fameux décret du 3 octobre reproché à l'empereur, fit ensuite remarquer Mariano Riva Palacio, n'est-il pas la réplique de celui promulgué par le président Juárez le 25 janvier 1862, à une époque où il ne gouvernait plus le Mexique ?

Les défenseurs de Maximilien parvinrent à réfuter chacun des chefs d'accusation, même s'ils devinaient que cela ne servirait pas à grand-chose. Mieux valait faire appel à la clémence de Juárez. Aussi José-Maria Vasquez dit-il pour conclure leurs plaidoiries :

– Au nom de la civilisation et de l'Histoire et pour sauvegarder la bonne renommée du pays aux yeux des générations futures, nous adjurons le tribunal d'accorder aux accusés le plus grand des pardons.

Le procès reprit le lendemain, vendredi 14 juin. Le procureur Manuel Aspiroz ouvrit les débats en prononçant un violent réquisitoire contre Maximilien et ses généraux.

– Il n'est pas nécessaire, dit-il, de prouver la véracité des accusations portées contre l'ex-souverain et ses généraux, car les faits reprochés sont patents. Les accusés n'ont-ils pas été pris les armes à la main ? L'archiduc Maximilien et ses généraux ont été convaincus de crimes contre la Nation, le droit du peuple, l'ordre et la paix publics. Je réclame par conséquent une seule peine, la mort.

À ce mot, un murmure de réprobation parcourut les rangs du public. Les juges se retirèrent pour délibérer. Le public dut attendre neuf heures pour connaître leur sentence. Ce fut le lieutenant-colonel Rafael Platon Sanchez qui lut finalement leur décision :

– Sept voix pour la culpabilité, dit-il, trois voix pour la mort, trois voix pour le bannissement perpétuel.

Lui seul n'avait pas encore voté et de sa décision dépendait le sort des trois accusés. Les avocats de Maximilien ne le quittaient pas des yeux. Après un silence pénible, il laissa enfin tomber sa résolution :

– L'archiduc Maximilien et ses deux généraux seront fusillés à l'endroit où ils se sont rendus.

Le même jour, Maximilien, après avoir appris officieusement la sentence, demanda du papier et une plume.

« Ma Carla bien-aimée, si Dieu permet que tu recouvres la santé et que tu puisses lire ces lignes, tu apprendras comment la fatalité cruelle m'a frappé coup sur coup, sans répit, depuis le jour de ton départ. Ma bien-aimée, tu as emporté avec toi mon bonheur et mon âme. Pourquoi ne t'ai-je pas écoutée ? J'attends la mort comme l'ange de la délivrance. Je meurs sans agonie. Je tomberai avec gloire comme un soldat, comme un roi vaincu. Si tu n'as pas la force de supporter tant de souffrance, si bientôt Dieu te rend à moi, je bénirai sa main. Adieu. Ton pauvre Maximilien. »

Le lendemain, un aide de camp du général Escobedo vint le trouver pour lui annoncer avec tristesse que Charlotte était morte. Cette fausse nouvelle étant arrivée à Querétaro, le général Escobedo avait cru de son devoir d'en avertir son prisonnier.

– Un seul lien me rattachait encore à la vie, dit Maximilien, et le voici rompu.

À ses valets, Blasio et Grill, qui venaient comme chaque matin l'aider à s'habiller et lui porter son petit-déjeuner, il expliqua :

– Je viens d'apprendre que ma pauvre Charlotte est morte. J'irai au tombeau plus paisiblement, car elle était mon dernier bien terrestre.

Les deux hommes éclatèrent en sanglots et Maximilien leur fit remarquer :

– Ne pleurez pas, nous sommes tous mortels et mon tour est venu. J'ai en ce moment besoin de tout mon courage et vos larmes pourraient m'en priver.

Le lendemain 15 juin, un samedi, la nouvelle de la sentence de mort fut annoncée officiellement à Maximilien, qui demanda à nouveau de quoi écrire pour rédiger ses dernières volontés :

« Je désire être exécuté en même temps que Miramon et Mejia et que l'on veuille bien embaumer mon cœur. Que l'on choisisse surtout de bons tireurs pour l'exécution, car il ne convient pas qu'un empereur se torde sur le sol dans les convulsions de la mort. »

Le dimanche à midi, les colonels Aspiroz et Palacios lui

lurent la sentence et l'avertirent que l'exécution était fixée pour le jour même, à trois heures de l'après-midi, au Cerro de las Campanas. Le docteur Basch, entré avec eux, resta avec Maximilien.

– Docteur, nous avons encore trois heures devant nous, ce sera suffisant.

Enlevant son alliance de son doigt, Maximilien la tendit au médecin en disant encore :

– Vous la remettrez à ma mère. Dites-lui que j'ai fait mon devoir de soldat et que je meurs en bon chrétien.

Le lieutenant qui devait commander le peloton d'exécution entra alors dans la cellule et se jeta aux pieds du prisonnier.

– Je vous supplie de me pardonner, dit-il en éclatant en sanglots.

– Vous ne faites que votre devoir de soldat, jeune homme, lui répondit Maximilien.

Puis ce fut au tour de ses avocats de prendre congé de lui.

– Mourir est chose plus facile qu'on ne se l'imagine, je vous assure, leur répétait Maximilien. Je suis prêt.

On ouvrit les portes des cellules et les trois condamnés purent sortir dans le couloir et échanger quelques mots. De temps à autre, ils regardaient l'horloge accrochée au mur, qui égrenait le temps. Il fut bientôt trois heures, puis quatre, mais rien ne se produisait. Le colonel Palacios arriva, porteur d'un télégramme de Benito Juárez.

– Par ordre du président, l'exécution est reportée de trois jours, dit-il.

– Quel malheur, s'écria Maximilien, j'étais prêt et j'en avais fini avec la vie. Je n'appartiens déjà plus à ce monde.

– Connaissez-vous la raison de ce retard ? demanda Miramon avec espoir.

– La princesse de Salm-Salm s'est rendue auprès du président à San Luis pour le supplier de surseoir à l'exécution. Ne voulant pas que l'on pût croire qu'il souhaitait hâter les choses, il s'est laissé fléchir, mais en précisant que cela ne changerait rien et qu'il n'irait pas contre la décision du tribunal et la volonté du peuple.

– À quoi bon ce délai ? murmura l'avocat Rafael Martinez de la Torre. C'est plus cruel que clément. Nous allons écrire au président.

Prenant congé de Maximilien, ils envoyèrent à Juárez la lettre de la dernière chance :

« Lorsque est arrivé l'ordre de suspension, les trois accusés s'étaient confessés et avaient communié. Ils étaient déjà morts moralement à cette heure où ils attendaient qu'on vînt les chercher pour les exécuter. Il serait horrible de leur donner une seconde fois la mort mercredi, alors qu'ils l'ont subie une première fois aujourd'hui. »

Juárez ne répondit pas. Il ne voulait pas courir le risque que Maximilien, comme jadis l'empereur Iturbide, revînt un jour au Mexique pour reconquérir son Empire…

Durant ces trois jours d'attente, Maximilien ne se départit de son calme que lorsque le général Escobedo lui fit demander, le 18 mai, de lui écrire une lettre réglant la question de son embaumement. Il le fit pourtant, puis il adressa à Juárez une lettre datée du 19 mai qui ne devait lui être remise qu'après son exécution.

« Sur le point de subir la mort pour avoir essayé, par de nouvelles institutions, de mettre un terme à la guerre sanglante qui, depuis tant d'années, désole ce malheureux pays, je donnerai ma vie avec joie si ce sacrifice peut contribuer à la paix et à la prospérité de ma nouvelle patrie. Profondément convaincu que rien de durable ne peut être fondé sur une terre arrosée de sang et secouée par les plus violentes agitations, je vous conjure, de la façon la plus solennelle, avec la sincérité que comporte le point où j'en suis arrivé, que mon sang soit le dernier versé. Consacrez à poursuivre le noble but que vous avez visé la persévérance que vous avez mise à défendre la cause que vous venez de faire triompher, persévérance que j'ai reconnue, même dans la prospérité. Réconciliez les partis et rendez, par des principes solides, une paix durable à ce pays. »

Le mercredi 19 mai, à trois heures du matin, aidé par ses valets Grill et Blasio, Maximilien s'apprêta avec soin, revêtant un costume noir et passant à son cou le cordon de l'ordre de la Toison d'or. Quand il fut prêt, il fit signe à Blasio de faire entrer son confesseur, le père Manuel Soria. Le prêtre était si ému qu'il faillit se trouver mal et que Maximilien dut lui faire respirer un flacon de sels. Maximilien se confessa, entendit la messe en compagnie de ses deux généraux, puis ils communièrent. L'aube commençait à poindre et on leur apporta à manger. Le père et les valets partis, tous trois s'assirent pour déjeuner ensemble de pain, de poulet et d'un peu de vin. On entendait dans la rue battre les tambours. À six heures trente, le colonel

Palacios, suivi des sept hommes composant le peloton d'exécution, arriva.

– Êtes-vous prêts, messieurs ? leur demanda-t-il.

– Nous le sommes, répondit Maximilien avec calme, tout en tentant de réconforter ses deux valets qui pleuraient en lui baisant les mains.

Le petit groupe descendit l'escalier et gagna la rue. Là attendaient trois fiacres ordinaires portant les numéros 10, 16 et 3. Maximilien monta avec l'abbé dans la première voiture.

L'épouse du général Mejia, son bébé dans les bras, courut vers la voiture où avait pris place son époux et tenta de s'accrocher aux roues. Les fiacres s'ébranlèrent, laissant la malheureuse étendue par terre. Ils suivirent la rue de las Capuchinas, puis celle de la Laguna, se dirigeant vers le Cerro de las Campanas. Des cavaliers et des soldats armés entouraient les voitures qu'une foule muette regardait passer. Arrivés au pied du Cerro, les trois condamnés sortirent. Beaucoup de monde se tenait là. Un enfant courut vers l'empereur, lui prit la main et la baisa. C'était Tüdös, le marmiton hongrois, qui pleurait sans pouvoir s'arrêter. Maximilien lui mit avec gentillesse la main sur l'épaule en lui disant :

– Vous voyez, vous ne vouliez pas y croire, mais c'est arrivé. Ne pleurez pas, mourir n'est pas si difficile que vous le pensez !

Maximilien commença à gravir la colline, l'abbé à ses côtés. Détachant sa montre qui renfermait le portrait de Charlotte, il la lui tendit.

– Je ne parviens pas à croire à la mort de ma très chère

femme. Si elle vit encore, envoyez-lui cette montre en l'assurant que mes yeux se seront fermés sur son image.

Puis il lança son chapeau à Tüdös en lui disant en hongrois :

– Vous le remettrez à ma mère en lui confiant que ma dernière pensée fut pour elle.

Un mur en briques crues avait été édifié à mi-pente. Les trois hommes s'y adossèrent, Miramon au centre, Mejia à sa droite et Maximilien à sa gauche. Trois prêtres s'agenouillèrent devant les condamnés pour leur donner l'absolution. Maximilien remit une pièce d'or à chacun des soldats du peloton en leur disant :

– Je pardonne à tous, que tous me pardonnent. Que mon sang soit répandu pour le bien du pays. Vive le Mexique ! Vive l'Indépendance !

Le jeune lieutenant leva son sabre et les soldats tirèrent. Maximilien tomba. Le lieutenant, de la pointe de son épée, indiqua l'emplacement du cœur pour le coup de grâce. Un soldat appuya son fusil sur la poitrine de Maximilien qui semblait pourtant bien mort et fit feu à bout portant. L'habit noir s'enflamma et l'on dut alors éteindre les flammes. Puis ce fut le tour de Miramon et de Mejia qui tombèrent en criant : « Vive l'empereur ! »

Tandis que les cloches de la ville sonnaient à la volée et que la foule hurlait : « Vive la République », on plaça les trois corps dans des cercueils que l'on emporta au couvent de las Capuchinas.

Le docteur Liera, qui avait accepté de pratiquer l'embaumement de Maximilien pour faire oublier ses anciennes opinions monarchistes, s'écria avant de donner le premier coup de scalpel :

– Quelle volupté que de se laver les mains dans le sang d'un tyran !

On ne lui en demandait pas tant... Il s'acquitta d'ailleurs si mal de sa tâche que l'on dut appeler d'autres médecins à la rescousse. Ils réparèrent vaille que vaille les dégâts, revêtirent Maximilien d'une redingote bleue à boutons de métal et le chaussèrent de ses hautes bottes de cavalier. Les beaux yeux clairs de Maximilien s'étaient liquifiés durant le pitoyable embaumement et l'on prit ceux de la Vierge noire de la cathédrale pour les placer dans les orbitres vides.

Le 29 juin, une dépêche de l'ambassadeur d'Autriche à Washington annonça à Vienne la sinistre nouvelle. François-Joseph et Sissi, qui venaient d'être couronnés roi et reine de Hongrie le 8 juin, en furent bouleversés. Sissi pleura longuement, mais ce fut le chagrin de l'archiduchesse Sophie qui fut le plus dévastateur.

Le lendemain, à l'aube, la même nouvelle parvint aux Tuileries. Napoléon III éclata en sanglots et Eugénie manqua de s'évanouir. L'inauguration de l'Exposition universelle devait avoir lieu le même jour. L'empereur et l'impératrice discutèrent longtemps de ce qu'il convenait de faire, puis ils décidèrent de ne pas l'annuler. Eugénie revêtit une robe et un voile noirs. Accompagnée d'une seule dame d'honneur, elle se rendit à l'église Saint-Roch pour y prier pour le repos de Maximilien. Ensuite, elle retourna au palais mettre une robe blanche et une parure de diamants et apparut au bras de Napoléon III, souriant comme si rien n'était arrivé. Sur l'estrade d'honneur, les chaises de Philippe de Flandre et de son épouse restèrent vides. Venant eux aussi d'apprendre la nouvelle, ils avaient décidé de rentrer aussitôt à Bruxelles.

– Pourquoi l'empereur est-il en retard pour dîner? demanda Charlotte le même soir, en s'asseyant à la table de la minuscule salle à manger du Castelleto.

Le docteur Jilek, qui habitait la villa avec elle, donna l'ordre, dès qu'il sut la nouvelle, de garder le secret devant elle, ne la jugeant pas prête à affronter une telle horreur. Personne ne porta donc le deuil de Maximilien. Le comte de Bombelles, très affecté par la mort de son ami d'enfance, retint ses larmes en regardant avec haine celle qui, à ses yeux, était la principale responsable du triste dénouement mexicain. Deux jours plus tôt, Mathilde Doblingër, la camériste viennoise de Charlotte, sa dernière fidèle, s'était réveillée en proie à de violents maux de ventre. Trois heures plus tard, elle était morte. Le comte de Bombelles et le docteur Jilek avaient dès lors les coudées franches pour faire subir à Charlotte les traitements qu'ils voulaient. Ils savaient que Vienne se désintéressait de son sort, considérant sa folie comme une maladie honteuse qu'il convenait de cacher. Aussi n'hésitèrent-ils plus, quand elle tentait de se rebeller, à la lier dans une camisole de force et à la priver de repas. Au moindre accès de violence, elle n'eut plus le droit de quitter sa chambre, ne gardant que ses chats pour confidents.

Le roi Léopold II et Philippe comte de Flandre n'avaient pas oublié leur sœur Charlotte et ils s'émurent de son triste sort.

– On ne peut, dit la reine Marie-Henriette, laisser ainsi Charlotte à Miramar. C'est à sa famille de la recueillir et d'en prendre soin. Quelqu'un doit partir pour Miramar et la ramener à Bruxelles.

– Je n'irai pas, dit Philippe, épouvanté, le voyage de Rome m'a suffi. Charlotte est folle, laissons les médecins la soigner.

Marie-Henriette avait le cœur tendre et elle était obstinée. Même si Charlotte ne s'était pas montrée très aimable envers elle lorsqu'elle s'était fiancée à son frère, elle la plaignait et voulait la protéger. Elle fit valoir à son époux et à son beau-frère que la famille royale belge se déconsidérerait aux yeux des autres Cours européennes si elle ne prenait pas Charlotte en charge.

– J'irai chercher Charlotte, dit fermement Marie-Henriette. Léopold, écris-lui pour lui annoncer ma venue.

Charlotte répondit par une lettre embarrassée, visiblement imposée par ses geôliers, prétendant que Miramar n'était pas digne de la reine des Belges et qu'elle renonçait au plaisir de revoir sa belle-sœur. Cette réponse négative ne changea rien à la résolution de Marie-Henriette. Son époux, pour lui faciliter les choses, décida d'envoyer avec elle l'un de ses fidèles conseillers, le baron Goffinet, homme intelligent et discret, très attaché à la famille royale belge et en particulier à Charlotte. Le roi le convoqua à son cabinet du palais royal de Bruxelles.

– Vous accompagnerez la reine à Miramar, baron, afin de

vous rendre compte avec elle de l'état de santé de ma pauvre sœur et de la façon dont elle est soignée et traitée, puis vous la ramènerez en Belgique.

– J'imagine, Sire, que l'Autriche ne va pas nous faciliter les choses. Dois-je à tout prix ramener l'impératrice à Bruxelles ?

– Assurément, mon cher Goffinet, je désire que ma sœur revienne.

Le départ fut prévu pour le 5 juillet 1867 au soir. Le baron Goffinet et ses bagages attendaient la reine à la gare du Nord de Bruxelles. Marie-Henriette arriva, flanquée de son mari et de son beau-frère Philippe, emmenant avec elle deux dames d'honneur et un aide de camp. Son époux lui donna vingt mille francs-or pour les frais du voyage et une lettre de crédit illimitée pour la banque Rothschild de Vienne. Elle leur fit ses adieux, puis monta dans le train qui s'ébranlait.

Le lendemain, à cinq heures du matin, le train arrivait en gare de Cologne. La reine et ses compagnons en descendirent pour entendre la messe et télégraphier à François-Joseph. Marie-Henriette désirait faire les choses en douceur et rencontrer l'empereur pour lui annoncer sa résolution d'emmener Charlotte avec elle. On repartit et, le soir suivant, on était à Augsbourg. Marie-Henriette et sa suite y passèrent la nuit à l'hôtel des Trois-Nègres, où elle trouva un télégramme de François-Joseph l'invitant à Vienne.

On y parvint le 8 juillet dans la soirée. François-Joseph, flanqué d'une nombreuse troupe de généraux, chambellans et aides de camp, attendait sa cousine gare de l'Est. Des calèches étaient garées près de la gare et l'on s'y engouffra, puis les voitures s'arrêtèrent devant l'entrée de la Hofburg où une suite avait été réservée pour Charlotte et des appartements pour ses compagnons. François-Joseph lui offrit de se reposer, mais Marie-Henriette préférait entrer de suite dans le vif du sujet. Tous deux s'installèrent dans le salon de ses appartements.

– Maintenant que mon pauvre frère est mort, dit l'empereur, le sort de ma belle-sœur me préoccupe beaucoup. Elle ne peut décemment rester seule à Miramar.

– C'est bien mon avis et c'est la raison de ma venue à Vienne. Je souhaite la ramener avec moi à Bruxelles et lui faire consulter le docteur Bolkens, le meilleur aliéniste belge.

– Ce me semble une bonne idée, ma cousine, et je suis heureux que le roi vous ait envoyée pour que nous puissions discuter en famille du sort de notre pauvre Charlotte. C'est une question d'affection.

Marie-Henriette, qui s'était attendue à un refus de la part de François-Joseph, fut agréablement surprise de le voir entrer si facilement dans ses vues. Après qu'il l'eut quittée, elle reçut le baron Goffinet et s'entretint gaiement avec lui du succès de leur entreprise.

Dès le lendemain matin, elle fut assaillie de demandes d'audiences émanant du comte de Bombelles, du docteur Reidel, l'un des aliénistes soignant Charlotte, et du commandant Radonetz, responsable de la garde de Miramar. Tous s'étaient précipités sitôt qu'ils avaient su la présence de la reine de Belgique à Vienne. Elle reçut d'abord Bombelles et lui trouva l'air gêné et affecté.

– Il faut à tout prix, lui dit ce dernier, choisir pour l'impératrice un curateur dans la famille impériale.

– Ce n'est pas l'avis de l'empereur et ce n'est pas le mien non plus, répliqua sèchement Marie-Henriette.

Puis ce fut le tour du docteur Reidel, que la reine jugea lui-même assez fou.

– L'impératrice est transportable, dit-il, mais il faudra probablement employer la force pour la contraindre à vous suivre. Auparavant, il convient que l'empereur nomme un curateur…

– L'empereur n'en a pas parlé.

Le lendemain, elle revit François-Joseph, qui se trouvait toujours dans les mêmes dispositions à son égard et la pressa de hâter son départ. Le jour suivant, son ton avait changé et il lui dit avec gêne :

– J'ai été obligé de céder aux instances répétées qui m'ont été faites et j'ai décidé de nommer un curateur pour Charlotte. J'ai choisi mon frère, l'archiduc Charles-Louis, mais ne vous inquiétez pas, ce n'est qu'une formalité qui n'entravera en rien votre action.

L'empereur lui souriait avec bonté, pourtant Marie-Henriette comprit que rien ne serait aussi facile qu'elle l'avait cru, mais elle évita de le contrer de front. Quand François-Joseph fut reparti, elle convia le baron Goffinet à s'entretenir à nouveau avec elle et lui répéta ses paroles.

– Il est clair, dit-il, que les « instances répétées » émanent du comte de Bombelles et du docteur Reidel. J'ai l'impression qu'ils n'ont pas l'intention de lâcher leur proie. Notre mission va être plus difficile que nous ne le pensions, mais évitons de les braquer.

La reine fit ses adieux à la famille impériale et l'on reprit le train, cette fois en direction de Trieste. Bombelles, Reidel et le commandant Radonetz étaient aussi du voyage. Décidée à se montrer aimable envers eux, la reine leur proposa de partager son compartiment. Le 12 juillet au soir, on arrivait en gare de Trieste. La reine et sa suite s'installèrent dans le meilleur hôtel de la ville.

Le lendemain matin, ils assistèrent à un solennel *Requiem* prononcé par l'archevêque dans la cathédrale à la mémoire de Maximilien. À peine revenue dans son hôtel, la reine Marie-Henriette vit paraître le tout-petit Autrichien. En pleurs, presque hystérique, Bombelles lui annonça :

– Je viens supplier Votre Majesté de renoncer à sa visite à Miramar. L'émotion risque en effet de tuer la malheureuse impératrice à laquelle je suis tout dévoué.

– L'impératrice étant notre sœur, je suppose que mon affection pour elle n'est pas moindre que la vôtre. J'irai donc la trouver.

– Je vous en supplie.

– Il suffit.

La reine, furieuse cette fois, le congédia et il s'en fut, tout piteux. Puis elle fit appeler le baron Goffinet pour lui conter la ridicule intervention du comte de Bombelles et celui-ci promit de faire pression sur lui pour éviter que pareille scène ne se reproduise. Il alla le voir à son hôtel. Se penchant sur lui de toute sa haute taille, le géant belge murmura à son oreille :

– Je vous conseille de ne pas chercher à empêcher la reine de voir sa belle-sœur. Sinon, elle est décidée à s'installer au château de Miramar.

Le lendemain matin, pourtant, Bombelles était de nouveau à l'hôtel de Marie-Henriette pour lui remettre une nouvelle lettre de Charlotte la suppliant de ne pas venir.

– Il était bien inutile, lui dit-elle sèchement, de reparler de ma venue à l'impératrice. Puisque c'est ainsi, je pars pour Miramar. Qu'on fasse avancer ma voiture !

La reine et sa suite s'en allèrent donc, tandis que Bombelles, de plus en plus affolé, les suivait en fiacre. Arrivé sur place en même temps que Marie-Henriette, il fut forcé de la conduire au Castelleto comme elle l'exigeait. Le cœur serré en découvrant la prison de Charlotte et ses lamentables conditions de détention, Marie-Henriette traversa à vive allure le vestibule et la pièce où se tenaient les femmes de chambre, frappa à la porte et pénétra dans la minuscule pièce où Charlotte était enfermée. Dès qu'elle l'eut reconnue, Charlotte se précipita dans ses bras, n'en finissant plus de l'embrasser et la remerciant de sa venue.

Charlotte s'exprimait bien, son comportement était normal, mais Marie-Henriette la trouva maigre à faire peur, le teint jaune et souffreteux. Elle examina avec stupeur la misérable cellule où elle avait été si longtemps enfermée. Pendant une heure et quart, la reine s'entretint affectueusement avec elle, lui promettant de la tirer de là.

– Ne m'abandonne pas, supplia Charlotte, on veut ma mort.

À voir les conditions dans lesquelles on la tenait recluse, Marie-Henriette se demanda si elle avait tellement tort…

Le lendemain, le docteur Bolkens, l'aliéniste choisi par la famille royale belge, arriva à Miramar pour examiner Charlotte. Il conclut à des crises de folie intermittentes, dues aux fortes pressions qui s'étaient exercées sur elle et à un manque évident d'affection. Marie-Henriette tint à s'entretenir avec les anciens familiers de Charlotte, en particulier avec Mme Kuhacsevich, femme de l'ancien trésorier de Maximilien. À l'issue de ces conversations, elle se fit une idée plus précise de l'isolement affectif dans lequel avait vécu Charlotte et écrivit à Léopold II :

« Les rapports qu'elle avait avec l'empereur n'étaient pas ceux d'une femme avec son mari. Elle lui servait de conseiller en affaires politiques et surtout de secrétaire. Dans l'intimité, il était plus qu'indifférent envers elle et la froissait souvent par son manque d'égards. Kuhacsevich était la seule personne à laquelle elle parlait ouvertement. Charlotte devant tout renfermer en elle-même, comment s'étonner de sa maladie ? »

Le 20 juillet, alors que la reine Marie-Henriette était à Miramar depuis une semaine, le docteur Bolkens vint trouver le baron Goffinet pour lui dire :

– J'ai terminé mon rapport sur la santé de l'impératrice. Ce que je puis dire, c'est qu'elle a été fort mal traitée ici et que sa santé est profondément altérée par les sévices qu'elle a subis. La laisser ici serait la condamner à la mort. Il faut absolument la ramener en Belgique. Pour sa santé mentale, on verra plus tard. J'ai su convaincre les docteurs Jilek et Reidel d'abonder dans mon sens. Je vais adresser ce rapport à l'empereur.

François-Joseph donna son accord pour le départ de Charlotte et s'entretint avec le roi Léopold II de divers détails. On rendrait sa fortune à Charlotte, mais son entretien serait à la charge de la couronne de Belgique. En contrepartie, elle renonçait aux droits stipulés dans son contrat de mariage et laissait à l'Autriche ses biens situés dans l'Empire austro-hongrois, l'île de Lacroma et Miramar. On emballait les affaires personnelles de Charlotte, meubles, livres et bijoux, lorsque surgit à Miramar l'archiduc Charles-Louis, le frère de François-Joseph que l'empereur avait nommé curateur de Charlotte.

– Je ne viens pas ici, ma cousine, assura-t-il à la reine, pour contrecarrer vos projets, mais pour prouver, si nécessaire, que la famille impériale autrichienne ne se désintéresse pas du sort de l'impératrice. Je souhaiterais la saluer.

– Le docteur Bolkens va vous conduire au Castelleto, répondit Marie-Henriette.

On appela le docteur et les deux hommes s'y rendirent ensemble, mais trouvèrent porte close.

– L'archiduc Charles-Louis insiste pour être reçu par Votre Majesté, plaida le docteur.

– Je suis souveraine et je ne veux pas recevoir l'archiduc, dit Charlotte à travers la cloison.

Le lendemain, Charles-Louis réitéra sa demande par écrit. Charlotte lui répondit de même en lui souhaitant bon voyage. L'archiduc n'avait plus qu'à repartir et le baron Goffinet l'accompagna à la gare.

Restait à convaincre Charlotte d'accompagner Marie-Henriette de son plein gré, cette dernière se refusant à user de la force pour la contraindre. Goffinet eut l'idée de rédiger un faux télégramme, soi-disant envoyé par Maximilien pour prier sa femme de l'attendre à Bruxelles. Le docteur le porta au Castelleto, mais Charlotte, après l'avoir lu, le jeta par terre avec colère en disant :

– J'en ai assez de ces faussaires.

Le baron Goffinet imagina alors de rédiger un autre télégramme, censé cette fois être écrit par le roi Léopold et adressé à sa femme pour l'informer de l'arrivée imminente de Maximilien en Belgique. Marie-Henriette le porta à Charlotte. Pendant que Charlotte le lisait, elle lui dit :

– Je pars demain soir, Charlotte, sois prête pour t'en aller avec moi.

– Non, je ne veux pas.

– Si, tu partiras, répondit Marie-Henriette sans élever la voix.

Puis elle revint à son hôtel de Trieste. Alors qu'elle était en train de dîner, on lui annonça l'arrivée de Charles-Louis, revenu à Trieste sur l'ordre de son frère et porteur d'une lettre de ce dernier. L'empereur disait à Marie-Henriette qu'il était impensable d'user de la force pour emmener Charlotte. Elle était archiduchesse d'Autriche et, à ce titre, on ne pouvait la contraindre à partir, il s'y opposait formellement.

Bombelles, qui avait suivi l'archiduc jusqu'à l'hôtel, regarda avec un mauvais sourire la reine lire la missive, puis la poser sur la table en disant tranquillement :

– Cette lettre n'est pas de l'empereur. Je me suis entretenue seule à seul avec lui et il était d'accord avec moi pour que j'emmène l'impératrice. C'est un faux que je ne reconnais pas. Je pars donc demain comme prévu avec l'impératrice.

– L'empereur s'oppose à toute violence, balbutia Bombelles.

– Et moi, voudrais-je user de violence ? rétorqua Marie-Henriette. Si c'est pour les bijoux, je vous les ferai rendre. Par bonheur, j'appartiens aujourd'hui à une famille où il n'est jamais question d'intérêts.

Ni Bombelles ni l'archiduc ne trouvèrent rien à répondre et tous deux s'en furent piteusement après de vagues excuses.

Le lendemain, levées dès six heures du matin, la reine et ses dames d'honneur s'occupèrent des bagages et des derniers préparatifs du départ. Marie-Henriette apprit dans la matinée que l'archiduc s'était rendu à Miramar pour discuter du cas de Charlotte avec les Autrichiens qui s'y trouvaient, mais ne put rien savoir de plus. En fin de matinée, Bombelles, tout souriant et mielleux, se présenta à l'hôtel où résidait le baron Goffinet pour lui dire :

– J'ai fait en sorte que tout soit prêt pour le départ de l'impératrice. Elle a fait emballer ses dernières affaires.

– Je vous remercie de ces bonnes nouvelles, répondit Goffinet qui n'y croyait guère. Venez déjeuner avec moi chez la reine. Vous lui apprendrez l'heureux dénouement de cette affaire.

Le déjeuner se passa le mieux du monde. Le comte de Bombelles semblait enfin dans de tout autres dispositions et déterminé à aider Marie-Henriette. Il promit en s'en allant :

– Pour ne pas troubler davantage l'impératrice, je ne serai pas là lors de son départ, vous avez ma parole.

La reine le remercia et Bombelles prit congé d'elle. Le reste de la journée fut consacré à finir les bagages. Marie-Henriette télégraphia à François-Joseph pour lui annoncer son départ avec l'impératrice, prévu pour le soir. L'empereur lui répondit en lui souhaitant bon voyage. L'interminable journée s'acheva. Le départ était prévu pour dix heures du soir à Miramar. La reine et sa suite dînèrent légèrement, puis le cortège des voitures s'ébranla en direction de la mer et du château.

11

Quand on arriva, il faisait nuit noire et de nombreuses torches éclairaient le château et la cour d'honneur. Les voitures de la suite royale se rangèrent devant le perron près duquel se tenaient les serviteurs de Charlotte, attendant la reine. Marie-Henriette descendit de voiture, salua chacun d'une parole aimable, remarquant avec satisfaction que Bombelles avait tenu parole et qu'il ne se trouvait pas là. Elle demanda au docteur Bolkens de l'accompagner pour chercher avec elle Charlotte au Castelleto. Tous deux partirent à pied, suivant les allées goudronnées éclairées par de nombreux becs de gaz qui projetaient leurs lueurs vers les jardins, spectacle étrange et ravissant.

La reine et l'aliéniste firent le tour de la villa pour gagner l'entrée principale, éclairée par une lanterne. Ils traversèrent la petite antichambre du rez-de-chaussée et se dirigèrent vers la chambre de Charlotte. Ils eurent la surprise d'y trouver une camériste autrichienne que Bolkens avait pourtant fait renvoyer, car c'était l'une des créatures de Bombelles. Se plaçant devant la porte, la femme de chambre dit avec insolence à la reine :

– C'est fermé.
– Où se trouve la clef ? demanda-t-elle.
– Au château.
– Allez donc la chercher.
Comme la femme ne bougeait pas, la reine insista :
– Voyons, je vous demande d'aller chercher cette clef.
– C'est inutile, c'est fermé de l'intérieur.
– Quelqu'un se trouve donc avec l'impératrice, qui est-ce ?
– C'est le comte de Bombelles, avoua enfin la femme.
Furieuse, la reine s'approcha de la porte et appela :
– Comte de Bombelles, c'est la reine des Belges. Je vous somme de m'ouvrir.
Il n'y eut pas de réponse et Marie-Henriette, trouvant que la comédie avait assez duré, ordonna au docteur Bolkens :
– Enfoncez cette porte, je vous prie.
Le médecin prit son élan et donna un fort coup d'épaule à la porte qui s'ouvrit à la volée. Derrière se tenait Bombelles, pâle, mais résolu, qui bloquait le passage.
– Laissez-moi entrer, demanda la reine.
– Impossible, Majesté, répondit le comte, je suis ici sur ordre de l'empereur qui m'a ordonné de veiller à ce qu'aucune violence ne soit faite à l'impératrice.
– Montrez-moi cet ordre.
– Je ne l'ai pas avec moi, mais je vous en donne ma parole d'honneur…
– Je doute du bien-fondé de votre parole, ayant dans ma poche un télégramme de l'empereur me souhaitant le succès dans mon entreprise. Si vous ne me laissez pas passer de

votre plein gré, le docteur Bolkens se verra forcé d'user de la force envers vous.

Désignant la porte qui séparait la petite entrée dans laquelle ils se trouvaient de la chambre de Charlotte, Bombelles murmura d'un air hagard :

– Je vous en prie, cette malheureuse peut nous entendre.

– Je commence à croire que ma pauvre belle-sœur, quoique malade, a toute sa raison pour juger son entourage. Encore une fois, laissez-nous passer.

– Hélas, je ne puis, balbutia Bombelles.

– C'en est trop, je vais chercher le baron Goffinet, dit la reine qui se trouvait dans une situation aussi pénible que ridicule.

Folle de colère, elle se hâta avec l'aliéniste dans le chemin menant à Miramar et rencontra en route le baron qui venait aux nouvelles et auquel elle déclara :

– Débarrassez-moi de ce Bombelles ! Surtout, qu'il n'assiste pas au départ de l'impératrice.

L'immense Goffinet se dirigea vers le Castelleto, pénétra dans la pièce où se trouvait toujours le tout-petit Bombelles, le prit rudement par le bras et l'entraîna sans ménagement vers le château de Miramar. La voiture qui devait mener les deux souveraines vers la gare était avancée devant le Castelleto. Il était temps d'aller chercher Charlotte.

Sur le quai de la minuscule gare, la suite de Marie-Henriette attendait les deux souveraines. Marie-Henriette en présenta les membres à Charlotte qui eut un mot aimable pour chacun, puis il fut temps de monter dans le train spécialement affrété pour le voyage des deux femmes. Charlotte s'effaça devant Marie-Henriette en lui disant :

– Je t'en prie, monte avant moi, tu es ici chez toi.

Toutes deux s'installèrent dans le wagon qui leur était réservé. Au moment de voir disparaître dans la nuit le parc de Miramar, Charlotte murmura :

– Adieu Miramar, adieu Maximilien. Je t'attendrai durant soixante ans…

Enfin libre après dix mois de pénible captivité, Charlotte sembla heureuse de se retrouver avec Marie-Henriette et lui demanda de dormir près d'elle dans leur compartiment. Constatant, le lendemain, que le train se dirigeait vers Vienne, elle dit d'un ton affolé à la reine des Belges :

– Nous n'allons pas en Belgique, mais à Hertzendorf, cet affreux château où l'on enferme les archiduchesses malades.

– Rassure-toi, Charlotte, je te promets que nous allons bien en Belgique. Nous ne ferons que contourner Vienne.

Le ton paisible de sa compagne rassura un peu Charlotte, qui ne se détendit vraiment que lorsque Vienne fut dépassée, et elle parut toute joyeuse lorsqu'on franchit la frontière. On traversa la forêt de Soignes, proche de Bruxelles, avant de s'arrêter dans la gare de Groenendael. Charlotte mit son chapeau et sauta légèrement du train. Des berlines de la Cour attendaient les voyageuses et elle fut heureuse de reconnaître et de saluer valets et cochers. Dans la voiture, Charlotte se serra contre Marie-Henriette en répétant :

– J'ai peur, ne me quitte pas. Je t'en supplie, reste près de moi.

Une fois encore, Marie-Henriette parvint à la rassurer. Enfin, la voiture s'arrêta devant le perron du château de Tervueren où l'on avait décidé d'héberger Charlotte. Elle s'apaisa en reconnaissant des lieux familiers et le grand maréchal de la Cour qu'elle salua aimablement. Elle retrouvait avec plaisir la grosse bâtisse carrée ornée d'un fronton à colonnes et le magnifique parc. La vue portait loin à travers les allées de la forêt.

Suivant les instructions de la reine, les dames d'honneur qui allaient vivre avec Charlotte à Tervueren avaient quitté le deuil de Maximilien pour arborer des toilettes claires et gaies. Marie-Henriette conduisit Charlotte dans les appartements que l'on avait aménagés pour elle en suivant ses instructions. Tandis que Charlotte disposait ses affaires personnelles, on frappa à la porte. Le roi Léopold II venait saluer sa sœur et savoir si elle était bien installée. Charlotte se précipita vers lui et tomba dans ses bras en pleurant. Léopold II, que ces effusions gênaient, ne s'attarda pas et Marie-Henriette se disposait à suivre son époux lorsque Charlotte s'accrocha à sa robe.

– Je t'en prie, ne me laisse pas, dors avec moi.

– C'est impossible, Charlotte, mais je reviendrai demain.

Le roi Léopold exigea que sa sœur fût toujours traitée en souveraine et que le protocole que Charlotte aimait tant fût respecté. Le baron Goffinet, que Charlotte appréciait et en qui elle avait confiance, fut placé à la tête de sa Maison, composée d'une quarantaine de personnes. Le dîner se passa bien, Charlotte parlant aimablement avec ses dames d'honneur qui s'émerveillèrent de sa culture, de ses connaissances et du nombre de ses lectures, historiques pour la plupart. Le dîner terminé, comme le voyage l'avait fatiguée, ses dames d'honneur la reconduisirent dans ses appartements et ses femmes de chambre voulurent l'aider à se déshabiller et à s'apprêter pour la nuit, mais Charlotte s'y refusa, décidant de rester tout habillée en attendant le retour de Marie-Henriette.

Celle-ci revint comme elle l'avait promis, sachant combien sa présence rassurait et apaisait sa pauvre belle-sœur et désolée qu'elle eût passé une pareille nuit. En compagnie des dames d'honneur, toutes deux se promenèrent dans le beau parc si paisible, puis se firent conduire en voiture près de l'étang, dans la chapelle où saint Hubert avait eu, disait-on, sa vision du cerf portant entre ses bois une croix lumineuse. De grands hêtres ombrageaient le sanctuaire de brique. Ensuite, elles visitèrent ensemble les ruines de ce qui avait été le fastueux château de l'infante Isabelle, fille de Philippe II, puis elles poussèrent jusqu'aux anciennes écuries du prince Charles de Lorraine. Charlotte se montrait aimable et gaie. Elle donna du pain à manger aux cygnes et aux canards barbotant dans les eaux de l'étang. Les dames d'honneur se montrèrent soulagées par son état, ayant craint de servir une folle furieuse. Cette femme soignée de sa personne, toujours admirablement coiffée et vêtue, si pleine d'esprit, les rassurait, même si elle avait parfois des lubies bizarres et des craintes inexpliquées. Surtout, elles trouvaient l'impératrice dans un état de maigreur effrayant et en firent part à la reine.

– L'impératrice a en effet été fort mal traitée à Miramar et laissée dans un état d'abandon inquiétant, mal soignée par des médecins cruels et incompétents. Jamais nous ne la laisserons repartir. Certains jours, on l'attachait aux barreaux de son lit, elle fut même frappée. Sa jeunesse et sa vigoureuse santé lui feront vite recouvrer ses forces. Elle a surtout besoin d'affection et de tendresse. J'irai souvent la voir.

La reine tint sa promesse et vint presque chaque jour à Tervueren, aidant Charlotte à s'habiller lorsque celle-ci, saisie par ses anciennes craintes, refusait de quitter sa chambre, la forçant à s'alimenter, l'accompagnant pour de longues promenades dans le parc qui lui firent vite retrouver ses belles couleurs. Charlotte reprenait du poids et consentait enfin à manger sans craindre à tout propos d'être empoisonnée. Elle appréciait son entourage et se sentait en sécurité à Tervueren. Ses crises d'aberration s'espacèrent. Le docteur Bolkens fut satisfait de ses progrès. Le château de Tervueren n'avait guère été modernisé et il était surtout mal chauffé. L'hiver approchait et Marie-Henriette craignait que sa belle-sœur, encore fragile, ne prît froid. Aussi décida-t-elle, avec l'accord de son mari, de la ramener dans leur château de Laeken, résidence favorite de la famille royale, une demeure dotée de tout le confort. Elle fit aménager pour Charlotte un spacieux logement au premier étage du château, dans les anciens appartements de ses frères, installant une jolie salle à manger dans ce qui avait été un billard.

Charlotte fut heureuse de revoir cette grand bâtisse de la fin du XVIIIe siècle, édifiée sur une colline, au sein d'un parc vallonné. Un dôme et une colonnade lui donnaient de l'élégance. C'était là qu'elle avait vécu dans son enfance et elle retrouvait à chaque pas des souvenirs rassurants du passé, le petit chien ayant appartenu à son père, des majordomes, femmes de chambre et valets de pied qu'elle avait bien connus et qui semblaient tout heureux de la revoir. Ses appartements lui plurent beaucoup et elle remercia avec effusion Marie-Henriette de les avoir si bien redécorés pour elle.

L'hiver se déroula paisiblement. Charlotte paraissait heureuse et les crises devenaient plus rares. Elle se promenait dans le parc avec le roi, revit avec plaisir le comte et la comtesse de Flandre et leurs enfants, alla regarder les patineurs virevolter sur le lac gelé. On fit en famille une excursion au château de Ciernon, dans les Ardennes. On allait parfois déjeuner à la campagne, dans des auberges. Charlotte s'attachait à l'héritier du trône, le petit Léopold qui était de santé fragile et toussait depuis une chute de cheval qui s'était terminée dans un étang. Il lui rappelait étrangement le jeune Augustin Iturbide qu'elle s'était interdit d'aimer. Parfois, elle prenait Léopold contre elle, le berçait doucement, puis elle le serrait à l'étouffer, mais l'enfant, inquiet, se laissait faire comme sa mère le lui avait recommandé. À ses sœurs, les princesses Louise et Stéphanie, elle apprenait le piano ou leur contait interminablement son épopée mexicaine, quand elle était encore impératrice et croyait régner. Ses connaissances émerveillaient surtout l'une de ses dames d'honneur, la comtesse de Bassompierre, qui se prit d'amitié pour elle et vit avec plaisir l'impératrice recouvrer peu à peu son ancienne beauté et prendre à nouveau plaisir à sa toilette.

Seul le Mexique restait un sujet tabou que l'on évitait d'évoquer devant elle. Toujours soucieuse d'être bien informée, Charlotte lisait chaque matin le quotidien de Bruxelles,

L'Étoile belge, mais l'exemplaire devenait introuvable lorsqu'il y était question du Mexique, si bien que Charlotte le surnomma bientôt avec amusement « l'Étoile filante ».

L'Autriche ne cessait de réclamer au président Benito Juárez qu'on lui rendît la dépouille de Maximilien. Il fallut la venue de l'amiral autrichien Tegetthoff pour que Juárez cédât à la demande de l'empereur. Le corps fut transporté de Querétaro à la chapelle San Andrés de Mexico. On y ouvrit le cercueil. L'embaumement avait été si mal fait que l'odeur était épouvantable. Les médecins présents décidèrent de tremper le cadavre dans un bain d'arsenic pour qu'il fût mieux conservé, puis de le faire sécher en le suspendant par les pieds au plafond de la chapelle. Ensuite on le revêtit d'un habit noir, on maquilla son visage, on ajusta sur le menton une barbe postiche, la vraie ayant été coupée par les précédents médecins, puis on lui ferma les paupières pour ne plus voir les affreux yeux de verre de la Vierge noire de la cathédrale de Querétaro.

Juárez pénétra dans la chapelle et regarda la dépouille de Maximilien.

– Sa calvitie lui donne un faux air d'intelligence, dit-il, mais il ne sent pas tellement mauvais…

Rassuré sur l'état du cadavre que l'on rendait à l'Autriche, Juárez le fit transporter à Veracruz. On l'embarqua sur la *Novara*, bateau à bord duquel Charlotte et Maximilien étaient arrivés au Mexique trois ans plus tôt.

Pendant que la *Novara* traversait l'Atlantique, Marie-Henriette, se disant qu'il serait difficile de cacher plus longtemps à Charlotte la mort de son époux, décida de l'y préparer doucement.

Marie-Henriette convoqua à Laeken l'ancien abbé Deschamps, qui avait été autrefois le directeur de conscience de Charlotte et avait fait son éducation religieuse. Il était devenu archevêque de Malines. Lorsqu'il lui annonça la mort courageuse de Max à Querétaro, fusillé avec ses deux plus fidèles généraux sur l'ordre de Juárez, la crise que l'on redoutait n'eut pas lieu. L'archevêque lui prodigua des paroles de réconfort, puis il envoya chercher la reine, qui berça longtemps l'impératrice contre elle, comme on fait d'une enfant.

– Ah, si je pouvais me réconcilier avec le ciel et me confesser, murmura Charlotte.

Marie-Henriette, très pieuse, fut enchantée de ces bonnes résolutions et on décida que la confession aurait lieu le lendemain. Charlotte passa une nuit agitée et fit chercher Marie-Henriette au petit matin, lui disant en pleurant :

– Je n'ai plus de courage, Marie-Henriette, je préfère ne pas y aller.

Cette fois encore, la reine sut trouver des paroles de réconfort et la confession eut lieu comme prévu.

Plus calme, apaisée, Charlotte demanda à connaître les détails de la mort de Maximilien. Marie-Henriette lui montra les journaux qu'elle avait gardés à son intention. Charlotte s'habilla en grand deuil et voulut rencontrer le diplomate Hoorickx qui avait vécu les derniers événements mexicains. Il vint trouver l'impératrice, toute de noir vêtue, et répondit à ses questions. Il raconta la longue résistance de l'empereur et de ses troupes à Querétaro, sa reddition devant Escubedo, son procès et son refus d'y assister, puis son courage avant l'exécution, ses dernières paroles. Lorsque Hoorickx eut fini de parler, Charlotte se rua vers la porte, descendit l'escalier et se précipita en criant vers le parc de Laeken. Elle erra longuement d'arbre en arbre, leur parlant tout bas, leur contant sa peine et son désespoir de n'avoir su vraiment se faire aimer de son époux…

Quand le bateau mouilla, un mois après son départ, devant le port de Trieste, les archiducs Charles-Louis et Louis-Victor se trouvaient sur le quai pour accueillir la dépouille de leur frère, mais ni l'empereur ni Sissi ne s'étaient déplacés. Les deux archiducs accompagnèrent le cercueil jusqu'à Vienne, alors sous la neige. On mena la bière, drapée dans le drapeau autrichien, jusqu'à la Hofburg où la famille impériale vint se recueillir. Par une petite glace aménagée dans le bois, l'archiduchesse Sophie put contempler le corps de son fils préféré. Elle sanglotait.

Le 20 janvier 1868, le cercueil fut descendu en présence de la famille impériale dans la lugubre crypte des Capucins où dorment les morts des Habsbourg. On déposa sur le cercueil un bouquet d'immortelles autrefois offert à Maximilien par les Indiens de Xocotitlan.

Charlotte recouvrait lentement sa lucidité et voulait tout savoir de la résistance de Maximilien et de ses derniers instants. Elle dévorait sans pouvoir s'arrêter articles et lettres. Oubliant combien il l'avait délaissée, volontairement privée du bonheur d'être mère et s'était toujours montré jaloux de son rôle politique, elle le considérait désormais comme son héros, vénérant un mort et lui vouant un amour pour toujours…

Il restait au roi Léopold II la tâche difficile de rassembler les fonds constituant l'immense fortune de Charlotte. Il rapatria à Bruxelles les titres confiés à la banque Coutts en Angleterre, ceux administrés par les Rothschild de Paris et de Vienne. Avec sa part de l'héritage transmis par leur père Léopold Ier, ses terres et ses bijoux, il y en avait pour plus de onze millions de francs belges, une somme colossale. C'était lui qui devait administrer les biens de sa sœur, à charge pour lui de l'entretenir.

Le printemps se passa paisiblement en famille. Charlotte se promenait avec Marie-Henriette, faisait de la tapisserie, lisait beaucoup, s'entretenait avec Mgr Deschamps qui revint souvent la voir et lui parlait sans cesse de son mari tant aimé. Pourtant, elle devint nerveuse à l'approche du premier anniversaire de la mort de Maximilien. À nouveau, elle craignit de n'être empoisonnée, ne voulut rien manger et refusa de se coucher. Peu à peu, elle s'apaisa.

L'hiver fut pénible pour le petit Léopold auquel elle s'était tant attachée. L'enfant toussait de plus en plus, même l'opium ne parvenait plus à l'apaiser. S'affaiblissant toujours, il dut s'aliter. L'enfant avait d'horribles crises d'étouffement dont il sortait épuisé. Après une crise plus longue et plus pénible que les autres, le petit Léopold, à bout de forces, se renversa sur son oreiller. Il était mort. Il n'avait que neuf ans.

La nouvelle terrassa Charlotte. Ainsi, la mort lui prenait toujours ceux qu'elle avait le mieux aimés, pour lesquels elle ne pouvait cependant rien. Elle se sentait si impuissante, si inutile. Elle se vêtit de noir et s'abîma dans sa peine. On ne parvenait plus à la faire sortir de sa chambre, elle refusait tout aliment.

La Belgique prit le deuil de l'unique prince héritier de la Couronne. Dans la rue, tout Bruxelles regarda passer le convoi funèbre et salua le petit corps dans son cercueil. Charlotte ne voulut pas assister aux obsèques, n'en finissant plus de pleurer le charmant petit garçon qu'elle avait tant aimé et qu'elle avait parfois pris pour son enfant.

La tristesse ambiante et la disparition de Léopold affectèrent dangereusement Charlotte qui retomba dans ses crises d'angoisse et ses lubies. Avec ce deuil, sa raison bascula tout à fait. Elle ne parlait plus à personne, rôdait par les corridors, muette, hagarde. Puis elle se réfugia dans sa chambre, passant des heures devant son écritoire, noircissant des pages et des pages d'une écriture de plus en plus difficile à déchiffrer. Ses lettres de folie.

Ainsi, le 14 mars, elle écrivit à Loysel, ancien aide de camp de Maximilien, pour le prier de l'attendre à Bruxelles et de l'escorter jusqu'à Paris. Loysel, qui ne savait rien de son état, lui obéit. Il retint des places dans le chemin de fer et des chambres à l'hôtel du Louvre de Paris. Les lettres furent heureusement interceptées et la fuite empêchée.

Puis le délire de Charlotte prit un tour plus politique. Elle écrivit de nombreuses missives à Napoléon III pour le supplier de se défier de la Prusse et le prier de la nommer général de son armée. Désormais, ses lettres furent lues et celles qui étaient trop insensées ne furent pas envoyées, mais soumises au docteur Bolkens, qui continuait de la soigner. Marie-Henriette prenait toujours soin d'elle et essayait de la rassurer mais, depuis la mort de son fils, elle avait perdu gaieté et énergie.

Les crises s'intensifièrent et impressionnèrent tant les petites princesses que Marie-Henriette décida que ses filles ne devaient plus voir leur tante. Le temps devenant plus clément, on rouvrit le château de Tervueren pour Charlotte et sa suite. Furieuse de quitter Laeken où elle avait tant de souvenirs, accusant son frère de vouloir se débarrasser d'elle et de la priver des visites de ses nièces, Charlotte affirma haïr désormais la Belgique et sa famille. Elle injuria même Marie-Henriette.

Plus personne ne trouvait grâce à ses yeux de pauvre folle. Elle accusa ses frères de l'avoir volée, Marie-Henriette de l'emprisonner. Puis elle sombra dans de longues divagations mystiques et écrivit encore à Loysel une lettre qui n'arriva jamais :

« L'on entendra alors cette voix qui dira à l'empereur et à moi réunis en cet instant : "Voici mon fils bien aimé dans lequel j'ai mis toutes mes complaisances." Cette voix sera celle de Napoléon III, votre père et le mien. J'ai découvert aujourd'hui que vous êtes le second Messie. Que l'empereur Maximilien, vous et moi, nous formons la Trinité des Messies. C'est vous qui devez épouser l'empereur Maximilien à ma place. »

L'écriture devenait presque illisible, le contenu des lettres incohérent, certaines étaient froissées, d'autres à demi déchirées.

Le 16 avril 1869, elle s'adressait encore à Loysel :

« Pourriez-vous venir avec les deux épées dont j'ai si envie ? Je me promène le soir de six heures et demie à sept heures et demie tout autour du parc. Vous me rencontreriez avec une dame et un valet de pied, mais nous irions nous battre avec nos épées dans l'endroit que vous choisiriez. Nous plongerons et replongerons les épées l'un dans l'autre le plus possible pour qu'elles soient bien trempées, car elles doivent être rougies jusqu'à la garde. »

Ces délires sanguinaires inquiétèrent tant son entourage que l'on fit disparaître tout objet pointu. Deux jours plus tard, elle écrivait, toujours à Loysel, qui semblait cristalliser ses étranges fantasmes de femme si peu aimée :

« Dès aujourd'hui, je ne signe plus Charlotte, je signe Charles, et vous pouvez m'appeler ainsi tout court. Je vous appellerai Loysel tout court également. Tous les autres doivent me nommer Charles aussi. Pour ce qui est de ma personne, vous ne devez pas croire que vous me retrouverez comme à Mexico. Il y a déjà aux trois quarts un homme en moi. Puisqu'il me semble que c'est l'empereur Napoléon qui vous a interdit de vous battre en duel, je trouve que ce que nous aurions de mieux à faire serait de nous rencontrer de la même façon et de nous cravacher réciproquement excessivement fort. Venez avec deux grosses cravaches de grandeur égale. Vous ôtez votre pantalon et je vous frappe avec l'une de ces cravaches. Ensuite, vous reprenez tous ces vêtements, j'ôte moi le jupon, le pantalon, j'attache la chemise au-dessus de la taille et vous me frappez de même comme je vous aurai frappé dix minutes. À la face du ciel et de la terre, je vous choisis pour époux. »

Le 12 mai, elle lui expliquait encore, dans un délire exprimant toutes ses frustrations, elle que son mari avait refusé pendant si longtemps de toucher :

« Je me fouette comme les chevaux, plus fort même, sur les cuisses nues, cela me plaît au plus haut degré, c'est une véritable jouissance que j'ai découverte. Il me prend une furieuse envie d'être fouettée. J'ôte mon pantalon et je le serre dans une armoire, je m'étends sur le canapé à plat, le derrière le plus rebondi possible à découvert, je prends la cravache dans la main droite et je fouette de manière à ce que cela cingle et laisse des ampoules. »

Au général Douay, elle assurait :

« J'ai été grosse neuf mois de la rédemption du diable, neuf mois de l'Église, et maintenant je suis grosse de l'armée. Faites-moi accoucher en octobre. »

Le 15 mai 1868, elle s'adressait de nouveau à Loysel :

« Le mariage que j'ai fait m'a laissée telle que j'étais. Jamais je n'ai refusé des enfants à l'empereur Maximilien. Mon mariage fut consacré en apparence, l'empereur me le fit croire, mais il ne l'a pas été, point par mon fait car toujours je lui obéis, mais parce que c'est impossible ou je ne serais pas restée ce que je suis. »

Cette lettre paraissait signifier que son mariage avec Maximilien n'avait pas été consommé et qu'elle était demeurée vierge. Ce fut ainsi que l'interprétèrent le docteur Bolkens et son entourage, qui considéraient avec une pitié accrue cette malheureuse femme qui avait jusqu'au bout prétendu être aimée de son mari, et l'avait été si peu…

Après quatre mois de cette fièvre d'écriture, Charlotte, épuisée, rangea son écritoire, et bascula tout à fait dans la folie. Elle n'avait plus que de rares moments de lucidité. Julie Doyen, nommée par Marie-Henriette directrice des femmes de chambre, veilla à ce que l'impératrice ne manquât de rien, à ce qu'on lui témoignât le plus profond respect et ne la brutalisât en rien. Ses dames d'honneur, également choisies par Marie-Henriette, les comtesses Moreau, Muzer et La Fontaine, la baronne Mockel et tout le personnel de service aimaient sincèrement Charlotte et s'efforçaient sans cesse d'égayer sa vie par des promenades, d'agréables collations et des petits concerts improvisés.

Au début de l'été, l'empereur François-Joseph envoya à Bruxelles la tante de Charlotte, la princesse Clémentine d'Orléans, mariée à un prince de Saxe-Cobourg. Elle devait rendre visite à Charlotte. Marie-Henriette redoutait beaucoup que la princesse Clémentine ne profitât de cette visite pour tenter de ramener Charlotte à Vienne, mais il n'en fut rien. L'entrevue se passa bien. Charlotte se montra calme, affectueuse et courtoise envers Clémentine qui se déclara tout à fait satisfaite de la façon dont sa nièce était traitée.

Clémentine repartie, la rémission ne dura guère et Charlotte eut une nouvelle lubie. Elle ne voulait plus être habillée, coiffée ou mise au lit par ses femmes de chambre, mais par des valets de pied. Sinon, elle ne se coucherait pas et refuserait de dormir. Le scandale fut épouvantable et

Marie-Henriette, horrifiée, consulta le docteur Bolkens. Celui-ci conseilla de laisser faire. Il valait mieux que l'impératrice pût dormir normalement et Charlotte fut désormais servie par des valets…

Pendant que Charlotte s'enfermait dans une folie irrémédiable, l'Europe connaissait de profonds bouleversements. En Espagne, la reine Isabelle II avait été renversée de son trône par le général Prim qui avait commandé l'escadre espagnole envoyée jadis au Mexique. Son remplacement provoqua une crise générale et la candidature au trône d'un prince allemand déclencha la guerre franco-prussienne. La France défaite à Sedan, Napoléon III prisonnier, Eugénie en fuite, Paris tomba aux mains de la Commune. Puis Napoléon III rejoignit Eugénie en Angleterre peu avant de mourir de la maladie de la pierre.

Après la chute du second Empire, on rendit leur fortune aux Orléans qui rentrèrent en France. Ses oncles s'enquirent de la santé de Charlotte et voulurent aller la voir à Bruxelles. Léopold II, navré, leur répondit que c'était impossible. Charlotte se terrait dans sa chambre, ne voulant plus recevoir personne, ne désirant aucune aide. Elle faisait elle-même sa chambre et son lit, procédait seule à sa toilette. On déposait devant sa chambre un plateau pour ses repas et elle ne le prenait que si elle était sûre qu'il n'y avait personne derrière la porte. Sinon, en rage, elle fondait sur celui qu'elle accusait de l'espionner, le rouant de coups de pied ou de poing.

Dix ans s'écoulèrent de la sorte au château de Tervueren, ponctués de crises violentes, puis de périodes de rémission au cours desquelles Charlotte s'entretenait normalement avec ses dames d'honneur et, parmi elles, sa préférée, Marie Moreau. Alors elle consentait à recevoir la reine Marie-Henriette et se promenait volontiers avec elle.

Le 3 mars 1879, à cinq heures du matin, le feu se déclara au château de Tervueren. Ce fut le docteur Hart, qui soignait alors l'impératrice, qui fut le premier réveillé par la fumée. Il vint secouer Charlotte, qui dormait. Elle avait alors trente-neuf ans.

– Le feu a pris au château, lui déclara-t-il. Votre Majesté doit s'habiller au plus vite et me suivre dehors. Il serait dangereux de rester.

Marie Moreau, qui venait aussi de se réveiller, se précipita dans la chambre de Charlotte pour l'aider à se vêtir. Un poêle, laissé par mégarde allumé en dessous de la chambre de Charlotte, avait mis le feu au plancher. Les vêtements abandonnés la veille par Charlotte dans sa chambre d'atours avaient également brûlé. Une camériste courut prendre les siens et l'on en revêtit Charlotte. Déjà, la fumée passait sous la porte.

– Hâtez-vous, Madame, la suppliait Marie Moreau.

Le docteur Hart et Marie Moreau aidèrent Charlotte à descendre l'escalier et à sortir dans le parc. De là, on se rendit au village et Charlotte fut hébergée dans la maison du docteur, mais elle voulut voir l'incendie et ressortit pour s'avancer jusqu'à la grille du parc. On n'apercevait ni flammes ni fumée.

– C'est fini, dit Charlotte, nous rentrons au château.

Sa petite Cour plus ou moins bien vêtue marcha en sa compagnie vers le château. Ce fut alors que l'on vit que l'incendie, loin d'être terminé, avait gagné toute la bâtisse. À ce moment surgit une petite voiture attelée d'un seul poney. Il y avait dedans la reine Marie-Henriette et un valet.

– Ne reste pas là, Charlotte, viens avec moi.

Charlotte, fascinée, contemplait le spectacle. Lorsque tout un pan de la toiture s'effondra d'un seul coup, elle s'écria comme une enfant :

– Que c'est beau !

La reine l'entraîna vers la voiture qui était si petite que le valet dut en sortir pour lui laisser la place. Marie-Henriette s'empara des rênes. Enveloppant, pour l'empêcher de tomber, Charlotte dans un châle dont elle noua les extrémités à l'armature de la voiture, Marie-Henriette fouetta le poney et les deux femmes partirent seules pour Laeken. À peine arrivée, Charlotte refusa de réintégrer ses anciens appartements et voulut se promener dans le parc. Caressant parfois une statue, elle murmurait :

– Oui, c'est bien cela. Nous retrouvons ici nos souvenirs !

On ne put éteindre l'incendie qu'en fin de matinée. Tervueren était irrémédiablement détruit et l'on décida de le raser.

Tandis que la famille royale demeurait au palais de Bruxelles, Charlotte et sa suite s'installèrent au château de Laeken. Ce changement de résidence marqua une amélioration sensible de son état de santé. De nouveau elle acceptait d'être servie par des femmes et de prendre ses repas avec ses dames d'honneur. Marie-Henriette envoyait souvent ses filles jouer avec elle pour la distraire et Charlotte se prit d'affection pour la petite dernière, Clémentine, née après la mort du jeune Léopold. Elle la trouvait si jolie qu'elle la surnomma « Bijou ». L'incendie de Tervueren avait pourtant marqué Charlotte qui, au moment de réciter le *Notre Père* avant son coucher, priait : « Mais délivrez-nous du feu. »

Léopold II chercha un nouveau lieu de résidence pour sa sœur et acquit pour elle le château de Bouchout qu'il acheta au comte de Beaufort. Cette ancienne forteresse médiévale avait été remaniée au XIXe siècle. De grosses tours entouraient une cour sablée égayée au printemps par des pots de lauriers et de palmiers. Il y avait de jolis communs, un étang et de grandes serres, un parc à l'anglaise et de nombreux bosquets. Dans les années 1830, les propriétaires de Bouchout l'avaient décoré dans le style troubadour alors à la mode. La reine Marie-Henriette et le baron Goffinet vinrent plusieurs fois inspecter les travaux en cours et vérifier que tout soit fait pour que Charlotte pût y jouir du plus grand confort. On cura les cheminées pour éviter un nouvel incendie. Enfin, tout fut prêt pour son arrivée.

Le 5 avril 1879, un cortège de voitures emmenait Charlotte et sa suite vers leur nouvelle résidence. Là, l'existence de Charlotte, ponctuée par les horaires prescrits par les aliénistes, se poursuivit dans le calme. Elle se levait et se couchait tôt, étudiait le piano, brodait et lisait beaucoup, se promenait longuement dans le joli parc de Bouchout. Un jour, on lui apporta une invention nouvelle : un gramophone. Émerveillée, elle écouta le disque et, quand ce fut terminé, elle voulut qu'on le remît aussitôt. Désormais, lorsqu'elle était nerveuse ou agitée, il suffisait que l'on fît jouer le gramophone pour qu'elle se calmât. De même, elle fut fascinée par l'appareil que l'on apporta pour nettoyer le château, un *vacuum cleaner* qui aspirait la poussière.

Charlotte continuait à aimer l'élégance et la beauté, prenant toujours grand soin de sa toilette et exigeant les plus belles dentelles et des robes parfaitement coupées. Dans ses salons, elle voulut des meubles élégants et marquetés. Comme elle brisait souvent de la vaisselle dans ses accès de fureur, le baron Goffinet fit un jour remplacer la belle vaisselle à filet d'or par des assiettes ordinaires, en porcelaine blanche. Quand Charlotte le remarqua, elle cria avec fureur :

– Ça, on n'en veut pas.

Puis elle jeta toutes les nouvelles assiettes contre le mur de la salle à manger. Souvent, de subits accès de violence l'incitaient à frapper ou à gifler ses dames d'honneur ou ses femmes de chambre. Ensuite, elle se tapait la tête contre un mur ou s'arrachait des mèches de cheveux pour se punir d'avoir été méchante. Parfois aussi, elle déchiquetait son linge avec ses dents ou lacérait les pages de ses livres. Ou bien elle prenait contre elle la louche de la soupière et la berçait comme un enfant.

Le temps passait lentement à Bouchout, ponctué par les crises de Charlotte et ses périodes de rémission.

Au cours de l'année 1889, la mort mystérieuse, à Mayerling, de l'archiduc Rodolphe, neveu de Charlotte et de Maximilien et seul fils de Sissi et de François-Joseph, parvint jusqu'à elle. Il était mort avec sa maîtresse Marie Vetsera dans le pavillon de chasse, chargeant son homme de confiance de détruire ses papiers. Cet homme n'était autre que le comte de Bombelles, ancien ami d'enfance de Maximilien et geôlier de Charlotte à Miramar. Bombelles, en dépit des traitements cruels qu'il avait fait subir à Charlotte, avait en effet été nommé par François-Joseph gouverneur de son héritier, qui avait alors dix-neuf ans... L'archiduc Rodolphe laissait une jeune veuve et une fille. Son épouse, la malheureuse archiduchesse Stéphanie, n'était autre que la fille de Léopold II et de Marie-Henriette.

Quelques années plus tard, alors qu'elle venait voir ses parents à Bruxelles, l'archiduchesse Stéphanie voulut aller avec eux au château de Bouchout pour y rendre visite à sa tante Charlotte qu'elle n'avait pas revue depuis son mariage et son départ pour l'Autriche. Une voiture les conduisit de Laeken à Bouchout. À leur arrivée, selon l'usage, ils trouvèrent tous les membres de la Maison de l'impératrice alignés dans la cour pour les saluer. Les dames d'honneur les menèrent au premier étage, où se trouvaient les salons de Charlotte. On s'installa dans le salon de musique où trônait un grand piano sur lequel Charlotte aimait jouer.

Stéphanie trouva sa tante fort pâle, mais toujours aussi belle et élégante. Elle se précipita pour lui baiser la main. Charlotte la releva gentiment, l'embrassa et l'assura de son plaisir de la revoir, puis sa conversation devint incohérente. Enfin, elle lui demanda :

– Tu viens d'Autriche, chère enfant. Comment se porte ton beau-père l'empereur ?

Sans attendre la réponse de Stéphanie, Charlotte lui prit à nouveau la main et la mena devant un grand portrait en pied de Maximilien à qui elle adressa une profonde révérence.

– Ils l'ont tué, dit-elle.

– Charlotte, demanda alors Marie-Henriette pour faire diversion, ne veux-tu pas nous jouer quelque chose au piano ?

Charlotte s'exécuta docilement et chacun fut frappé par la perfection de son jeu. Ensuite, elle voulut mener ses visiteurs se recueillir avec elle dans la chapelle aux voûtes néo-gothiques du château.

Le soir venu, la famille royale belge s'en fut, laissant Charlotte à sa solitude et à sa folie. Même souffrante, Marie-Henriette s'obstina à venir fidèlement la voir jusqu'à sa mort, qui survint au mois d'août 1902. La mort continua de frapper autour de Charlotte. Ce fut d'abord Philippe qui s'éteignit, puis le roi Léopold II. Désormais, les aliénistes de Bouchout envoyaient leurs rapports de santé au roi Albert Ier et à la reine Élisabeth, nièce de l'impératrice Sissi.

Au Mexique, Porfirio Díaz avait pris la direction du pays à la mort de Juárez. Avec sa femme, la très belle doña Carmelita, il avait fini par s'installer au château de Chapultepec qu'avaient tant aimé Charlotte et Maximilien. En trente années de règne, il n'avait cessé d'opprimer les classes les plus pauvres et finit par être renversé en 1911. Le Mexique entra alors dans une nouvelle ère de désordres et de confusion.

Au mois d'août 1914 éclatait la Première Guerre mondiale et les Allemands envahirent la Belgique. La famille royale belge dut quitter Bruxelles pour se réfugier à La Panne, petit port qui ne fut jamais pris. Sur la grille d'honneur du château de Bouchout, le gouverneur allemand de Bruxelles fit accrocher cette pancarte : « Ce château est habité par Sa Majesté l'impératrice du Mexique, belle-sœur de notre allié révéré, l'empereur d'Autriche. » Grâce à cette précaution, Charlotte ne fut jamais inquiétée, même si un dispensaire fut aménagé dans les communs. Pour ne pas la perturber, on ne la tint plus informée des événements, on lui cacha les journaux. Pourtant, elle savait que la guerre faisait rage partout en Europe. On l'entendait parfois murmurer :

– On voit rouge. La frontière est noire, très noire, il ne faut pas rendre les prisonniers.

Désormais, Charlotte parlait d'elle en employant ce mot « on ».

À la fin du mois d'août 1914, la guerre parvint aux portes du château de Bouchout. Des balles sifflaient dans le parc, on se battit aux grilles. L'intendant du château emmena Charlotte et sa Maison se réfugier dans les caves. On y resta deux heures, puis le dîner put se dérouler normalement. Pour protéger le château, on hissa le drapeau autrichien. Aussi les occupants allemands proposèrent-ils d'envoyer à Bouchout une garde d'honneur, mais l'intendant refusa.

Quand les luttes cessèrent, de nombreux promeneurs allemands vinrent dans le parc pour tenter d'apercevoir « la folle ».

La guerre s'éloigna du château de Bouchout, mais des avions allemands survolèrent le parc et y lâchèrent des obus, ce qui impressionna beaucoup Charlotte qui n'osa plus s'y promener. Avec la fin de la Première Guerre mondiale disparut l'Empire d'Autriche. Les Habsbourg furent exilés et ruinés, Trieste et Miramar devinrent italiens.

Quand le roi Albert et la reine Élisabeth purent rentrer dans leur capitale, ils allèrent rendre visite à leur tante Charlotte et firent débarrasser le parc de Bouchout de toute trace d'obus. À nouveau, elle put s'y promener sans danger.

Tandis que l'Empire russe s'effondrait comme celui d'Autriche et que les Bolcheviques prenaient le pouvoir, instaurant la terreur sur de nombreux pays d'Europe de l'Est, la France s'émouvait du sort de la Pologne et envoyait des troupes à Varsovie, commandées par le général Maxime Weygand, qui libéra le pays. Weygand fut fêté partout et les journalistes s'intéressèrent à son mystérieux passé. Tout ce qu'on savait de lui était qu'il était né le 21 janvier 1867 de père et de mère inconnus. Les rumeurs les plus folles furent imprimées dans les journaux. On prétendit qu'il était un enfant illégitime du roi Léopold II. Certains journalistes lui trouvèrent une ressemblance frappante avec Van der Smissen, commandant de la Légion belge à Mexico. C'en fut assez pour faire naître la légende d'un Weygand fils de Charlotte et de Van der Smissen.

Ignorante de la polémique qui se formait à son propos, Charlotte vieillissait doucement au château de Bouchout.

À plus de quatre-vingts ans, elle souffrait encore d'inquiétantes crises de violence. Les médecins préconisaient des piqûres d'alcool camphré qui la terrorisaient et lui faisaient atrocement mal.

– Retirez-les, retirez-les, on tâchera de supporter !

Les médecins finirent par y renoncer. Charlotte s'adressait fréquemment à elle-même en s'appelant « monsieur ». Quand ses dames d'honneur la pressaient d'achever sa toilette, de passer à table ou de se rendre à la chapelle, elle répondait, se parlant à elle-même :

– Ne faites pas attention, monsieur, si l'on déraisonne.

Elle ne trouvait plus aucun secours dans la religion, ne se confessait pas, ne communiait pas et ne se rendait à la chapelle que sollicitée par ses dames d'honneur.

Prisonnière de sa folie depuis plus de cinquante ans, Charlotte attendait avec impatience la délivrance de la mort. On l'entendait murmurer de plus en plus souvent :

– Monsieur, la mort approche.

Pourtant, cette mort qu'elle appelait de tous ses vœux ne venait pas. Charlotte recevait les visites familiales avec le plus grand plaisir et adorait ses petits-neveux et plus particulièrement sa nièce Clémentine, une très belle femme devenue l'épouse du prince Napoléon. Les enfants royaux redoutaient un peu cette vieille dame qui avait été impératrice et avait d'étranges lubies, arrosant par exemple les fleurs du tapis de son salon pour les faire pousser.

À mesure que les années passaient, Charlotte se renfermait de plus en plus sur elle-même, ne parlant presque plus à son entourage, ne souriant jamais. On l'entendait se lamenter :

– Oui, monsieur, on est vieux, on est bête, on est fou.

Parfois, les souvenirs émergeaient de sa folie, surtout ceux concernant Maximilien. Elle disait alors :

– De l'époux, on a, monsieur, un regret éternel. On avait pour lui une sincère affection. Il est à présent dans l'Histoire.

Fin 1926, la paralysie gagna ses jambes, l'empêchant de marcher, et elle dut s'aliter. Puis elle alla mieux, mais ne put jamais remarcher. Soutenue par ses dames d'honneur, elle allait de son lit à son fauteuil. C'en était fini des promenades qu'elle aimait tant dans le parc de Bouchout.

Le 19 janvier 1927, après soixante ans de folie, comme elle l'avait prédit en quittant jadis Miramar, elle s'éteignit doucement dans son lit à sept heures du matin.

Dès qu'ils apprirent la nouvelle, le roi Albert et la reine Élisabeth firent ouvrir en grand les grilles du château de Bouchout jusqu'alors soigneusement fermées. La population des environs fut invitée à défiler devant le lit de mort de celle qu'on avait jusqu'au bout appelée « impératrice ». On regardait avec étonnement cette très vieille dame au visage encore beau et presque lisse, coiffée d'un bonnet de dentelle et qui semblait si paisible. À son poignet, on pouvait voir la chaîne d'or qui ne l'avait jamais quittée, à laquelle pendaient six médaillons. Chacun contenait en miniature une peinture de l'œil de ceux qu'elle avait le plus aimés, sa grand-mère la reine Marie-Amélie, ses parents, ses deux frères et Maximilien.

Le roi et la reine offrirent des obsèques dignes de son rang à l'impératrice du Mexique. Quatre jours après sa mort, le

23 janvier 1927, on plaça le cercueil dans un corbillard surmonté de plumes noires et tiré par six chevaux également noirs, précédé des cavaliers de la garde et entouré d'un corps de grenadiers. Il neigeait à gros flocons, tandis que le sombre cortège s'éloignait dans tout ce blanc. Charlotte fut inhumée à Laeken, près de sa mère, Louise de France. Six anciens légionnaires belges, survivants de la malheureuse expédition du Mexique, portèrent son cercueil jusqu'à la crypte. Même dans la mort, elle n'avait pas rejoint Maximilien, toujours dans celle des Capucins de Vienne…

Bibliographie

– Allan, Maurice, *La Vie quotidienne sous le second Empire,* Hachette, Paris, 1948.
– Alméras, Henri d', *La Vie parisienne sous le second Empire,* Albin Michel, Paris, 1921.
– Augustin-Thierry, A., *Son Élégance le duc de Morny*, Amiot-Dumont, Paris, 1951.
– Autin, Jean, *L'Impératrice Eugénie ou l'empire d'une femme,* Fayard, Paris, 1990.
– Avril, Nicole, *L'Impératrice,* Grasset, Paris, 1992.
– Bac, Ferdinand, *Intimité du second Empire,* Hachette, Paris, 1931.
– Baroche, Mme, *Le second Empire, notes et souvenirs,* C. Grès, Paris, 1921.
– Beaumont-Vassy, vicomte Édouard-Ferdinand de, *Histoire intime du second Empire,* Sartorius, Paris, 1874.
– Bérenger, Jean, *Histoire de l'empire des Habsbourg, de 1273 à 1918,* Fayard, Paris, 1998.
– Bertaut, Jules, *L'Impératrice Eugénie et son temps,* Amiot-Dumont, Paris, 1956.
– Bled, Jean-Paul, *François-Joseph,* Fayard, Paris, 1987.
– Boigne, comtesse de, *Mémoires,* Mercure de France, Paris, 1982.

– Boulenger, Marcel, *Le Duc de Morny, prince français,* Hachette, Paris, 1925.
– Camp, Maxime du, *Souvenirs d'un demi-siècle.* Hachette, Paris, 1949.
– Castelot, André, *Maximilien et Charlotte du Mexique, la tragédie de l'ambition*, Librairie académique Perrin, Paris, 1977 ; *Napoléon III*, Perrin, Paris, 1985.
– Clément, Catherine, *Sissi, l'impératrice anarchiste,* Gallimard, Paris, 1992.
– Christophe, Michel, *Le Duc de Morny,* Hachette, Paris, 1956.
– Dansette, Adrien, *Le second Empire,* Hachette, Paris, 1972-1976.
– Decaux, C., *Charlotte et Maximilien, les amants chimériques,* Gallimard, Paris, 1937.
– Des Cars, Jean, *Élisabeth d'Autriche ou la fatalité,* Perrin, Paris, 1983.
– Desternes, Suzanne, et Chandet, Henriette, *Maximilien et Charlotte,* Librairie académique Perrin, Paris, 1964 ; *Napoléon III, homme du XXe siècle*, Librairie académique Perrin, Paris, 1961.
– Domenech, Emmanuel, *Histoire du Mexique, Juárez et Maximilien,* Éditions Lacroix, Verboeckhiven et Cie, 1868.
– Dufour, Hortense, *Sissi, les forces du destin*, Flammarion, Paris, 2003.
– Dufresne, Claude, *Morny, l'homme du second Empire*, Perrin, Paris, 1983.
– Girard, Louis, *Napoléon III,* Fayard, Paris, 1997.
– Giraudeau, Fernand, *Napoléon III intime,* Ollendorff, Paris, 1895.
– Goffin, R., *L'Épopée des Habsbourg. Charlotte, l'impératrice fantôme*, Les éditions de France, Paris, 1937.
– Grèce, Michel de, *L'Impératrice des adieux,* Plon, Paris, 1998.

– Griscelli de Vezzani, Jacques François, *Les Crimes politiques de Napoléon III,* Librairie Centrale, Paris, 1873.
– Grothe, Gerda, *Le Duc de Morny,* Fayard, Paris, 1967.
– Guiral, Pierre, *La vie quotidienne en France à l'âge d'or du capitalisme,* Hachette, Paris.
– Hamann, Brigitte, *Élisabeth d'Autriche,* Fayard, Paris, 1971.
– Hübner, comte de, *Neuf ans de souvenirs d'un ambassadeur d'Autriche à Paris,* Plon, Paris, 1905-1908.
– Hugo, Victor, *Napoléon le Petit,* Steinvers, Amsterdam, 1853.
– Kerckvoorde, M., *Charlotte, la passion et la fatalité*, Édition document Ducolot, Paris, Gembloux, 1980.
– Jollivet, Gaston, *Souvenirs de la vie de plaisir sous le second Empire,* Tallandier, Paris, 1927.
– La Gorce, Pierre de, *Histoire du second Empire,* Plon, Paris, 1899-1905.
– Lambotte, J., *Charlotte et Maximilien, l'empire des archidupes*, Édition Labor/RTBF Éditions, 1993.
– Loliée, Frédéric, *Frère d'Empereur, le duc de Morny et la société du second Empire,* Émile-Paul, Paris, 1909.
– Maugny, Albert, comte de, *Cinquante ans de souvenirs,* Plon, Paris, 1914.
– Miquel, Pierre, *Le second Empire,* Plon, Paris, 1992.
– Moisan, Michel, *Le Duc de Morny, le Parisien et l'Auvergnat,* Carlat, Paris, 2001.
– Morand, P., « Maximilien et Charlotte, la conquête d'un empire », *Historia* n° 282 du 01/01/1975.
– Mourousy, Paul, *Charlotte de Belgique, impératrice du Mexique,* Éditions du Rocher, Paris, 2002.
– Parturier, Maurice, *Morny et son temps,* Tallandier, Paris, 1969.
– Plessis, Alain, *De la fête impériale au mur des Fédérés, 1852-1871,* Seuil, Paris, 1979.

– Rostand, R., *Charlotte et Maximilien*, Éditions Paul Nagel, Paris, 1945.
– Rouart, Jean-Marie, *Morny. Un voluptueux au pouvoir*, Gallimard, Paris, 1995.
– Séguin, Philippe, *Louis-Napoléon le Grand,* Grasset, Paris, 1990.
– Seignobos, Charles, *Le second Empire (1848-1859)*, Hachette, Paris, 1932.
– Thouvenel, Louis, *Pages d'histoire du second Empire,* Plon, Paris, 1903.
– Viel-Castel, comte Horace de, *Journal intime,* Guy Le Prat, Paris, 1942.

DU MÊME AUTEUR

Chez le même éditeur

LA MAGNIFIQUE, roman.

RASPOUTINE, LE FOL EN CHRIST, roman.

LA DERNIÈRE IMPÉRATRICE, roman.

LA CASTIGLIONE, UN AMOUR DE NAPOLÉON III, roman.

Chez d'autres éditeurs

UNE FAUSSE SORTIE, roman, René Julliard.

UNE ÉTOILE QUI DANSE, roman, René Julliard.

L'OMBRE CLAIRE, roman, Pierre Belfond.

MÉTRO CHARONNE, roman, Olivier Orban.

LES DIEUX ET LES CHIENS, roman, Pierre Belfond.

L'ŒIl D'OSIRIS, roman, Pierre Belfond.

PEAUX D'HOMMES, essai, Paul Vermont.

UNE CROISIÈRE EN ENFER, roman, Pierre Belfond.

MONSIEUR LE MARQUIS, roman, Pierre Belfond.

D'AZUR ET D'HERMINE, roman, Pierre Belfond.

LES MIRAGES DE NAPLES, roman, Robert Laffont.

LE DERNIER DUEL, roman, René Julliard.

THÉRÈSE D'AVILA IVRE DE DIEU, roman, Robert Laffont.

L'ÉLUE DU PALAIS, roman, Pierre Belfond.

MES VÉNÉNEUSES, nouvelles, Séguier.

LA COCARDE NOIRE, roman, Plon.

GRANDE ET PETITES HISTOIRES DE CAFÉ, nouvelles, Pégase.

BOSIE AND WILDE, roman, Le Rocher.

CHIRURGIEN DE LA FLIBUSTE, roman, Le Rocher.

L'IMPOSTURE AMOUREUSE, roman, sous le pseudonyme de Sarah More, Delérins.

Composition IGS-CP
Impression : Imprimerie Floch, février 2009
Éditions Albin Michel
22, rue Huyghens, 75014 Paris
www.albin-michel.fr

ISBN : 978-2-226-19080-2
N° d'édition : 25679 – N° d'impression : 73077
Dépôt légal : mars 2009
Imprimé en France.